# 연중무휴의 사랑

# 연중무휴의 사랑

임지은

나와
당신을
감싼
여러
겹의
흔적들

SIDEWAYS

# 서문

이 책은 90년생 여성 임지은이 살아오며 마주한 것 중 덜 모르겠는 것 위주로 써내려간 수필이다. 임지은이 근 몇 년간 써온 것 중 가장 나은 실패작들이며, 임지은의 애매한 마음들이 거기 있음을 저 나름 존중해온 결과이다. 책은 페미니즘 에세이라고 알려질 수도 있겠지만 그렇게 보여도 괜찮고 그렇지 않아도 괜찮다. 내 삶을 이야기하려는데 내가 사는 사회를 경유하지 않을 수는 없고, 몇 년간 페미니즘은 내가 그 사회와 더불어 내 마음을 응시하게 하는 힘을 길러주었으니까.

다만 페미니즘이 나의 전부는 아닐 것이고 내가 누구를 대표하지도 못할 것이므로, 내가 전달하길 바라는 건 단지 이런 것이다. 이를테면 나 같은 사람도 있다는 것. 내가 드디어 용기 내 시작했다는 것. 그 용기에는 당신의 독해를 존중하는 마음 역시 포함되어 있으며 나의 글은 당신의 현재가 없으면 완성되지 않는다는 것. 혹시 내 글로 인해 우리가 의미 있는 관계가 된다면 더할 나위 없이 좋겠다는 것.

엄마인 미경, 아빠 석종, 그리고 동생 효원에게 연중무휴의 사랑을 전하고 싶다. 나는 그들에게서 세상을 보는 법을 배웠고 앞으로도 영원히 그들의 편으로 있을 것이다. 여수에 있는 할머니, 나의 명재에게는 가장 먼저 책을 보내고 싶다. 나는 다름 아닌 명재의 애인으로 살기 위해 멋져지려고 노력해왔다. 출간을 몇 번이고 물어가며 응원하고 기다려준 소중한 친구들은 하나하나 만나 껴안아 버릴 것이다. 나는 고마움을 갚을 방법을 언제나 궁리하고 있고 적확한 때를 놓치지 않을 계획이다. 그리고 좀 낯부끄럽지만, 내가 뭘 해도 괜찮다고 거듭 북돋아준 영훈에게 상투적으로 고백하고 싶다. 사랑이 제일이라는 걸 가르쳐줘서 고맙노라고.

2021. 1. 31.

차례

## 3부 무해함에 관하여 135



## 4부 엉성한 사람 185

# 1부

—

# 여자 셋만 살았던 집에는

# 1

## 나의 페미니즘은 왜 엄마를 밀어내는가

우리 집은 밥을 먹을 때 뉴스를 틀어둔다. 내가 민감하게 받아들이는 종류의 뉴스가 나올 때면 미경의 젓가락은 느리고 조심스러워진다. 동생은 나에게 질문을 던지다가도 제발 그런 거 공부라도 좀 하고 물어보라는 신경질적인 핀잔에 입을 다문다. 여자만 셋인 집인데도 여자가 사는 현실에 대해 아는 건 나뿐인 것 같은 기분. 바보 같은 말을 참지 못하는 한 사람 덕분에 식탁에선 숟가락이 밥그릇을 긁어대는 소리만 들린다.

바가지 긁는 소리라는 표현은 사나운 누군가 때문에 모두가 묵묵하게 밥만 먹을 때 나는 소리를 뜻하지 않을까. 생각해보니 그 표현마저도 주로 여자에게 쓰여서, 나는 다시 열이 받는다. 바깥에서의 나는 나름 조심스러운 사람인데, 인내의 분배는 이상하게 흘러가 집에서의 나는 큰딸의 권위로 점점 난폭해진다. 사랑과 책임감과 설움을 함께 먹고 자란 큰딸만큼 좋은 공격수는 드물고, 식탁 앞의 모두는 내 앞에서 말을 망설인다.

그런데도 미경은 끊임없이 내게 말을 건다. 왜인지는 몰라도 자신의 기분이라거나 의견 같은 걸 굳이 사나운 나에게 늘어놓고 싶어 한다. 나로선 싸울 게 뻔한 대화가 미경으로 인해 자꾸 시작되는 셈이다.

김지은 걔, 좀 이상한 거 같어.

티브이에서 흘러나오는 안희정 기소 소식에 미경이 갸웃거리던 날도 그랬다. 그때도 우리는 둘러앉아 밥을 먹고 있었다. 불길한 예감이 빠르게 엄습했지만 나는 꾹 참고 밥알인지 분노인지 모를 덩어리를 삼키며 느릿느릿 답했다. 엄마. 그런 말 마, 이건 안희정 죄야, 더 할 말도 없어.

미경은 대답했다. 그래도 어떻게 여자가 그래?

그 말에 어딘가 툭 끊어졌다. 그때 나는 김지은이 나를 낳아준 미경보다 가깝게 느껴졌는데, 정확하게는 미경이 김지은보다 멀게 느껴졌다. 김지은은 나와 성별도 나이대도 이름도 비슷했고, 나는 김지은의 자리에 내가 있었다면 나 역시 같은 일을 겪었으리라는 걸 어쩐지 알 거 같았다. 이미 내게는 제 위력을 모르는 이와 일하며 고통받은 기억이, 두려움에 제대로 관계를 끊어내지 못했던 기억이, 희롱이나 추행에도 가족이나 미래 따위를 생각하며 웃음 속에 수치심을 묻어두던 기억이 있었다.

김지은이 자신을 지켜내려는 일은 결국 그런 기억에서 우리를 지켜내는 일의 시작이었고, 그 용기 덕에 이름을 제외하고도 꼭 닮은 지은이들의 삶이 이제 막 드러나려던 참이어서. 나는 당연히 미경이 지은이들의 편이길 바랐다. 그래서 그 순간 지은의 편을 들어주지 않는 미경이 그 누구보다도 가장 미웠다.

엄마야말로 어떻게 그래, 엄마 딸은 뭐 다를 거 같아?

나는 마치 미경이 내가 사는 비정한 세상을 만들어놓은 악당인 것처럼 쏘아붙였다. 식탁 위 말도 안 되는 분란을 주도하는 것도, 도덕적으로 타락한 것도 엄마야. 세상의 모든 여자들을 이렇게 만든 건 바로 엄마 같은 여자들이지. 미경을 있는 힘껏 상처 주고 싶은 잔인한 마음이 요동쳤다.

놀란 미경은 안 그래도 커다란 눈을 더 크게 뜨고 나를 바라봤다. 그날 뭘 먹었는지 아무리 노력해도 기억나지 않지만 그게 무어건 간에 미경은 밥을 남겼고 끝내 자신이 설거지를 했다. 문을 세게 닫아도 설거지 소리가 방 안까지 따라 들어왔다. 나는 미경이 기어이 설거지를 하는 것마저 화가 났는데, 나로선 정당해 마지않았던 분노가 그런 물소리로도 서서히 식었기 때문이었다. 사람 미안하게 하네 진짜. 나는 혼자 중얼거렸다. 마음이 더 부룩했다.

그런 일은 처음이 아니었다. 고백하건대 나는 미경의 큰 눈을 바라보며 그 작은 어깨를 붙잡아 세차게 흔들고 싶었던 적이 많았다. 미경이 차린 밥을 맛있게 먹어 놓고도, 페미니즘 같은 거 너무 무섭고 어렵다고 말하는 미경의 가슴을 갈기갈기 찢어 놓으려던 것이다. 엄마, 이렇게까지 말하는데 왜 이해를 못 해.

그러니까 여성을 착취하며 확보한 시야로 여성이 착취당하는 것에 분노하고, 이따금 착취당한 여성을 그 분노로 몰아세우는 딸. 못돼먹고, 강압적이고, 권위적이고 폭력적인 딸. 페미니즘을 이야기하면서 머릿속으로 엄마에게 폭력을 가하는 딸. 이따금 폭력은 상상만으로도 상처를 낸다. 증발되고 새어 나가 듣는 이를 밀어내고 다치게 한다. 나 역시 끓었던 만큼 화상을 입는다. 내상은 삶에 치명적이다.

모르는 사람보다 가까운 사람을 더 견디지 못할 것만 같다고 쓴다. 항상 그런 문장에 마음이 쓰인다. 왜 나는 안희정보다 미경에게 상처를 받는가. 나의 페미니즘은 왜 엄마를 밀어내는가. 페미니스트이길 바라게 되는 얼굴, 나를 페미니스트로 만든 얼굴…. 가장 이해받고 싶은 사람과 가장 이해하고 싶은 사람은 자주 같은 얼굴을 하고 있다. 그 면면에 다림질을 하듯 공들여 기대를 걸다가도 그 얼굴들을 어떤 식으로든 구겨 버리고 싶던 밤마다 잠을 설친다. 세상의 도덕적 쓸모를 자처하려는 내 마음엔 기준에 미치지 못하는 느린 누군가에 대한 미움이 알알이 박혀 있다. 인내 없이 타인을 내려다보던 내 눈길이 내가 진저리치던 무엇과 많이 닮아 있을 때면, 마음과 미움의 획이 왜 같은 숫자인지 알 것만 같다.

미경을 도와 가게를 정리하던 시절을 떠올리면 한 장면이 반복 재생된다. 손 빠른 내가 도우면 못해도 마감이 한 시간은 절약되어서, 상영되는 장면 속 나는 어쩐지 신이 나 온갖 것을 재빠르게 해치우며 스스로를 기특해한다.

그런데도 음식물 쓰레기를 버리는 일은 늘 주저한다. 바닥도 식탁도 그릇도 에어컨도 잘 닦고 쓸다가 거기서 꼭 멈칫한다. 엄마, 사람들이 남긴 음식엔 늘 물이 생겨. 흐르는 국물, 어떻게 잘 눌러 담아도 생기는 찌꺼기들의 웅덩이. 기억 속 웅덩이와 미경은 항상 같이 등장한다. 미경은 나의 비위를 알고, 자기가 아는 걸 모르는 척한다. 웃으며 딸 도와줘서 고마워, 하고 머리를 쓸어주고는 이건 자기가 버리겠다고 가져간다.

나는 자그마한 체구의 미경이 음식물 쓰레기봉투를 들고 가게 문 앞 쓰레기통까지 달리는 걸 지켜본다. 비위 약한 내 가슴이 이상하게도 그 음식물 쓰레기통 안에 있다. 가슴은 딱 내 무릎만 한 음식물 쓰레기만큼 무거워진다. 그 무게는 다른 일들을 열심히 한다고 가벼워지지 않는다. 그렇게 영원히 소화되지 않을 법한 장면을 나는 수도 없이 가지고 있다.

어제는 어릴 적 앨범을 보았다. 사진 속 기저귀로 엉덩이가 비대해진 못생긴 아기가 카메라를 보고 활짝 웃고 있다. 누군가 무릎을 꿇고 눈을 맞춰주었음이 분명한 사진들의 뒷장마다 미경은 촘촘히 글을 써 놓았다. 무거운 앨범으로 내가 받은 환대의 무게를 체감한다.

아기일 적 나와 함께 걸어준 미경 덕분에 나는 그보다 더 나은 앎을 가졌다. 그 앎이 삶이 되라고, 자기를 밟고 올라 더 놀라운 시야를 보라고, 미경은 기꺼이 내가 자신을 착취하게 두었다. 나도 미경의 앨범을 보고 싶고 미경이 받은 환대를 확인하고 싶은데. 집엔 미경이 공들여 정리한 아기의 앨범만 있다. 나는 여성을 이해하고 있다고 생각했지만, 같은 집에 사는 여성에 대해서조차 평생 알 수 없을 것만 같은 기분이 든다.

사이좋을 때 미경은 이상한 타이밍에 고백을 한다. 갑자기 나나 동생의 얼굴을 물끄러미 보다가 자기 하고 싶은 말을 툭 뱉는 것이다.

그래도 내 딸들이 제일 예뻐, 내 애기보가 예뻤던 덕이지.

그래도는 뭐의 그래도일까. 맥락이라곤 없는 말은 미경의 특기니까 그러려니 하며 나도 맥락 없이 대꾸한다. 우리 중에서는 내가 제일 낫지, 애기보가 예쁘다기보다는 내가 그냥 예쁜 거지.

그런 대꾸에 나를 째려보면서 미경은 끊임없이 말을 건다. 말하다가 실수를 연발하면서, 몇 마디 대화에도 즐거워한다는 걸 숨기지도 않으면서, 왜인지는 몰라도 자꾸 자신의 기분이라거나 의견 같은 걸 속으로 생각하지 않고 굳이 딸에게 늘어놓는다. 그는 내게 실망하다가도 다시 기대하고, 기대를 지속해서 과정을 만드는 데 익숙하다.

왜 대화의 시작은 항상 미경에게서 오는 걸까. 무작정 주기만 하는 저 양반은 도대체 사랑이 뭐라고 생각하는 걸까….

그러고 보면 미경도 나도 한 해의 시작인 봄을 좋아한다. 봄에는 괜한 용기가 솟으니까. 아직 쌀쌀함에도 볕을 믿고 피어난 꽃들, 미경은 남의 집 화단을 지나면서 섣부르게 피어오른 새잎을 구경하고, 그 잎들이 찬 바람에 오그릴 때면 안타까워하고 기특해한다. 제대로 된 사랑은 실수하지 않도록 돕는 게 아니라 실수하더라도 지켜보는 일이라는 걸 가르쳐준 것도, 그 실수 혹은 실패가 나를 키울 때까지 옆에 있어 준 것도 봄 같은 미경이다.

때때로 풍경은 삶을 변화시킨다. 내겐 페미니즘이 어디 높은 곳에 있는 그런 풍경 같다. 모두는 길 어딘가에 서 있고 내가 사랑하는 사람들은 내가 나누고픈 풍경과 가까이 혹은 멀리 있다. 같은 풍경을 보기 위해 나는 먼저 길을 익혀야 하고, 차근차근 되돌아가야 하고, 함께 가자고 설득해야 하며, 과정 중 때론 싸우거나 헤맬 수 있다. 갈 생각이 없거나 발이 느린 상대방에게 실망할 수도 있다. 그러나 다정한 미경을 생각하다 보면 설령 풍경에 도착하지 못해도, 힘이 들고 답답하고 지루한 여정이라 해도, 누군가와 몸을 부딪치며 같이 걷는 과정이 목적지의 도달보다 더 소중할 수도 있겠다는 생각이 든다. 미경의 눈길은 그걸 증명하듯 늘 내게 머물러 있다.

아기같이 부드럽고 가느다란 미경의 머리칼에 조금씩 실금 같은 흰머리가 자란다. 흰머리를 뽑아달라는 미경을 앉히고 머리를 내려다본다. 높이 오르고 싶었던 마음은 자라나는 실금을 보기 위함이 아니었을까. 흰머리를 보아주는 사람이 곁에 있을 때 한 여성이 좀 더 나은 삶을 살아내기라도 한다는 듯. 그제 나는 최선을 다해 미경의 흰머리를 뽑아주었다.

여전히 미경 때문에 벌컥 가슴에서 천불이 치솟을 때가 있다. 가장 이해하고 싶고 가장 이해받고 싶은 사람에게 실망하지 않는 일이란 어려우니까. 서로에게 유관하고 싶어 할수록 다치기 쉬운 상태가 되니까. 하지만 함께 밥을 차리거나 설거지용 고무장갑을 뺏어 들면서, 페미니즘이 뭔지 일장 연설을 하면서, 나는 미경에게 배운 그대로 하는 중이다. 때론 아는 걸 모르는 척하기, 그럴 수 있다 생각하기, 묻고 듣기, 차분히 설명하기, 화내고 나면 꼭 사과하기, 묻고, 듣기. 원하는 만큼 닿지 않아도 그럼 우리가 아직 여기까지 왔구나, 생각하기. 나를 한없이 기다려주었던 그의 방법이 그 자신에게도 유효하다는 걸 잊지 말기.

그런 걸 떠올리며 나는 카메라를 가져오고, 사진을 찍기 싫다는 미경을 어르고 보채 가끔 사진을 찍는다. 그래도 우리 엄마가 제일 예뻐, 같이 맥락 없는 말을 뱉으면서 자꾸 미경에게 말을 걸고, 내가 즐거워한다는 걸 숨기지 않으면서 자꾸 미경에게 다가간다. 실망에도 아랑곳하지 않고 마음을 쏟아가며 자꾸 미경에게 기대한다. 내가 아는 가장 제대로 된 사랑을 나도 흉내 내보는 것이다. 현상한 필름 속 미경은 나를 보며 아기처럼 웃고 있다. 나는 메모를 열고 사진을 붙인 뒤 우리가 가진 건 과정뿐, 이라고 적어두었다.

## 2

## 이혼한 부모를 가진 이에게

에이, 나는 이혼한 집 애랑은 결혼 안 할 거야.

몇 년 전 겨울 강남에서 가진 모임 자리였다. 그가 뱉은 말에 마시던 맥주가 갑자기 턱 걸렸다. 술집의 시끌벅적한 소음이 귓가에서 자취를 감췄다. 내 테이블의 몇몇은 우리 엄마 아빠가 이혼했단 사실을 몰랐다. 그들은 아직 즐거운 소음 속이었다. 나는 눈앞의 계란말이를 뒤적거리며 모르는 척 물었다.

왜? 그가 답했다. 아니, 그럼 걔도 이혼을 쉽게 알겠지, 좀 그래.

딱히 화가 나진 않았다. 굳이 비참하다거나 슬프지도 않았다. 내 부모의 이혼은 당시의 나에게 맥주 탄산 정도의 자극도 되지 않았고, 앞에 놓인 안주만큼이나 식어 있는 주제였다. 그는 심지어 내게 중요한 사람도 아니었고 어떠한 악의도 없었다. 다만 한 가지가 마음에 걸렸는데, 그건 내가 정말로 이혼을 쉽게 생각한다는 점이었다.

술자리가 파하고 동네로 돌아와 집에 들어가지 않고 집 주변을 한참 걸었다. 나는 부모가 이혼해서 이혼을 쉽게 생각하는 걸까. 그런 게 누군가가 나를 피하고픈 요인으로 남는 걸까. 붉은 가로등 아래 물음표를 머금은 그림자가 길게 늘어졌다. 생각해 보니 결혼한 누군가가 이혼하고 싶다 해도 나는 대수롭지 않게 응, 정 그러면 헤어져야지, 라고 대답하곤 했다.

누군가를 만나도 그 사람과의 평생은 잘 떠오르지 않았다. 연애를 해도 애인에게 더 좋은 사람을 만나면 언제든 가 버리라고 말했다. 사랑했어도 그랬고, 사랑할수록 그랬다. 결혼은 가끔 상상했다. 그러나 시작보다는 끝을 언제나 먼저 생각했다. 어떤 선을 미리 그어 놓은 채 그 선을 넘는 순간 이혼이지, 라고 생각했다. 결혼은 늘 이혼과 묶음 주제였다. 나에게 관계의 탄생과 끝은 언제나 함께 있었다.

사실 이혼은 쉽지 않았다. 그 이혼이 내 것이 아닌 내 부모의 것임에도 그랬다. 엄마와 아빠의 갈등을 오래 지켜보며 내가 그동안 배워 온 가족의 개념에 점 찍지 못하는 청소년기를 보냈다. 처음엔 맏이의 책임감으로 내 부모를 화해시키거나 이해하려고 애썼던 거 같다. 사랑하는 사람끼리는 싸울 수도 있지, 살다 보면 헤어질 수도 있지.

그렇게 마음을 다스리다 보면 불쑥불쑥 혼란스러웠다. 이해와 감정은 무관했고, 어린 가슴을 갉아 먹은 갈등은 인내심을 싼다. 인내하는 이의 속은 그래서 똥 냄새가 나고, 똥 밭에 선 사람은 차라리 어떻게든 어서 결과가 나 버리길 바라게 된다.

나는 그들이 이혼하기를 바랐다. 그때의 내겐 늘 어디선가 나만 아는 지독한 똥내가 났다. 낮은 온도에서는 악취가 덜 날 거라고 생각했다. 그래서 자꾸 눈물로 해명하려는 부모에게 당신들 일이니 알아서 하라고, 대신 딸인 내 감정 역시 그 일에 따라오는 책임이니 받아들이라고 차갑게 굴었다. 안팎으로 냉해야 하는 딸이었다. 그 딸이 스무 살이 되자 부모는 이혼했다.

한동안 바쁘게 움직였다. 그러다가도 문득 불안해하곤 했다. 내가 불을 제대로 껐나, 혹시 고데기를 켜두고 나온 건 아닌가, 정말로 중요한 뭔가를 두고 온 건 아닌가. 외출할 때마다 기어이 집으로 돌아가 몇 번을 확인하면서도 그랬다. 어딜 가거나 뭘 해도 무언가를 두고 온 듯한 느낌이 지속되었고 나는 그게 헤어지는 과정과 닮아 있다는 걸 알았다. 한번은 늦은 시각 조용한 거실을 응시했다. 오래전 화기애애했던 거실과 대비되는 새벽의 풍경을 바라보며 나는 궁금했던 것 같다. 차라리 이혼하길 바랐던 내 마음이 모두를 돌이킬 수 없게 찢어 놓은 건 아닐까. 혹시 내가 중요한 무언가를 과거에 두고 와버린 건 아닐까.

폴 다노의 감독 데뷔작 〈와일드라이프WildLife〉는 갈등으로 점철된 부모가 보이는 이상행동과 그 둘 사이 어린 아들인 조Joe가 눈치를 보는 광경을 담담하게 그려낸다. 줄거리 절반이 넘도록 조는 어떻게 해야 할지 몰라 아무것도 하지 못한다. 다만 영화의 마지막 무렵, 조가 어두운 밤길을 미친 듯 달리는 신이 있다. 영화는 관계가 파괴될 때 마주하게 되는 게 무엇인지 보여준다. 감독은 스토리 속의 아빠와 엄마를 비난하지 않으면서도, 숨이 턱 끝까지 차오른 아이의 얼굴을 클로즈업한다. 조의 얼굴과 숨소리에, 나는 영화관 의자 깊숙이 숨어들어 조용히 울었다. 나는 그 애가 느낄 목구멍의 피 맛이 뭔지 알고 있었다. 내 부모와 부모의 선택을 미워하거나 비난하지 않지만 나로선 여전히 견딜 수 없을 때가 있다. 부서진 관계의 단면에 베인 사람들은 아픔을 품은 채 더딘 회복을 기다려야 한다.

그렇게 영원할 줄 알았던 가족마저 끝장날 수 있다는 걸 제대로 배웠다. 그러나 10년이 넘은 지금까지 내 부모의 이혼으로 세상은 무너지지 않았다. 상실은 개인을 끝장낼 수도 아닐 수도 있지만, 아직까지 실제로 끝장난 건 내가 배웠던 가족이라는 개념뿐이다. 그 개념이 끝난 자리에서 여전히 엄마 아빠는 엄마 아빠로, 나는 나로, 동생은 동생으로 남아 끝 이후의 삶을 살아간다. 사람은 생각보다 질겨 잘 끊어지지 않는다. 부서지고도 살아갈 수 있다는 증거가 나의 가족이다. 그 덕에 나는 이혼을 쉽게 생각하는지도, 정확하게는 헤어짐이 어디에서든 쉬이 일어날 수 있는 일이라고 생각하는지도 모른다. 내 부모의 이혼은 내가 관계의 본질을 이별로 두기 시작한 데에 가장 큰 영향을 주었다.

누구나 헤어질 수 있다. 아니, 모두가 종국엔 헤어진다. 더 나아가자면 우린 헤어지기 위해 태어나고 만난다. 이별의 가장 큰 범위는 죽음이고, 우리는 모두 언젠가 죽지만 그게 언제가 될지는 모른다. 어린아이들은 죽음을 갓 인식하는 시기에 가족을 잃으리란 공포에 사로잡혀 울어대다, 살아가며 죽음이 생각만큼 구체적으로 나타나지는 않기에 그 공포를 금세 잊는다.

그렇게 다 자란 후 형성된 관계에서 관계의 상실에 대처하는 자세는 어린 시절과 크게 다르지 않다. 나는 미성숙했고, 영원해야 마땅하다 여겨지는 관계가 사라지리라는 불안감에 제정신이 아닐 때가 많았으며, 헤어짐을 잊고 살았던 대가로 몇몇 관계 속의 잊지 못할 흑역사와 등신짓을 남겼다. 하지만 내가 이별을 모른 척한다고 멀쩡히 존재하는 세상의 상실이 사라지지는 않았다. 나는 숱한 이별들을 겪고 상실의 존재를 깨우치면서, 비로소 내 그런 행동들이 타인과의 관계 속에서 적합하지 않았음을 알았다. 내가 상실의 가능성을 존중하지 못했다는 것이 결과적으로 상대를 존중하지 못하는 일과 연결되었음을 알게 된 것이다. 만남만큼 헤어짐은 중요하다. 거듭하며 배우고, 기쁨만큼 슬픔의 값도 치를 때, 그때 조금은 더 성숙해졌다고 표현하는 거 같다.

사람도 관계도 연약해 잘 부스러지고 언제든 잃을 수 있다. 그건 대비한다고 초연해질 수 없고 쉽게 생각한다고 쉬워지지 않아서, 헤어지겠다던 친구 커플은 만남을 지속했고 죽음을 대비하던 이는 죽음 앞에서 오열했다. 나는 이따금 화면 속 캐릭터의 뻔한 슬픔에도 엉엉 울었고, 부모의 이혼을 바라고도 이혼에 괴로워했다. 상실의 아픔은 아득하고도 비싸 아무리 넉넉히 대비한대도 모자랐다.

그러나 공짜 없는 세상을 산다는 건 제값을 내야 한다는 걸 뜻한다. 무한대에는 1보다는 100이, 100보다는 1,000이 가깝다. 내가 언젠가의 이별을 정직하게 인식하고 있을 때, 최대한 온몸으로 그 인식을 받아들일 때, 그제야 나는 아픔을 제값에 가깝게 치르는 것이 아닐까. 제대로 사면 제대로 살게 된다. 괜찮지 않음을 받아들이면 괜찮지 않음을 위한 행동을 하게 되니까. 언제든 잃을 수 있다는 걸 상기하면 소중한 현재에 조금 더 집중하게 되니까. 그러다 보면 어려운 삶도 조금 더 견딜 만해진다. 고통스럽지 않거나 어렵지 않아지지는 않지만, 그걸 조금 더 쉽게 받아들이게 된다.

아무튼 나는 이혼가정이라는 단어가 싫지 않다. 그 단어는 내가 무엇을 겪어낸 사람인지 알려주는 동시에 내 부모가 이별을 회피하지 않았다는 걸 보여준다. 단단한 사람들만이 부서질 수 있다. 정면으로 상실해본 내 가족의 얼굴들은 부서졌지만 사라지진 않았고, 단지 이별한 자리에 남아 윤슬처럼 부드럽게 반짝이고 있다.

부모의 이혼으로도 나는 배운 점이 있다. 헤어짐은 누구에게나 쉽게 일어나는 일이라는 점. 이혼은 가족 중 누구의 죄도 아니라는 점. 나는 보통의 가족이라는 개념과도, 이혼가정을 꺼리는 어떤 타인의 곁이 될 자격과도 헤어졌지만, 그 역시 살면서 맞이하는 수많은 상실 중 하나였다는 점. 그리해 이제는 이별을 쉬이 떠올리고 만질 수 있을 만큼 가까이하고 살지만, 언젠가 잘 헤어지기 위해 지금에 집중하게 된다는 점. 그 사실이 나를 기피하게 한다면 그는 내게 소중한 사람이 아닐 뿐이라는 점. 하나 더, 똥 밭 위에는 생각보다 뭐든 잘 자란다는 점.

누군가가 상실 때문에 끝장나지 않도록 모든 종류의 이별이 최대한 쉬워지기를 바란다. 관계의 본질은 헤어짐이며, 이혼은 그저 수많은 헤어짐 중 한 종류에 불과했을 뿐이다. 아무리 해도 이별은 쉬워질 수 없지만, 가까이해 온 이별 덕에 내 삶은 그 전보다 제값을 치르고 있다고 믿는다. 삶은 제대로 이별하기 위한 과정이고 가장 정확하게 이별하는 방법은 도처에 널린 상실의 가능성을 받아들이며 현재를 사는 것이라고도 믿는다. 슬픔을 메고서, 피하지 않고서. 비싼 값으로 비싼 앎을 배운 나의 밭에는 무성한 현재가 자란다. 그 사실이 누군가에게 위안이 되기를 바라며 두서없이 적는다.

# 3

## 이혼시 고추없어구
## 여자셋만살아동 만만한번지

이를테면 아빠가 있을 때와 없을 때의 차이는 그랬다. 이혼한 미경과 그녀의 두 딸은 새로 리모델링한 낡은 빌라에 들어갔다. 커다란 방을 쪼개 놓은 듯한 작은 셋방에서, 미경의 가족을 포함한 신규 세입자들은 천장에서 쏟아지는 썩은 물과 집을 뒤덮는 곰팡이의 기세에 몇 달을 시달렸다. 신혼인 옆집 여자는 스트레스로 머리카락이 뭉텅 빠졌다. 머리카락이 뭉텅 빠진 채로 곰팡이에 오염된 새 장롱이나 그 안의 비싼 예물 가방에 발을 동동 구르며 울었다. 무슨 건물이 이따위냐고 고함치는 여자의 남편에게 시공자는 허리를 굽혀가며 변명을 늘어놓았다.

미경의 첫째 딸로서 나는 그 모든 걸 지켜보며 가슴이 욱신거렸다. 저 늙고 작은 엉터리 시공자가 너무 굽신거리는 건 아닌가 싶어서 욱신거렸고, 그가 매일 빌라에 오면서도 유일하게 남자가 없는 가구인 우리 집에만 잘 들르지 않아서 욱신거렸다. 사람은 연민하는 동시에 분노할 수도 있었다. 시공자는 나나 엄마에게 자꾸 반말을 하거나 실없는 말을 섞었고, 따져 묻는 내게 뭘 어쩌라는 거냐고 바닥에 침을 뱉었다. 우리 집 공사는 다른 집을 다 거치고 난 늦은 시각에나 건성으로 이루어졌다. 그런 날마다 나는 침대 뒤 내 주먹 두께의 곰팡이를 가만히 바라보았다. 알록달록하고 화려한 곰팡이는 현실보단 비현실에 가까워 보였다. 분을 삭이려고 했는데 어째 내 안의 다른 무언가가 삭아 버리는 기분이 들었다.

보증금을 돌려주어야 할 집주인 할아버지는 아프다며 전화를 받지 않았다. 대신 집주인 며느리가 우리 집으로 왔다. 다른 집과는 인사를 나누었을 뿐이어서 아마 우리 집을 제외하곤 합의가 끝난 거 같았다. 며느리는 보기에 집 안이 깨끗해 보인다고 어색하게 웃어 보였고, 나는 굳은 얼굴로 그녀의 팔을 끌고 침대와 장롱 뒤편의 곰팡이와 물이 고여 불룩해진 천장을 보여주었다. 그 물은 고이다 못해 불시에 쏟아지곤 했다.

빌라 복도에서 시아버지에게 전화해 쩔쩔매는 며느리의 목소리가 들렸다. 집주인 양반이 탈북자라 그런지 가부장적이야. 문을 활짝 열어두고 환기를 시키던 옆집 여자는 집에 들어가려던 나를 붙잡고 그런 말을 떠들어댔다. 탈북자와 가부장적인 게 무슨 상관인지 잘은 모르겠지만 그가 가부장적이라는 점에는 동의한다는 의미로 나는 잠자코 고개를 끄덕였다.

그 무렵 나는 상상이 늘었다. 건장한 젊은 남자의 형상이 나에게로 달라붙는 상상, 부당함을 참지 못하고 들이받는 상상. 무료 법률상담을 알아보고, 밤새 인터넷에서 나와 비슷한 사례를 뒤지고, 받지 않는 전화를 여러 번 걸어대면서 나는 그런 것을 거듭 상상해보아야만 했다. 고함치는 옆집 남자에 가장 가까운 사람은 집안에 나뿐이었다. 상상은 현실로 옮겨붙어서 마침내 집주인이 빌라에 들르던 날, 나는 그를 쫓아 4층에서 1층까지 계단을 뛰어 내려가며 고함쳤다.

언제까지 피하실 건데요.

목소리가 쩌렁쩌렁한 여자애를 마주한 집주인 할아버지는 주춤거리다 건물 밖으로 도망치듯 달려 나갔다. 지금도 그 이유가 궁금할 만큼 우리는 한 마디도 주고받지 않았는데 도대체가 대화라는 게 힘든 양반이었다. 그가 그의 며느리처럼 쩔쩔맸거나 옆집 남자 앞에서 구부정해지던 엉터리 시공자 같았대도 마음은 복잡했겠지만, 그는 그러기는커녕 대답조차 없이 내 존재 자체를 비켜 달아나려 했다. 나는 멀어지는 흰 뒤통수에 대고 발악했다. **사람 우습게 보지 마. 가만 안 있을 거야. 해결하지 않으면 어떻게 해서든 당신의 삶에 해를 입히고 말 거야. 내가 꼭 그럴거야.**

당시 스트레스로 앓았던 급성 콜린성 두드러기 탓인지 상상에 과몰입한 탓인지 여하튼 그날의 나는 제정신이 아니었고 남들이 보기에도 그랬던 거 같다. 골목을 오가는 이들은 빌라의 초입에 서서 분이 풀리지 않아 씩씩거리는 나를 힐끗거렸다. 정당한 화를 냈음에도 잘못을 저지른 기분이 들었다. 그날 평소보다 일찍 온 시공자는 존대를 쓰며 내 눈치를 보았다. 세 모녀는 그 일이 있고서야 지금 사는 반지하로 거처를 옮길 수 있었다. 스물둘의 일이다.

여자만 있는 집의 장녀로 사는 건 소위 정상 가족의 장녀로 살아온 20년과 또 달랐다. 이십 대 내내, 나는 가족을 하대하던 이들 때문에 더는 '그 성별'이 우리 집에 없다는 걸 실감했다. 그건 집 안을 뒤덮었던 형형색색의 곰팡이처럼 살면서 처음 겪어본 것이었다. 곰팡이가 사라지고도 그 감각은 지속되었다.

가령 동생이 학교 폭력에 휘말렸을 때, 나는 학부모에서 한 글자만 빠져도 고등학교 선생들이 얼마나 단어를 가벼이 여길 수 있는지 알게 되었다. 엄마를 대신해 내가 학교로 갔다. 가지고 있는 제일 비싼 코트를 입고, 할 수 있는 최고로 진한 화장을 한 채. 그러고선 다니는 대학을 운운하며 선배인 한 신문 기자에게 연락을 하겠다고 딱딱거렸다. 우습지만 그 정도로 내세울 게 없었던 것이다. 다행히 내 목소리가 떨리는 걸 눈치채지 못한 동생의 담임은 그제야 학폭위를 열게 도와주었다.

한편 서류나 문패에 써 붙이지 않아도 사람들은 아빠의 빈자리를 금방 눈치챘다. 엄마 가게의 손님이 새벽녘 우리 집 부근을 기웃거린다거나, 피자 배달원이 나에게 거리낌 없이 문자나 카톡을 보낸다거나, 과자를 봉투에 넣어주던 동네 슈퍼 아저씨가 갑자기 아빠랑 안 살지, 묻는 식이었다. 어딘가 소름 돋는 주변의 눈치는 현관에 남자 신발을 두거나 슈퍼를 가지 않는다고 해결되지 않았다.

한번은 이른 아침 누군가 내 방 창문을 열기도 했다. 창밖 풍경이라곤 판판한 옆집 벽이 전부였다. 벽과 창문 사이 두 뼘 정도의 공간엔 볕조차 들지 않았으며 이따금 길고양이만이 오갈 뿐이었다. 그 창으로 사람이 나타날 거라는 상상을 해본 적이 없었던 나는 크고 거칠게 욕을 뱉었다. 본능적으로 우습게 보이면 안 된다는 생각이 들었다. 범인은 후다닥 도망갔고 나는 프라이팬을 휘두르며 현관을 박차고 뛰어나갔다. 씩씩거렸지만 다리가 덜덜 떨렸고 누가 툭 치기만 해도 오줌이 나올 것 같았다. 더워서 속옷만 입거나 다 벗고 잠들던 날들이 빠르게 뇌리를 스쳐 지나갔다.

출동한 경찰은 도둑이 아닌 거 같다고 갸웃거렸다. 좁은 공간인 데다 방범창이 견고해 어차피 침입도 불가하고, 여러모로 방 안을 들여다볼 목적으로 비집고 들어왔다고밖에…. 말끝을 흐리던 경찰이 머리를 긁으며 물었다.

혹시 댁에 남자 어른 계시나요?

어떻게 그렇게들 쉽게 알아 버리는 걸까, 내가 겪은 일들이 왜 그런 식으로 설명되는 걸까. 궁금해하는 내게 경찰은 또 그러면 전화 달라는 말과 함께 평상시 창문을 닫고 남자 어른이 있는 듯 집을 꾸며두라고 조언하고 돌아갔다. 그게 그의 최선이었다는 걸 알아서, 나는 원인과 결과가 그런 논리인 세상이라면 무언가 잘못되지 않았습니까, 여자 셋이 살면 창문도 열 수 없는 겁니까, 묻는 대신 창을 걸어 잠갔고 쭉 열지 않았다. 오 년 가까이 환기되지 않는 공간에서 옷을 갈아입었고 책을 읽었고 고양이 그림자에도 잠을 설쳤다.

그 후로도 창문을 쓰지 않는 집의 여자들에게 관심을 보이는 사람들은 많았다. 혼자가 된 엄마에게 들이대던 아저씨들이나 동생을 무력화시키던 동생의 전 남자친구들. 내게도 그처럼 자신의 당위를 내 불행에서 찾아내는 식으로 몇몇 남성이 다가왔다. 그들은 세상의 논리에 맞서 행동하기보다는 손쉽게 당사자를 안쓰러워하며 그 의사와 무관한 해결책을 제시했다. 내가 겪는 일이 주로 여성에게 일어난다는 걸, 성인 남성이 도처에 없기 때문이 아니라 여성을 제멋대로 대해도 된다고 생각하는 사람들 때문이라는 걸 짚는 이는 없었다.

저 자신에게만 능동적 역할을 주려는 다정한 말들이 작은 가족을 몇 차례고 흔들었다. 정말이지 열의가 넘치는 무심한 사람들이었다. 그러나 남성의 빈자리가 결핍이 될 때 드러나는 건 애정이 아닌 격차여서, 나는 보살핌을 바라다가도 문득 그런 게 견디기 힘들었고 그래서 꽤 많은 시간을 뒤죽박죽으로 보냈던 거 같다.

호르몬이 말하는 바가 꼭 그렇지는 않겠지만, 통념을 빌려 오자면 그때의 나는 집 밖에서 에스트로겐으로 무장했다. 여리여리해 보이는 여자에게 사람들은 상냥하게 굴거나 덜 무례해졌다. 나는 최대한 사근사근 웃는 낯으로 예쁘게 말하고 상대를 부드럽게 설득하려 들었고, 툭하면 끼니를 거르면서도 마른 선을 가진 몸이 되었다고 기뻐했다. 어쩐지 그렇게 살아야 이보다 나은 삶으로 갈 수 있을 거 같았다.

반면 동네에 와서는 테스토스테론을 짜냈다. 남자도 악도 깡도 없는 여자에게 사람들은 함부로 굴었고 나는 맞서 싸울 각오로 늘 각성 상태에 있었다. 심신을 혹사하면서도 안 힘든 척했고 건드리면 다 좆된다고 상스럽게도 굴었는데 그렇게 굴면 의존 없이 나 자신의 힘으로 뭐라도 지켜내거나 부당함을 비껴갈 수 있을 것도 같았다.

하지만 다 좆된다는 식으로 좆이 별거 아닌 양 굴어도 현실 속에선 좆이 없다는 이유로 별의별 일들이 끊임없이 일어났다. 그런 건 실제로 나를 위협해와서, 동기 하나가 내 여성스러운 외관이 어디서든 잘 먹히는 타입이라 하던 날엔 안도하는 동시에 소름이 돋았다. 먹히는 스타일이란 결국 먹히고 말 거란 말 같았고 결국 내 인생이 남의 양분이 되어 똥으로 끝난다는 것처럼 들렸다. 나는 그의 말에 정색하며 그게 어떤 의미지 아느냐고 비꼰 후 결혼할 남자를 가려 만나라는 동기의 얼굴을 경멸했다.

그러다가도 어느 날엔 확 결혼해 버리고 싶다고 술집에서 소주잔을 든 채 펑펑 울었는데, 온 힘을 다해 방어하는 데는 꽤 많은 에너지가 들었고 아무 품에나 쓰러지고 싶을 만큼 피로했기 때문이었다. 이러나저러나 나는 나 자신을 포기해 버리지 않기 위해 무척 애를 써야 했다.

말하자면 내가 지난 십 년간 살아온 곳은 **이혼시 고추없어구 여자셋만살아동 만만한번지**일 것이다. 그곳의 거주자들은 남성의 자리가 무엇을 의미하는지, 그 자리를 비워둔 가난한 여성들에게 무슨 일이 일어나는지 온갖 형태로 꾸준히 감각해야 했어서. 나는 곤죽이 된 마음으로 자주 미래를 의심했고 어느 새벽 울음을 터뜨리곤 했다.

하지만 누군가에게 내가 겪은 일들이 반복되지 않기를 바라는 것과 내가 운 좋게 혹은 기어이 얻어낸 무언가를 긍정하는 건 동시에 가능했으므로, 나는 부당함을 상기하면서도 나 자신을 피해자로만 여기지는 않았다. 오히려 아빠의 빈자리로 내가 겪게 된 유의미한 변화들은 나로선 모르는 척하기 퍽 아까운 것이었다.

이를테면, 이상하게도 내 안엔 집요한 응시력이 자라났고, 나는 어쩐지 생존 능력이 발달한 작은 동물들처럼 점점 더 기민하고 유연하고 영악해졌다. 그런 건 누구나 갖게 되는 건 아니었다. 더해 혼자 해결해내려던 숱한 시도들은 개인이 해결할 수 없는 구조적 문제들에 번번이 부딪혔지만, 그런 충돌은 여성이기에 마주하는 문제들을 시정하라고 요구하거나 사유하지 않으면 내 삶이 변치 않는다는 깨달음이자 증거로 남았다. 그런 증거를 수집하며 내게는 보호보다 권리를 요구하는 근사한 습관이 생겼다. 그런 것 또한 누구나 갖게 되는 건 아니었다.

무엇보다 나는 남성의 빈자리와 누군가의 결핍을 동의어로 독해하는 걸 끝까지 수상하게 여겼다. 우리는 우리만으로도 괜찮아야 한다는 믿음, 내가 끝내 망가지지 않을 거라는 믿음 같은 걸 지키느라 지독한 멀미를 앓긴 했지만, 그 믿음들은 어떤 방식으로든 나를 지켜냈고 그 와중에 나는 엉망인 마음이 어떤 건지 조금은 이해하는 사람이 되었다. 그런 것 역시 누구나 갖게 되는 건 아니었다.

그러니까, 부당함에서 오는 고통에 어떤 의미도 부여하고 싶지 않지만, 이따금 어떤 위기는 내 안에 중요한 변화를 만들고 스러져갔다. 마치 그 변화들이 그 이후의 내 삶에서 어떤 남자보다도 유용하게 쓰일 거라는 듯이.

# 4

—

# 자영업자의 딸

작년인가, 잠실로 갈 버스를 기다리며 문 닫힌 가게의 차양 아래서 있었다. 태양이 진한 만큼 차양의 그늘은 서늘했는데 불 꺼진 가게에서 새어 나오는 한기 때문인 듯했다. 더위를 피하던 나는 문득 며칠째 그 가게가 닫혀 있었다는 걸 깨달았다.

사람들이 바지런히 구슬땀을 흘리는 오후의 활기 속에서 저 혼자 컴컴한 가게는 거리 한복판의 봉분 같았다. 이미 잊힌 과거가 있다면 이런 식이지 않을까 싶을 정도로, 현재의 사람들은 과거와 그 앞에 선 나를 때론 힐끔거리고 때론 무심하게 스쳐 지나갔다. 훤히 들여다보이는 가게 내부는 황량했고 단단하게 닫힌 문 사이엔 굴림체의 노랗고 빨간 화려한 명함이 끼워져 있었다.

**성실중개—강동, 송파 상가 점포 전문—각종 모든 상가 전문 중개, 점포매매, 파실 분 사실 분! 지금 바로 연락주세요, 24시간 상담 대환영.**

망한 걸 환영한다는 거야 축하한다는 거야 뭐야.

그곳의 유일한 채도인 그 명함은 가게가 오픈하던 날 나눠주던 풍선이나 전단지의 채도와 너무나 닮아 있어 나는 괜한 심술로 명함을 떼어냈다. 누가 떼어냈는지는 모르겠지만 그렇게 떼어 버려진 엇비슷한 명함들이 바닥 한가득이었다.

역 바로 앞에 위치한 그 가게는 다소 촌스러운 이름의 작은 빵집이었다. 오픈 후 일주일가량이나 홍보에 애를 쓰던 가게 사장은 동네 모든 이에게 세상 다시없을 빵집의 탄생을 알리려고 혈안인 듯 보였다. 빵집에선 당시 유행하던 작은 사이즈의 식빵 여러 종류를 팔았다. 자부심이 넘쳐 보이던 사장과는 별개로, 나로서는 한참 카스텔라가 유행하더니 이번엔 식빵이군, 싶었다. 심지어는 그런 별거 아닌 걸 알리겠답시고 애쓰는 타인에게 나는 다소 짜증이 났다. 안 그래도 비좁은 골목에서 사장의 팔이 불쑥불쑥 전단지를 내밀어댔기 때문이다. 다만 제빵복까지 갖춰 입은 그의 표정이 너무나 환하고 들떠 보였으므로, 어쩐지 마음이 누그러진 나는 작은 동네에서 뭘 이렇게까지, 하고 속으로만 투덜대고 말았다. 그리고 받아든 전단지를 최대한 멀리 떨어진 곳으로 가서 버렸었다. 그게 그 시점에서 고작 몇 달 전이었다.

전단지가 명함으로 바뀌는 데는 오랜 시간이 걸리지 않았다.

가만 보니 문 옆쪽에 종이가 붙어 있어 나는 종이 위 글자를 어렵지 않게 읽을 수 있었다. 전기사용계약 해지 예정 알림. 성적표처럼 고지된 밀린 전기세를 읽으며 나는 눈을 깜빡였다. 알지 못하는 누군가가 이런 걸 읽었다는 걸 알면 당사자는 무슨 기분일까. 사회는 그런 걸 여봐란듯이 전시했다. 아마 가게의 주인은 그렇게까지 말해주지 않아도 그 숫자들을 세포 깊숙하게 알고 있었을 거라고, 나는 누구에게라도 변명하고 싶은 심정이 되었다. 막차를 타고 동네에 도착했던 어느 날, 인적 드문 거리에서 빵집만 불이 켜져 있었었으니까. 아침 일찍부터 아무도 빵을 사지 않을 새벽까지 가게 앞을 서성거리던 사내는 여전히 제빵복 차림이었다. 나는 자주 늦게 귀가했고 그때마다 불이 켜진 빵집을 지나쳤다. 그러니까 어두운 거리에서 홀로 밝은 밤을 보내던 가게는 이제 밝은 거리에서 홀로 어두운 낮을 맞이한 것이었다.

그를 지나쳐 집으로 향하는 날이면 나는 엄마와 엄마의 가게를 떠올렸다. 평범하고 작은 동네 가게. 빚지지 않겠답시고 엄마는 일주일 내내 새벽까지 일하다 아침에야 잠이 들었고, 쑤시는 몸을 뒤척이고 끙끙거리다 오후면 일어나 다시 일을 나갔다. 창피하지 않으려고 그런다고 했다. 어디 가서 빚지면 안 돼. 자신의 한계 지점에서 인내하는 게 유일한 위안이라도 되는 것처럼 엄마는 저 말을 자랑스럽게 말하고 자주 힘들어해서, 나는 꼬박꼬박 융통성 없이 사는 엄마에게 대한민국이야말로 수없는 밤을 빚진 거라고 멋대로 생각하곤 했다.

그러다가도 갑자기 울컥해서는 빚을 싫어하는 저 양반이야말로 내게 죄책감을 빚졌다고 생각하기도 했다. 음식을 하느라 종일 서서 일하는 엄마의 발에는 자꾸 굳은살이 박였다. 굳은살은 여린 살을 파먹어서 엄마는 자주 그 살을 아파했다. 새벽녘 화장실을 갈 때면 안방 문틈을 타고 서투르게 발바닥이고 발톱이고 뭔가를 파내는 소리가 들려왔다. 부러 한계까지 자신을 밀어붙이는 듯 보이는 사람들이 버티기 위해 무얼 하는지를 알려면 그들의 새벽을 보아야 한다. 그런 사람들은 타인이 자는 시간에 잠들지 못하고, 나는 내 마음이 저리다는 이유로 잠들지 못하는 이를 자주 미워했다.

그리고 그날 한낮의 캄캄한 가게 앞에서 타인의 빚을 읽어 내리며, 나는 엄마가 왜 그렇게까지 했는지를, 새벽의 빈 거리를 서성이던 빵집 사장이 되뇌던 게 무엇이었는지를 졸지에 알아버린 것만 같은 기분이 되었다. 가난은 죄구나…. 사회는 없는 사람에게 열심히 일해도 회생 불가한 수치와 죄책감을 고지하는 것처럼 보였다. 빵집 사장의 딸로 보이는 학생이 부루퉁한 얼굴로 빈 가게를 지키곤 하던 기억이 스쳤다. 나는 그 애가 문에 붙어 있고 끼워져 있던 무엇도 보지 않았길 간절히 바랐다.

딱 한 번 그 빵집에 들렀었다. 초반에 바글거렸던 빵집은 한산했다. 팔리지 않고 쌓인 빵도 많은데 중년의 사내는 빵을 만드느라 바빠 보였다. 열기로 데워진 사장의 벌건 얼굴 위로 땀이 흘렀고, 귀에 난 흰 털이나 네모진 투박한 손은 섬세함이나 위생과는 멀리 있는 것만 같았다. 그가 말하는 어서 오세요, 는 들리지도 않아서 나는 성실함과 친절함과 위생이 왜 같이 가지 못하는가 못마땅해하며 빵을 구경했다.

베스트 스티커가 붙어 있는 쌀 빵과 크림치즈 빵을 고르자 그가 허둥지둥 나와 결제를 도왔다. 그는 혼자 빵도 만들고 결제도 하고 소개도 하고 포장도 했다. 고르신 빵이 가장 맛있어요, 웃어 보이는 사장의 얼굴은 첫날 들떠 있던 얼굴에 물이라도 탄 듯 어딘가 밍밍해 보였으나 기분 탓이었는지도 모른다. 어쨌든 나는 나오자마자 빵을 뜯어 먹었다. 배도 고팠고 가게 곳곳에 붙어 있던 자부심 가득한 글귀에 약간의 기대도 있었다. 입 안에선 언젠가 먹어본 맛이 났다. 괜찮았지만 특별하지는 않았다.

집에 온 내게 엄마는 작은 식빵이 귀엽다고, 요즘엔 참 별게 다 있다고 했다.

요즘 누가 이런 걸 사 먹어, 좀 더 돈 주고 다른 거 먹지. 엄마가 여기저기 안 다녀서 그렇지 번화가 지하철역만 지나가도 천지야, 이런 거.

왜, 이만하면 괜찮지 뭘 그래.

뭐가 괜찮아. 눈 좀 높여, 그냥 그런 가게는 도태되는 거야.

그 무렵 나는 냉소에 소질이 있었다. 구조의 탓을 개인의 탓으로 돌리는 사회에서, 엄마도 나도 날마다 쉬지 않고 일해도 떠내려가는 사람들이 있다는 걸 알았고 우리도 그럴까봐 늘 겁을 냈다. 그러나 모순되게도 나는 창피당하지 않는 삶을 살기 위한 개인의 노력이나 그 와중에 제 가치를 믿어보려는 개인의 욕망을 무심코 혐오했다. 뻔한 결과에도 마음을 다하는 사람들을 경멸했고, 어차피 안 될 이유를 자꾸 찾거나 그냥 망할 이유를 힘주어 말하는 식으로 내 기대를 숨겼다. 빵 맛에 무언가 특별한 게 있기를, 누구라도 열심히 일하면 생계를 꾸릴 수 있기를, 그리해 그들이 밤에 푹 자기를 바라는 그런 기대란 정말이지 지긋지긋했던 것이다. 그런 기대는 사람을 부풀렸고 누구도 알아주지 않는 정성을 쏟게 만들었고 잠을 쫓거나 삶을 곪아가게 했다. 이미 넘치게 고된 개인을 몰아붙였고 그 곁의 내 마음을 자꾸 아프게 하다못해 잠자리를 뒤척이게 만들었다.

문 닫은 빵집 앞에서 나는 그 날의 기억을 더듬거렸다. 도태를 운운하는 내 말에 엄마가 뭐라고 답했는지 잘 기억나진 않았다. 흐린 기억 속 엄마는 그저 묵묵히 내가 남긴 빵을 다 먹고는, 그 빵처럼 괜찮지만 특별하지는 않은 자신의 작은 가게로 향했던 거 같다. 반면 어디로 향해 있는지도 모르는 채 뾰족하게 갈려 있던 내 말은 비교적 선명하게 떠올라서. 그런 게 무언가를 정말로 망하게 만들진 않았을까, 나는 그런 생각을 자꾸 반복했다.

길을 걸으며 가로수의 뿌리를 감각한다. 어떤 뿌리는 벽돌을 있는 힘껏 밀어내며 저 나름대로 애쓰고 있다. 지나는 길목을 울퉁불퉁하게 만드는 뿌리들은 한계 속에서 자라면서도 타인의 걸음을 변화시킨다. 새싹이 저렇게 되기까지의 의지란 성가신 동시에 경이로웠다. 뿌리내리는 일엔 요령 같은 게 없어서, 오래된 나무의 두꺼운 핏줄을 볼 때마다 나는 나무의 그늘 아래서 이 땅이 얼마나 단단하고 척박한가를, 그걸 마주하는 뿌리의 생명력을 가늠해보곤 했다. 이상하게도 그러다 보면 조금의 촌스러움과 열악함, 조금의 하찮음과 뻔함 같은 걸 냉소 없이 견딜 수 있을 것만 같았고, 견뎌야 할 것만 같았고, 또 그러다가도 내가 도대체 뭘 감내한다는 건지 몹시 창피해졌고….

불 꺼진 가게 앞에서 버스를 기다리던 날도 그랬다. 해가 좁은 폭으로 느릿느릿 지던, 너무 밝고 너무 뜨겁고 너무 명백했던 여름에 마침내 드러나게 되는 것들. 선명하게 드러나는 무언가를 보이지 않게끔 하려고 최선을 다하는 사람들. 나는 하염없이 버스를 기다리며 무더위에 전기를 끊는 일을, 빵이나 빵집 사장을 부풀린 게 무엇인지를, 그렇게 뿌리내리려던 삶을, 묵묵히 빵을 먹던 엄마를, 밤을 서성이던 사람들을 생각하고 있었다. 명치를 찡겨오는 낡은 브라가 따가워 땀띠가 날 거 같았다.

# 5

—

# 한여름밤의 꿈

여름이면 부쩍 아빠가 생각난다. 아빠와 나는 거의 명절에나 얼굴을 본다. 추석은 대개 여름이라기보단 가을이고, 설은 겨울 혹은 봄이니까. 엄마와 아빠의 이혼 후, 그러니까 스무 살 이후의 내 여름에 아빠는 없다. 먹고살기 바쁘다곤 하지만 그냥 영 무뚝뚝한 부녀 관계의 소산이다. 여름에 아빠가 있던 때는 우리가 한 지붕 아래 있던 때고 그 기억은 매해 자꾸만 흐려져서…. 그래서 여름을 통과할 때마다, 나는 이미 결핍된 이 계절의 무어라도 더 까먹지 않을 심산으로 더 자주 아빠를 떠올리는 건지 모른다. 아빠에게 전화를 걸기보다는 아빠에 대한 생각만 하는 딸이라는 게 늘 마음에 걸리지만, 아무튼.

여름은 아빠가 제일 힘들어하는 계절이기도 하다. 그는 내가 아는 모든 사람을 통틀어 팬티 차림이 가장 잘 어울리는 사람이다. 우리가 함께 살던 때, 아빠는 여름마다 팬티 바람으로 거실에 누워 바닥에 닿는 면적을 늘리려 노력하곤 했다. 바닥이 차가워서 좋다며 무더위가 기승을 부리던 여름밤이면 화장실 바닥에서 자기도 했다. 더위를 많이 타는 그를 위해 누군가의 아내이던 시절의 엄마는 대형 마트에서 아이스크림을 묶음으로 사오는 일을 여름마다 반복했다.

옥상 아래의 집은 에어컨을 혹사시켜도 무더웠고, 그는 누워 있다가도 하루에도 몇 번씩 조갈이 난다며 벌떡 일어나 냉장고를 열었다. 헥헥거리며 막대 아이스크림을 다섯 개씩 먹어 치우거나 투게더 한 통을 혼자서도 뚝딱 비웠고 물이고 콜라고 꺼내어 꿀떡꿀떡 마셨다. 꼬집어 설명하긴 어렵지만 그런 모습엔 어딘가 서툴고 세련되지 못한 데가 있었고 그건 해가 뜨거워지거나 매미가 크게 울수록 더 잘 드러나서. 왜 저래, 하며 나는 이유도 모르면서 아빠를 자주 미워했고 핀잔을 주었다.

그러니 길거리에 늘어난 아이스크림 집을 보거나, 날이 더워지는 시기면 그런 식으로 여름을 나던 아빠를 떠올리는 것이다. 조갈 나네, 하고 물을 따라 마시는 나를 보고 연인은 너 참 어른 같은 말을 쓴다, 하고 웃었다. 나는 꼭 아빠처럼 팬티 바람으로 맨바닥에 눕는 걸 좋아하고 찬 것을 벌컥벌컥 마신다. 그래서 나도 여름을 힘들어하나? 저번엔 상가 건물 화장실을 들어가 닫힌 변기 뚜껑을 열었고 데워진 변기 물에서 열기가 훅 올라왔다. 나는 얼굴을 찌푸리며 오줌을 누었고 밖으로 나와선 손 씻던 여자가 튀긴 물에 작게 욕을 했다.

변기 물과 타인이 비슷한 온도가 되면 누구라도 쉽게 미워하게 된다. 닮았다는 이유로도 불쾌해지는 계절. 종일 뾰족하던 마음이 식은 밤공기나 차가운 맥주잔 따위로도 순식간에 평온해오면 어쩐지 나는 조금 참담한 기분이 든다. 아빠는 마음이 이렇게 쉽게 유보된다는 걸 알았을까. 앞으로의 여름이 어떤 형태일지 몰랐던, 닮았다는 이유로도 내가 그를 쉽게 미워하던 시절에, 아빠는 누굴 미워하거나 누군가에게 미움받는 일을 버티려고 끊임없이 시원한 것들을 삼켰을까.

따로 살게 되니 별게 다 궁금해지기도 한다. 이제 아빠는 맘껏 담배를 피울까, 같은. 물음이라기보다 장면에 가까운 질문을 늘리며 나는 아빠를 이해하는 시늉을 한다. 마치 내가 겉담으로 흡연자 시늉을 하던 때처럼. 한번은 내 돈 주고 담배 한 갑을 샀다. 나는 술 마실 때 혼자 남기 싫다는 이유로 흡연자를 따라가는 간헐적 흡연자에 불과했지만. 일보다는 사람이 힘들었고 사람이 힘드니 일에서도 도망치고 싶어지던 몇 년 전 여름, 담배는 둘 다에서 도망칠 좋은 구실이었다.

호기롭게 담배를 피우러 나갔으나 라이터가 없었고 나는 모르는 이에게 처음으로 머뭇머뭇 불을 빌렸다. 흡연자들은 불을 빌려주는 데 누구도 인색하지 않았다. 땡볕에 불을 빌려주는 타인의 너그러움은 묘하게 나를 달래주는 데가 있어서, 나는 그 시기 라이터 없이 담배 한 갑을 가방에 넣고 다녔고 모르는 사람들에게 불을 빌렸다. 그런 식으로 마음을 채웠다. 겉담배로 연기를 뱉을 땐 꼭 아빠를 알 것만 같았다. 그의 흡연도 타인의 너그러움을 만날 수 있게 해주는 몇 없는 수단이었을까.

의지가 단단하기로 소문난 아빠도 담배만큼은 끊지 못한다. 골초 친구는 겉담배는 담배를 피우는 것도 안 피우는 것도 아니라고 했고, 나는 아빠를 아는 것도 모르는 것도 아닌 거 같다. 그래도 지금 아는 걸 미리 알았다면 외로운 그에게 무능하게 담배도 못 끊느냐며 싸늘하게 말하지는 않았을 거 같은데.

어제는 아빠 또래 손님을 웃으며 맞았다. 여름날 카페는 북적이고, 아르바이트하는 프랜차이즈 카페의 위치나 시간대 특성상 중년층에서 노년층까지의 손님이 많다. 그들은 다짜고짜 아이스 두 개, 라는 식으로 호통치듯 말하거나, 메뉴판을 보고 한참 웅얼웅얼 망설이거나, 때론 필요 이상으로 공손하게 주문한다. 나는 일하면서 내 부모 또래와 그 윗세대가 카페에 갓 익숙해졌거나 아직 익숙하지 않다는 걸 알아간다.

이제 무언가에 익숙하지 않은 사람들의 얼굴이 조금은 익숙해져서, 아보카도를 달라 하면 아포가토를, 아메리카를 달라 하면 아메리카노를 만들어 내밀며 살짝 웃는다. 다음 날 그들은 같은 시간 다시 찾아와 그전보다 자신 있게 메뉴를 시키고는, 구석으로 가 쾌적한 공간에서 더위를 달래는지 자신을 달래는지 모를 표정으로 앉아 음료를 마신다. 무더위는 버거우니까, 누구라도 버티어 낼 무언가가 필요하겠다. 그렇게 나는 아빠에게 하지 못하는 일을 타인에게 연습한다. 아빠에겐 따뜻한 말 한마디 못하면서 아빠에 대한 글을 쓰고 있는 것도 비슷한 일이다.

장마라더니 비가 영 시원찮게 토독토독 내린다. 여름비를 좋아한다. 비는 그리움을 부추기고 그리우면 잠이 안 온다. 불 꺼진 방 안에 누워 있으면 모두가 이렇게 흩어지기 전 화목했던 거실 광경이 이상하게 자꾸 생각이 난다. 자꾸 흐려져 잃을 것만 같은 몇 없는 광경에 나는 부러 오래 뒤척인다. 우리는 어차피 언젠가 조각날 거 너무 일찍 조각난 건 아닐까, 하는 마음이 든다.

십 년이 넘었는데도 어떤 밤엔 그냥 그리움이 찾아와 그저 비가 더 내리길 바란다. 한 번씩은 퍼부어줘야 시원해지고 시원하면 조갈이 안 나고 조갈이 안 나면 좀 더 버틸 만해지니까. 그럼 누군가는 벌떡 일어나 냉장고를 뒤지거나 화장실 바닥에 드러눕지 않고도 푹 잘 수 있을 것이다. 그에게 이불을 덮어줄 수 없다는 사실이, 가까이에서 사라진 잠버릇이 사무친다. 우리의 지금은 서로서로 먼 거리를 가졌으나 오늘은 같은 꿈을 꾸고 싶다. 그럼 일어나 맞이하는 내일 나와 닮은 이에게 전화를 걸어 조금은 다정하게 말할 수 있지 않을까. 바야흐로 버티는 계절이라고.

# 6

## 달려라, 효원

얼마 전 나는 집 안에서 핸드폰을 찾아 시끄럽게 굴었고, 효원은 자기 폰으로 내게 전화를 걸더니 화장실에서 찾은 내 핸드폰을 들고 내 눈앞에 흔들었다.

야 임지은, 너무한 거 아니냐?

왜 자신이 '꼴통 뉴'로 저장되어 있는지에 대한 항의였다. 내 전화번호부에 그 애를 꼴통으로 저장해둔 건 아주 오래된 일인데도 효원은 매번 따져 묻는다. 이상하게 들리겠지만 그건 친밀함을 확인하는 우리만의 전통이다. 나는 과장된 새침한 얼굴로, 이전까진 너를 꼴통으로 저장해두었는데 니가 전화번호를 바꿨길래 거기다가 뉴를 붙여준 거라고 대꾸했고, 효원은 언니 너는 진짜 노답 또라이라며 어처구니없어했다.

듣자 하니 어떤 자매들은 손을 잡고 여행을 다닌다는데, 나로선 도무지 그런 걸 믿을 수가 없다. 차라리 옆집 할머니가 비밀리에 여성 전용 타투 샵을 운영하고 있다는 말이 더 신빙성 있게 들린달까. (옆집 할머니는 나를 볼 때마다 내가 남편 밥을 챙겨줘야 한다는 걸 강조하시곤 한다.) 우리 자매는 기껏해야 장난을 치거나 너스레를 떨거나 꼴통 같은 걸 애칭으로 여기는 게 전부다. 정말이지 나는 다른 모든 사람들에게 살가운 편인데도 효원에게만은 너무나도 느끼하게 느껴지는 나머지 그럴 수 없다. 그러니 그 애는 내가 얼마나 자기를 끔찍하게 생각하는지, 그러면서도 다정한 말 건네기를 얼마나 끔찍하게 어려워하는지 결코 모를 것이다.

하지만 나는 그 애 몰래 열심히 노력하고 있다. 효원이 뭐든 털어놓고 싶을 때 찾을 수 있는 언니가 되는 것, 그 애가 어떤 실수를 해도 회복해 살아갈 수 있는 세상을 만드는 것, 그런 건 단시간에 되지 않을 테니 우선은 그 애가 어떤 실수를 해도 믿어주는 가족이 되는 것, 그애의 고유함이 무엇인지 함께 지켜보는 것….

그건 적당한 척력을 유지해야만 가능한 일이라 나는 온 힘을 다해 약간의 거리를 두려 애쓴다. 손 닿는 곳의 티슈처럼 너무 떨어지지 않은 곳에 언제나 비치되어 있는, 그 정도의 거리와 역할이면 충분하다고 생각해본다. 그렇지 않으면 그 애의 인생에 자꾸 관여하려 들 것만 같아지니까. 사랑하면 왜 자꾸 그러고 싶어지는지 알다가도 모를 일이다.

내가 다섯 살이던 봄, 그러니까 효원이 막 태어났을 때, 엄마는 내가 꼬물거리는 그 애를 엄마 모르게 꼬집었다고 했다. 어린이의 질투였는지 단순한 호기심이었는지 너무 먼 옛날인지라 나는 효원을 꼬집은 걸 기억 못 한다. 어쩌면 나는 효원의 언니로 사는 쉽지 않을 미래를 예감한 나머지 미리부터 효원에게 못되게 군 건지도 모른다. 나는 그 애가 태어난 이후 언제나 이런 말을 들어왔으니까 말이다.

엄마가 죽으면 니가 효원이 엄마야. 너는 언니니까.

나는 엄마가 죽는 것도 싫었고 내가 효원의 엄마인 것도 싫었으며 나중엔 급기야 내가 효원의 언니인 것도 싫었다. 뭐만 하면 그놈의 언니니까, 언니니까! 하지만 나는 언젠가부터 효원이 무언갈 저지를 때마다 나는 무언갈 저지르지 않는 식으로 언니답게 의젓하게 굴고 있었다.

이를테면 어린 효원은 좀 별난 구석이 있었는데, 한번은 왜인지는 몰라도 대리석을 좋아하던 효원이 꺅꺅거리며 대리석인 은행 바닥에서 온몸으로 뒹구는 통에 엄마와 나는 통장을 확인하러 갔다가 그만 얼굴을 화끈거리며 집으로 돌아온 적도 있다. 그럴 때 어른들은 매번 맏이가 모범을 보이길 기대하는 눈빛으로 나를 바라보았고, 나는 효원을 경멸하며 내 몸가짐을 어린이답지 않게 다듬어나갔다.

이제 와선 어린이란 충분히 원숭이같이 굴 수 있을 법한 존재라는 생각이 들지만, 당시 나를 포함한 가족 모두는 쩔끔 사회화가 진행된 나와 당연히 그렇지 못한 효원을 비교했다. 큰애가 역시 언니답게 의젓하네! 변명하자면 그렇게 칭찬이 자주 내게 쏠리다 보니, 나는 덜 자란 채로 어른스러운 어린이가 되지 않을 수 없었던 것이다. 내 부모와 조부모는 선량했지만 역시 자식들을 대하는 방법을 전혀 배우지 못한 세대였던 거 같기도 하다.

어쨌거나 효원의 언니가 되는 건 아직 애기에 불과했던 내게 퍽 버거웠고, 그때부터 꽤 오랫동안 나는 효원을 나를 힘들게 하는 원인이자 부족한 존재로 여겼다. 하지만 어쩌면 그 반대였는지도 모른다. 그런 일들은 오히려 효원에게 훨씬 더 버거웠지 않을까. 태어나자마자 다섯 살이나 차이 나는 경쟁 상대가 있다는 건 퍽 부당하니까….

그런 생각을 하면 슬퍼진다.

아무튼 효원이 한여름에도 죽어라고 고집했던 노란 패딩이나, 내 숙제에 마구 그려둔 낙서, 몰래 내 핸드폰을 쓰고 잃어버리고도 모른 척하던 얼굴같이, 못 말리는 원숭이 같았던 그 애의 어린 시절을 나는 기억하고 있다. 그때 효원은 내가 가진 건 뭐든 갖고 싶어 하던 아이였다. 효원이 담배를 피우고 술을 마시고 외박을 일삼던 시기에 했던 눈화장이나, 혼날 때마다 뻗대던 고개, 내가 처음 화내지 않고 부드럽게 어르던 날 들썩였던 어깨처럼, 비행 청소년 클리셰 버전인 그 애의 중학생 시절도 나는 기억하고 있다. 그때 효원은 넉넉한 관심을 받고 싶어 하던 아이였다. 효원이 교복을 입은 채 학교 아닌 그네에 앉아 있어야 했던 아침, 근거 없는 성 추문과 이어진 학교 폭력, 그 애를 향하던 어른들의 손가락 하나하나…. 과녁과 다름없던 그 애의 고등학교 시절 역시도 나는 기억하고 있다. 그때 효원은 자기편이 간절했던 무력한 아이였다.

외로웠던 것이다.

내가 이따금 그 시절을 회상하면 효원은 그랬느냐고 되묻는다. 마음을 오래 앓다 보면 기억이 얇아지는 모양이었다. 자신이 어떤 아이였는지 잘 기억하지 못하는 효원을 보며 효원의 의사는 너무 괴로운 기억을 뇌가 스스로 지우기도 한다고 했다. 조그만 효원의 머리엔 박박 문지른 흔적이 있는 반면, 나로선 아무 흔적이 없으니 전부 기억하고 있는 것이다. 내가 불안하고 두렵고 버겁단 이유로 효원을 다그치곤 했던 거나, 왜 나 같지 못하느냐며 기대에 미치지 못할 때마다 경멸하던 것도. 나는 언니이자 효원의 예비 엄마처럼 굴었던 게 틀림없고, 나 같은 언니를 두는 일은 어떤 일들을 자꾸 실패하게 만들었을지 모른다.

어제는 슬쩍 효원의 노트 필기를 보았다. 익숙한 글씨체가 빼곡하게 채워져 있는 걸 볼 때마다 나는 울고 싶은 기분이 된다. 공부를 안 하는 애들이 자주 그렇듯 수험생 시절 나는 내용보다는 글씨체에 공을 들이며 공부를 했다. 효원이 그런 내 노트를 가져가 필체 연습을 한 건 나중에 알았다. 자매의 글씨체는 같다. 나를 미워하기 충분했던 시절부터 효원은 자기만을 미워하고 있었던 것도 같다. 그 애는 나를 늘 지독하게 짝사랑하고 있었다.

언니로 산다는 건 무얼까….

오래전, 효원과 어린이대공원을 간 적이 있다. 몇 살이었을까, 아무튼 나는 성인이었고 효원도 꽤 커 있었으며 무엇보다 추운 겨울이었는데 도대체 둘이 왜 어린이대공원에 간 건지는 잘 기억나지 않는다. 어쨌든 우리는 동물원 쪽을 지나 후문 방향으로 무표정하게 걷고 있었다. 그러다 코끼리 우리에서 뭉게뭉게 연기 같은 게 피어오르는 걸 보았고, 혹시 불이 난 건가 싶어 다급하게 다가간 그곳에서 코끼리가 커다란 고추를 내놓고 오줌을 싸는 것을 목격했다. 말하자면 그것은 연기가 아니라 모락모락 피어나는 엄청난 오줌 김이어서, 나는 소리를 내지 못한 채 헉헉거리며 웃었다. 내 옆의 효원도 이미 고꾸라져 있었는데 눈에 눈물이 맺혀 있는 것도 같았다. 우리는 숨이 넘어갈 것 같아 서로의 팔이나 등을 때렸다. 다 커서 코끼리 오줌에 무장해제가 된다는 게 좀 수치스러웠지만 거의 죽을 뻔할 정도로 웃음이 멈추지 않았다.

코끼리 오줌 같은 걸로도 그렇게 웃을 수 있는 효원. 과거의 일들로 효원이 느리게 아파하는 내내, 이상하게도 나는 우리에게 그런 기억이 좀 더 많았으면 모든 게 이보다 괜찮았을 거라는 생각을 멈추지 못했고, 그때부터 효원에게 부러 장난을 건다. 가끔 다정하고도 싶지만 느끼하게 굴었다간 눈물이 날 것만 같고 울고 싶은 사람은 효원이지 내가 아니라는 생각이 들어서, 효원을 생각하는 마음이 들키고 싶은 날엔 효원이 좋아하는 쿠키를 사간다.

한동안 효원은 늦은 밤 느닷없이 언니, 하고 말을 걸면서 글썽거렸다. 효원은 언제나 혼자서도 잘하고 싶어서 울었다. 자기가 울고 싶은 날 효원은 나를 언니라고 부르고 나는 효원의 이름을 불렀다. 어쩌면 먼저 산 여성은 뒤이어 태어난 여성의 이름을 불러주려고 언니가 되었는지도 몰라서, 나는 언니답게 조금 떨어져 앉은 채 그 애에게서 열심히 내 이름을 지웠다. 걱정이나 참견을 애써 누르며, 조언의 의미는 조언을 구하는 과정 중 네 마음이 정돈되는 데 있는 거라 말해주었다. 효원은 효원으로 살면 그만이라고. 좁은 거실에 앉아 새벽까지 떠드는 일이 거듭되자 효원의 어딘가가 정말로 정돈되는 것도 같았다. 그런 날엔 효원이 좀 더 푹 자는 것도 같았다. 자신을 미워하지 않기 위해 열심히 싸울 땐 숙면이 필요한 법이었다. 그 애가 세상 모르게 잘 때 나는 그 애의 방문을 닫았고,

그런 날이면 멀리서 효원을 본 일을 조용히 떠올렸다. 종종

대며 걷는 걸음걸이, 그 애가 좋아하는 옷차림, 작고 얄따란 몸에도 숨기지 못하는 옴팡진 분위기 같은 걸 훔쳐보며 나는 조금 웃기면서도 눈물이 날 것 같았다. 효원이 이전보다 씩씩하게 걸을 때마다 왜인진 모르겠지만 자꾸 그런 기분이 되었다. 아무튼 그 장면을 오래 담고 싶은 나머지 나는 효원이 있는 방향을 느끼하게 지켜보았고 이윽고 그 애가 시야에서 사라져서도 그랬다. 기억하기론 그쪽 하늘이 믿기지 않을 정도로 크고 파랗게 펼쳐져 있었으므로, 나는 넓은 세상 속에서 효원의 고유함을 믿는 수밖에 없었다. 효원이 무슨 꿈을 꾸고 있는지 궁금해하면서.

# 7

## 비혼을 말하면서 결혼을 생각하는 건

십 년도 더 전에, 내가 다녔던 화실의 원장과 강사가 호텔에서 결혼을 했다. 고등학생이던 나와 처음 호텔 결혼식을 가본 엄마는 주눅이 든 채 넓은 천장과 사람들을 구경하고 테이블의 음식을 모조리 남겼다. 집에 오는 택시에서 엄마와 나는 꽃이 예쁘더라, 음식이 맛있더라, 칼과 포크를 어떻게 쓸지 어려워 포크로만 먹었다 등의 감상을 서로 나누었다.

그 무렵 일찍부터 의심이 많고 건방졌던 나는 그들의 속물근성을 우습게 여기고 학원을 그만둔 상태였다. 그러나 엄마는 그들에게 항상 뭐라도 갚고 싶어 했다. 엄마는 타인으로 인해 내가 자란다고 생각했다. 그런 생각은 대부분 참이었지만, 내가 아이들을 가르치는 나이가 되어 문득 어린 시절 그들이 얼마나 게으른 강사였는지 깨달은 걸 고려하면 늘 그렇지만은 않았던 거 같다.

아무튼 화실에 툭하면 음식을 싸서 보내던 엄마가 은사의 청첩장에 응하는 건 당연했고 그런 엄마의 노력은 내가 화실에 다니던 시절부터 동정받던 것이었다. 원장은 내가 번민할 때마다 나를 불러 엄마의 초상을 읊었다. 눈 밑이 꺼진 엄마, 마르고 작은 체구의 엄마, 그렇게 예쁜데도 지하철 매점에서 일하는, 손이 울퉁불퉁한 엄마. 원장은 너라도 시궁창에서 살아남으려면 똑바로 해야 한다고 다정한 협박을 일삼으며 내게 들어가는 돈의 규모를 읊어주었다. 그는 내 안의 미안함을 뾰족하게 갈아낼 줄 아는 사람이었다. 원장실을 드나들던 5학년부터 나는 이젤 뒤에 숨어 매운 코를 먹었다. 온몸을 따가워하면서 시궁창의 가족들을 생각했고 시궁창에 엄마를 남겨두는 일을 생각했다.

엄마가 내민 축의금이 딱 10만 원이었다는 걸, 이십 대 초중반 아르바이트 강사로 다시 나를 부른 원장 내외 아래서 일하던 때 알게 되었다. 호텔 결혼식에 들어가는 금액을 구구절절 짚던 그들은 오래오래 두당 5만 원짜리 무지를 나무라다가도, 어머님의 소박한 마음이 참 고맙다고 했다. 나의 학벌과 결혼 루트를 병렬하며 좋은 곳에 시집을 가야 가족과는 다른 삶을 살 거라는 따뜻한 조언도 잊지 않았다. 만나던 남자친구에게 값비싼 선물을 받고 무심코 그 쇼핑백을 들고 갔던 날엔 대뜸 휴가를 주겠다고도 했다. 이참에 애를 만들어보는 것도 좋을 거라는 원장 부부의 진심 어린 당부에 나는 별다른 표정을 짓지 않았다. 그 순간 나는 내게도 얼굴이 있다는 걸 잊어버릴 만큼 그 따뜻함이 수치스러웠는데, 그건 엄마도 나를 좋은 곳에 시집보내기 위해 그토록 애써왔다는 일말의 진실 때문이었다.

나중에 수치심을 누르며 나는 엄마에게 지나가듯 무덤덤하게 말을 건넸다. 엄마, 원장이 그러는데 호텔 결혼식은 인당 10만 원씩이라네? 엄마는 처음이라 잘 몰랐다며, 축의금을 고작 인당 5만 원으로 책정했던 자신의 무지를 부끄러워했다. 엄마의 얼굴은 조금 다친 것도 같았고, 나는 결혼과 관련한 각종 로망들이 깨끗이 씻겨나가는 것을 느꼈다.

나는 분투하는 엄마의 고단한 하루와 축하의 절댓값을 번갈아 곱씹으며 내 수치심이 시궁창의 무엇도 바꾸지 못할 것을 불길하게 예감했다. 누군가는 순조로운 걸 거부하는 내 기질의 문제라고 했다. 그에 따르면 결혼만이 내게 가능한 미래였고, 내 안의 무언가를 지키는 일은 나를 미래로 밀어내느라 뒤에 남은 모든 이를 배반하는 일이었다.

그래서 코가 다시 매워 오는 날이면 나는 저물어가는 결혼에 대한 환상을 필사적으로 그러쥐었다. 낭만을 억지로 상상했고 마음에 없는 사람들을 만나고 마음 없이 헤어졌다. 번화가에 포진한 결혼정보회사 사람들에게 붙잡혀 번호를 적어주었고 늘 가능성을 열어두었다. 틀림없이 허우적거리는 모양새였을 것이다. 그토록 물성 가득한 환상에는 정작 물성이 없어 만질 수 없다는 걸 몰랐으니까. 기질은 무섭고 결국 결혼에 대한 환상은 악력과 상관없이 흩어졌다. 그리고 이제 와 나는 그때의 허우적거림을 가만가만 생각한다. 그러다보면 둥둥 떠 어디론가 흘러가는 기분이 든다.

언제부턴가 비혼주의자로 불렸다. 이런 나라의 여성이자 이런 환경의 사람이 결혼으로 행복해지는 건 불가능에 가깝지 않느냐고 한 적은 있었다. 일생일대의 축하로 마음을 다치게 되는 사람들에 대해 물은 적은 있었다. 체념을 공적으로 내뱉는 건 공격적 의사 표현을 일삼는 여성으로 분류되기 충분했고, 나는 굳이 그 분류에 저항하지 않고 내버려두었다. 어차피 비혼주의는 삶의 한 형태일 뿐 욕 같은 게 될 수 없었으니까.

그러나 정확하게는, 나는 혼인 여부와 상관없이 누군가의 고단함이 시궁창이 되는 세상의 절댓값에 대해서 오래도록 생각하고 싶었을 뿐이었다. 그건 가난과도, 그 가난이 닿고자 하는 삶과 구원 서사와도, 그 삶 이상을 누리는 이들이 긋는 경계선과도, 결코 그 경계선에 설치된 승강기의 버튼을 자신의 손으로 누를 수 없는 이들의 위치와도 연관되었다.

그런 걸 말하는 여성은 비혼주의자로 쉽게 취급되었다. 내가 결혼을 관계 속 명료함의 한 요소로 긍정한다는 점, 제도가 주는 안정감을 알고 있다는 점, 가난한 내 가족과 매끄럽지 않은 나의 세계마저 빠짐없이 어루만져주는 이를 욕망했다는 점, 내가 가진 사람과 세상에 대한 기준 중에서 무엇도 포기하지 못한 인간이라는 점, 그럼에도 좋은 사람과 평범하고 화목한 가정을 내심 바랐다는 점 따위는 쉬이 휘발되었다. 인당 10만 원과 인당 5만 원의 차이를 상기시키는 세상에서 그런 일들이란 너무나 허무맹랑해 보였기 때문인지도 모른다.

어쨌거나 나로서는 허우적대는 걸 멈추었다. 결혼을 하거나 하지 않기 위해 어떤 노력도 하지 않게 된 이후 나는 나와 비슷한 이와 동거를 시작했다. 우리는 서로를 구원해주지도 서로를 목표로 삼지도 않은 채 그저 각자의 몫을 해가며 서로를 돌봐주고 있다. 미래가 어떻게 될지는 모르지만 결혼이 완전한 배제 대상은 아니므로 우리는 축하의 형태에 대해 자주 골몰한다.

그리고 그가 잘 때의 숨소리를 듣거나 서로의 가족에게 안부를 전할 때면 나는 어떤 타이밍에 대해 오래 생각하곤 한다. 엄마는 나를 평균으로 만들려 했고, 나는 남다르고 특별한 딸이 되려고 했다. 모녀의 서로 다른 목표는 어쩌면 같은 방향이었을 것이다. 우리는 서로가 익사하지 않기를 간절히 바라며 각자의 방식으로 버둥거렸다.

하지만 나는 가라앉는 게 무서울 땐 버둥거리길 멈추어야 떠오른다는 걸 과정 중 체득했다. 떠내려가는 주제에 말하자면, 어떨 땐 애쓰는 걸 멈추는 것이야말로 삶의 영법일 것이다. 무엇도 버리거나 포기하지 못하던 내 기질 혹은 소망이 가슴속에서 부력을 형성했음을 어렴풋하게 인지한다. 그러니 결혼에 대해서라면 나는 비혼주의자가 아니다. 그저 애쓰지도 부정하지도 않고 흘러가는 대로 내버려둘 뿐이고, 지금의 나는 허무맹랑했던 소망과 무관하지만은 않은 곳으로 떠내려가는 듯 보인다.

# 8

—

# 페미니스트가 남자를 사랑하는 일이 가능할까 (상)

영훈과 나는 크리스마스 직전 여러 사람들 사이에서 처음 만났다. 행사 전 담배를 피우러 나오던 영훈과 계단에서 우연히 마주쳤던 기억이 난다. 온라인상으로는 이미 꽤 긴 시간 알고 있던 사이였기 때문에, 둘 다 어? 하고 서로를 알아봤다. 행사가 끝나고 뒤풀이에서 영훈은 표 나게 내 옆에 있었고, 나는 표 안 나게 추파를 던졌다. 마주친 계단에서부터 둘 사이엔 간질간질한 공기가 있었다.

이틀 뒤는 크리스마스였는데 둘 다 크리스마스를 홀로 보냈다. 언젠가부터 나는 특별한 날 혼자 아무것도 안 하며 보내는 걸 사치로 여기며 그 사치를 즐겼기 때문인데, 영훈은 왜 혼자였는지 잘 모른다. 아무튼 크리스마스에 잠옷 차림으로 누워 끝내주는 영화 〈빌리 엘리어트〉를 보며 질질 짜고 있는 와중에 영훈에게 연락이 왔다. 혼자 적적하게 있는데 읽을 책을 추천해달라는, 시커먼 속내가 뻔히 보이는 연락이었다. 나는 속내가 안 보이는 척 시치미를 뚝 뗐다. 허둥대며 검색을 했고 거기서 제일 그럴듯해 보이는, 읽지도 않은 책을 마치 잘 아는 양 추천했다.

실은 나는 여기에는 쓰지 않을 어떠한 연유로 영훈이 조금 괘씸했고, 그래서 줄곧 철벽 아닌 철벽을 치고 있었지만, 철벽을 치는 와중에도 어쩐지 엊그제 본 남자가 철벽을 뽀개줬으면, 하는 마음도 들어서 그 마음을 슬그머니 연락에 섞어 보냈다. 그날 영훈은 그 책을 곧바로 사서 읽은 표를 냈다. 크리스마스에 내게 추천받은 책을 사 와서 티 내는 사람이나 크리스마스에 상대방을 위해 읽지도 않은 책을 추천하는 사람이나 시커먼 속내가 뻔히 보였다.

연말은 좋은 구실이라 나는 속 까만 남자와 곧장 술 약속을 잡았다. 이틀 뒤 온갖 탕 종류 안주에다 술을 진탕 마신 첫 만남부터 눈이 맞아 진탕 입술을 부볐다. 그때 혼자 음탕한 생각을 한 나는 입술을 부비며 내 엉덩이를 움켜쥐는 영훈에게 생리 중이라며 곤란한 시늉을 하기도 했다. 영훈은 나중에 이 얘기를 하면서, 그럴 생각 없었는데 너 혼자 김칫국을 먹었다며 나를 좀 어이없어했고, 나는 나대로 변명하자면, '그럴 생각'이 뭔진 모르겠지만 맘에 드는 남자가 내 엉덩이를 쥘 땐 김칫국을 좀 마실 수도 있는 거 아니냐며 그의 어이없음을 어이없어했다. 어쨌거나 또다시 이틀 뒤인 12월 30일은 그의 생일이었는데, 몇 번 보지도 않은 사람에게 비싼 선물을 해주기는 꺼려졌고 그렇다고 생일을 챙기지 않는 건 더 꺼려졌다. 그리해 나는 두꺼운 양말 몇 켤레와 함께 나를 선물했다.

만남은 여태 이어지고, 나는 그와 일주일에 4, 5일가량을 동거하며 지낸다. 너 죽니, 나 사니, 뭐 이딴 놈이 다 있니, 수많은 협상과 협박이 오간 끝에 룰이 잡힌 동거 생활은 퍽 괜찮다. 주름지지 않게 파스를 붙여주거나 내 손이 닿지 않는 곳을 벅벅 긁어주는 사람이 있다는 건, 그 사람과 말투나 식성이 비슷해진다거나 민낯을 부비는 게 익숙해진다는 건, 베란다에 들어온 파리를 잡겠다고 같이 고군분투하는 건 이상하리만치 사람을 버티게 한다. 이를 갈며 독립적인 자아를 운운해왔음에도 그 사실을 인정하지 않을 도리란 없어서, 아직까지는 나를 선물한 걸 후회하지 않고 그럭저럭 잘 만나고 있다.

하지만 곱씹을수록 데이트 첫날부터 김칫국을 마신 나트륨 낭낭한 이 관계는 시작부터 영 무모했던 거 같다. 누군가를 만나는 건 시간적, 경제적, 체력적, 인류애적으로 엄청난 에너지가 드는 반면, 내 인류애는 서서히 밑바닥을 드러내고 있었고 다른 에너지도 마찬가지였다. 나는 남자를 아주 좋아했지만, 그간 스친 남자들에게 너무 많이 실망해왔던 나머지 더 실망했다간 세상에 대한 모든 희망을 접을 수도 있었다. 그런 건 사람을 냉소하거나 무력하게 만들 수 있다는 점에서 퍽 위험했다.

까놓고 영훈의 핸드폰에 무엇이 들어 있는지, 그가 감성에 취하고 책을 좋아하는 한편 여성들의 다리나 치마 속을 찍어두진 않았을는지, 체모를 코팅해 수집하거나, 대한민국 곳곳에 묻힌 이름 없는 시체를 알고 있을지 나로선 알 수 없었다. 며칠 전 티브이를 보던 엄마는 말했다. 어머 멀쩡하게 생겼네, 웬일이라니! 엄마는 뉴스로 N번방 가해자들을 보고 있었다.

사회의 사람들은 평범한 얼굴로 함께 살아간다. 손찌검을 하거나 은밀한 영상으로 나를 협박했던 이전의 연인들, 일상처럼 들려오는 각종 데이트 폭력 뉴스, 거대한 불법 촬영물 시장과 소비자들…. 나는 그처럼 멀쩡한 얼굴로 차별과 혐오를 저지르는 숱한 남자들을 알고 있었다. 내가 최악의 시나리오 대회 1등감 인간이라서가 아니라 그런 게 내가 겪은 현실이었다. 그러니까 남성에게 확신을 갖기엔 여자로 사는 삶이 너무 위험하다는 것. 영훈 하나로도 내 세상은 충분히 망가질 수 있다는 것. 연애는 달뜬 감정이나 상호 끌림이 아닌 폭력과 권력의 각축장이기도 하다는 것….

그런데도 첫 데이트에서 혀로 트위스트를 추다가 급기야 동거까지 하게 되었으므로, 나는 한참 스스로 되물어야 했다. 나는 페미니즘을 공부하며 더는 어떤 남성도 나를 망가뜨리게 가만두지 않겠다는 강박관념 혹은 결기를 가져온 터였고, 이 만남엔 그런 페미니스트라면 도무지 논리적으로 해석하기 어려운 지점이 있기 때문이었다. 덧붙이자면 주변에서도 우리의 만남에 어떤 대단한 비법이 있는지 물어오곤 했다. 내가 평소 깐깐한 페미니스트인 척을 지나치게 해온 나머지 내 연인이라면 검증된 페미니스트 남성이어야 하는 게 자명해 보였고, 그런 건 유니콘 같은 것이다 보니 사람들은 도대체 어떻게 둘이 만났는지를 궁금해했던 것이다.

물론 영훈에 대해 알아보지 않은 건 아니었다. SNS가 호감 표시 스토킹 시스템인 건 뻔한 비밀이고, 뻔한 인간인 우리는 인친을 맺고 엄지손가락을 바쁘게 놀려 만나기 전 서로가 코인노래방 처돌이란 사실이나 비슷한 허세의 결을 지녔다는 정보 따위를 호시탐탐 수집했다. 거기다 영훈은 내가 여성 인권에 관해 써놓은 글마다 하트를 누르는, 자신이 덜 유해한 남성임을 드러내는 간사한 전략으로 손쉽게 1차 호감을 통과한 바 있었다. 그렇다면 나는 지인들에게 이렇게 설명할 수 있어야 했다. **나는 여자로 사는 위험함을 뼛속까지 인지하고 있었다 → 이러이러한 검증을 거쳐 영훈에게 어떤 확신(cf. 무해한 페미니스트 남성)을 느꼈다 → 서로의 마음을 확인했다 → 실컷 만지고 붙어 있기로 했다 → 이 사랑은 멸균지대 만세!**

하지만 아무리 생각해도 나는 영훈이 무해하다거나 페미니스트인 남성이거나 영훈에게 어떤 확신이 있어서 만나는 건 아니었고 그래서 논리에 자꾸 구멍이 났다. 영훈은 그냥 외모가 다소 내 타입인 남자였다. 분하게도 네가 예뻐서 좋다는 내 말에 꼴사나운 표정을 짓는 얼굴조차 내 취향과 맞았다. 사랑에 있어 자기 외모의 중요성을 아는 남자들은 개미 똥만큼이었다. 다들 아름다워질 생각도 없으면서 아름다운 사랑을 하고 싶어 했다.

영훈이 아침마다 팬티 차림으로 몸무게를 재거나 자기 뱃살을 극혐하며 관리한다는 걸 안 뒤 내 마음은 더없이 충만해져왔다. 자기애 넘치는 와중에 구애의 필요조건을 아는 남자와는 사랑도 섹스도 좋을 거였다. 남자가 예쁘단 이유로 진탕 부비는 걸로도 모자라 엉덩이만 움켜줘도 김칫국을 마시는 인간이 나라니. 그렇게 내 성적 취향과 거기 따른 욕망은 너무 강력한 나머지 논리 같은 걸 건너뛰어 버렸고, 그럴 바엔 차라리 욕망이 없는 편이 내 생존에 유리할지 몰랐다. 열렬히 페미니즘을 말해온 주제에 그런 나 자신이 퍽 부끄러웠고 어쩌면 살짝 돌았는지도 모른다는 생각이 들었다.

만나는 남자가 페미니스트인 건 당연히 엄청 중요했다. 누구도 시키지 않았지만 나는 이따금 기죽을 만큼 미남인 트럼프주의자와 데이트하는 걸 상상하려 노력했고 번번이 실패했다. 그렇지만 관계의 기본값이 꼭 관계의 충만함과 이어지는 건 아닌 거 같았다.

이십 대 초반 내가 남자를 만나는 기준은 성매매를 하지 않는 남성이었는데, 그런 남자가 너무나 드문 거 같단 이유로 영 아닌 만남을 지속하며 나는 뭔진 모르겠지만 좀 망한 거 같다는 생각이 들었다. 엉망인 몇 차례의 연애를 지난 다음엔 가치관이나 취향이 맞는 남성을 기준으로 삼았는데, 만나야 마땅한 인간들에게도 불이 붙지 않을 때마다 또 망했다 싶었다. 그 다음도, 그 다다음도…. 한 트럭의 남자를 스치는 동안 나는 내가 상대를 거를 뿐 고르지 않았다는 걸 알았다. 어떤 특징들이 사람을 설명해준다 한들 사랑을 설명해주는 건 아니었으며 심지어는 안전을 보증해주는 것도 아니었다. 확신 같은 건 아무 데도 없었다.

가장 곤혹스러운 진실은, 내겐 시간을 들여야 알 수 있는 추상적인 단어나 윤리적 기준보다 성적 취향 같은 직관에 가까운 단어로 사랑을 설명하는 게 훨씬 수월하다는 점이었다. 그로 인해 나는 내 정체를 알았다. 내가 사랑을 지속할 때야 어떤 관념들을 중요하게 여기는 사람일지 몰라도, 시작만큼은 정념과 직관적 욕망을 제일로 치는 정욕 덩어리라는 걸 눈치채 버리고 만 것이다. 하지만 날 지켜주는 안전한 욕망 같은 건 없는 게 분명했고 그런 건 내가 페미니스트로서 가진 어떤 관념과도 무관한 거 같아서, 나는 믿을 수가 없었다.

말도 안 돼, 남자한테 미쳤나 보네….

그렇지만 나는 정말로 미쳐서 자꾸자꾸 영훈을 만났다. 만나다 보니 만지고 싶었고, 만지다 보니 붙어 있게 되었고, 붙어 있다 보니 어느새 같이 살고 있었다. 영훈과 있다 보면 현재가 두근거리다 순식간에 괜찮아졌다. 한 번은 영훈과 영화를 보러 갔고 영화를 보기 전 푸드코트에서 밥을 먹었다. 먹다 보니 목이 말라 물을 마시러 갔고 정수기 옆에는 컵 살균기가 있었다. 사람들은 점차 세균을 더 걱정하는 거 같았으며 곳곳에선 그들을 안심시키려는 듯 청결을 강조했다.

나는 컵을 꺼내 물을 마시고는 간 김에 영훈의 물 잔까지 챙겼다. 자리로 돌아온 내게 영훈이 벌써 저녁이네, 라고 말했다. 나는 시간이 너무 빠르다는 사실이 갑자기 불안해졌다. 우리가 어디로 가고 있는지 궁금해졌기 때문이다. 너무 좋으면 믿을 수 없는 것들이 많아졌다. 영훈은 예뻤다. 드러난 영훈의 팔이고 얼굴이고 나는 자꾸 쓰다듬거나 입술을 가져다 댔다. 그러면서 영훈이 내가 하듯 날 욕망해주길 바랐고, 그런 내 마음은 청결하긴커녕 언제나 추잡스럽고 비위생적이었다. 살균 컵을 써봤자 말짱 꽝이라는 생각이 들었지만 어쩔 수 없었다. 영훈이 내 삶을 어떻게 위협할지도 모르면서 그와의 미래를 알고 싶었다. 기어코 무언가를 무릅써야 하는 순간이 다가오고 있었다. 그날 나는 사랑에 있어 확신을 찾거나 무해함을 메리트로 여기던 내 태도를 슬그머니 쓰레기통에 버렸다.

# 9

## 페미니스트가 남자를 사랑하는 일이 가능할까 (하)

만나는 남자가 가난하고 글 쓰는 페미 애인을 지지하는 데다 이따금 비싼 물건을 무심히 선물하고 자기 일도 열심히 한다. 그 남자는 누구를 추행하지도 죽이지도 않았고, 거기 따른 내 염려를 피해망상이나 자신을 향한 비난으로 여기지도 않는다. 그에 따르면 자신은 대단한 페미니스트는 아니지만 개개인에게 해를 끼치는 걸 싫어하는 개인주의자이며, 그 이유로 종종 나보다 훨씬 더 나은 페미니스트 같아 보이기도 한다. 거기다 외관은 내 취향….

그런 게 몹시 위험하다. 매끄럽지 않은 사기꾼은 없고, 문제 없는 달콤한 연애담 같은 건 여자로 하여금 허튼 기대를 걸거나 잘못된 보편화를 하게 만든다. 그 말인즉 연애가 좀 잘 돌아가는 거 같다고 곧이곧대로 아름답기만 한 미래를 꿈꿔선 안 된다는 뜻이다. 그래 봐야 영훈은 유니콘 같은 게 아니라 한국 남자라는 사실을, 나는 잊지 않고 있다. 잊어버렸다간 문득 배신감에 소스

라치게 되니까.

이를테면 이런 식이다. 어떤 여성이 데이트 폭력에 시달리거나 살해당했다는 기사를 지나치게 자주 접한다. 겪었거나 겪을 뻔했거나 겪을지도 모르는 일들로 순식간에 끓어오르는 나와 달리 영훈은 어떤 이유건 간에 덤덤할 때가 있다. 같은 일을 두고도 감정의 농도가 다를 수 있다. 하지만 나는 영훈이 내가 살아온 지옥을 한 번도 살아본 적 없다는 걸, 그런 우리가 동등할 리 없다는 걸 새삼 깨닫고 혼자 읊조린다.

시발….

지 세상은 괜찮으니 상관없다 이거지….

그런 마음을 피할 도리가 없다. 그런 건 내게서 어찌할 수 없는 충동이고, 세수하다 붙은 서로의 코딱지를 떼주며 낄낄거리다가도 불현듯 나를 찾아오는 절망이다. 영훈을 향한 애정이 탱크 같아봤자 내 세상과 그의 세상이 이 모양으로 다른 이상 어쩔 수 없는 것이다. 영훈은 내 세상을 모를 수밖에 없었다. 나 역시 영훈에 대해 모르며 앞으로도 그럴 것이었으니까.

다만 우리는 연인이고, 연인은 다른 누구보다 서로를 가장 궁금해하는 사람들이라는 뜻이다. 그러니까 우리는 점점 서로를 덜 몰라야 해서, 언제부턴가 영훈은 굳어버린 내 얼굴이나 흥분한 목소리를 그럴 수 있다고 여기고 다독여왔다.

요즘 그는 나보다 차분한 얼굴로, 성차별이 자신과 나의 삶에 어떤 영향을 미치는지 가능한 한 명확하게 이해하고 싶어 한다. 가끔은 어려워하고 거부감을 느껴가면서도, 마치 내 연인이라면 해야 할 몫이라는 듯 내게로 몸을 약간 기울인 채 내 의견을 묻는다. 그로서는 불가해한 내 감정을 이해하려 인내하거나,

자신에게는 무해하지만 내게는 유해한 일들을 인지하려고 궁금해하는 것이다. 그럴 때 나는 영훈을 한남이라는 집단으로 묶는데 그치는 것이 아니라 함께하고 싶은 개별 존재로 인식한다. 우리는 몸을 맞댄 채 긴긴 말들을 나누고, 서로의 체온으로 몸이 데워질 즈음 잠자리에 든다.

하지만 만나던 처음 1년여간 영훈은 지금과 좀 달랐고 우리는 헤어짐을 야기할 만큼 피 터지게 싸우곤 했다. 자세한 정황은 기억나지 않지만 싸우는 이유는 매번 비슷했다. 당시 영훈은 내가 눈치가 보일 만큼 자신의 기분 변화를 곧잘 드러내던 반면, 내가 기분이 상했다 조심스레 말할 땐 그게 그럴 일이 아니라고 선을 그었다. 그때 영훈은 종종 나보다 나를 더 잘 안다고 여겼고, 그렇기에 나에 대해 알거나 배워야 할 필요를 느끼지 못했다 (고 나는 느꼈다).

그쯤 되면 나는 진짜로 화가 나 그렇게 니 맘대로 기분을 드러내거나 남의 기분을 판단하는 건 권력 차이에서 오는 거라고, 이런 일이란 내가 늘 겪어오던 차별을 상기시키기 때문에 내 기분이 더 상한다고 말했다. 그럼 영훈은 남자를 싸잡지 말고 논리적 해명을 내놓으라 하면서 싸움이 번져가는 식이었다. 우리의 다툼은 어쩐지 항상 내가 무언가를 증명해야 하는 것으로 귀결되었다. 거기엔 나의 페미니즘 인식이나 전제의 다름이 문제가 되어서, 그럴 때마다 아득해진 나는 숨을 크게 몰아쉬어야 했다. 내가 믿은 평등한 세상이 와장창 무너지는 그곳에 진흙탕 싸움이 시작되려 하고 있었기 때문이다.

그 와중에도 내 머릿속엔 이상한 게 떠올랐다. 가령 SNS 인기 글쟁이 남성들의 구구절절한 사랑 글들. 누군가를 그리워하거나 우수에 잠겨선, 자신은 뭔가를 다 알고 있다는 듯 여자들의 머리를 쓰다듬어주고 혼자 쓸쓸해하는 남자들의 글을 볼 때면 나는 늘 궁금해했다.

아니 왜 화내는 새끼가 없어?

그렇게 엄청난 애정을 자랑하면서 여자들의 현실에 대해 한마디도 않는 다정함이란 어쩐지 괴랄했기 때문이었다. 다정한 거로 그칠 게 아니라 빡쳐야 마땅한 상황에서도 그들은 흐트러짐 없이 다정하기만 했다. 거기에는 사랑 당하는 여자나 그 여자의 삶은 보이지 않았고 누군가를 사랑하는 그 자신만 존재하는 거 같았다. 한마디로 사랑한다면서 상대방 눈에 담긴 자신만 보려는 사람은 어딘가 좀 꼴사나워 보였다. 아무래도 나는 내 현실을 보지 않는 사랑이란 인정할 수 없다고 여겼던 것이다.

이를테면 상대방의 눈에 내가 맺히고, 내 눈에도 상대방이 맺혔을 때야 나는 우리가 서로 반해 있다고 믿었다. 상대가 나를 눈에 담은 채로 세상을 본다면, 내가 직면한 차별이나 편견이나 폭력적인 상황들을 적어도 날 만나기 전보단 덜 몰라야 마땅했다. 그렇지 않다면 그는 내게 제대로 반하지 않은 거였고, 나로선 나에게 반하지도 않은 상대와 사랑을 굳이 운운할 필요가 없었다. 그런 사람은 자기와 사랑하도록 내버려 두는 게 서로에게 더 이로워서, 나는 주변의 뻐테로• 여자들에게 호기롭게 말해왔

• '헤테로'는 이성애자를 말한다. '뻐테로'는 뼛속까지 이성애자임을 말하는 것이다. 혹시 모를까 붙이는 나의 친절한 설명.

었다. 거 근사하고 다정하다고 대뜸 속지 말자고! 존중받는 사랑을 해봄세!

그리고 그런 내 꼴이 아주 우습게도 영훈은 내게 반하지 않은 게 틀림없었다. 그때 영훈은 나에 대해 다 안다는 듯 내가 직접 겪어온 경험이나 거기 따른 나의 감정을 기각할 권리가 자신에게 있다고 우겼다. 세상 다정하게 굴 땐 언제고 정작 내 시야를 함께할 의지나 나에 대해 배울 필요를 전혀 느끼지 못하는 괴랄한 인간같이 굴었다. 나는 그럴 줄도 모르고 다정하고 어여쁜 영훈과 곱게 늙어 매주 게이트볼을 치러 다닐 계획까지 세워둔 참이었다. 그러나 내가 아무리 반했다 한들 내게 반하지 않은 사람과의 관계는 지속할 수 없었다. 본인으로서는 결코 모를 내 삶에 대해 알려고 들지 않는 사람과 함께할 수는 없었다. 그건 내가 무해할 확신 같은 걸 쓰레기통에 버리던 날조차 수도 없이 다짐한 일이어서, 그때 나는 영훈에게 헤어지자고 말할 수밖에 없었다.

맹세컨대 나는 연애에 있어 툭하면 헤어져, 를 부르짖는 스타일은 아니었다. 내가 무조건 옳다고 우기는 스타일도 결코 아니었다. 하지만 나에 관한 어떤 공부도 안 되어 있는 이에게 내 삶이 가닿을 리 없다는 건 자명했다. 무엇보다 나를 전공하려는 사람이 공통 전제가 다를 정도로 나를 몰라선 안 됐다.

그때 영훈은 논리적 해명을 내놓으라면서 내 삶의 전제조차 수용하지 않았다. 심지어 영훈은 자신이 모른다는 데 곤두서 있었으므로 나는 하나하나 친절하게 영훈의 마음을 건드리지 않고 설명할 자신이 없었다. 나는 마치 과학에 무지한 비전공자에게 전공자가 양자역학을 곧바로 알아듣게 설명해야 하는 입장에 놓여 있었다. 정확하게 정리해 말하는 건 아득했지만 그게 가능하다 해도 오랜 시간이 드는 문제였다. 어쩌면 평생이 걸릴지도 몰랐다.

거기다 나는 영훈을 계몽시키는 데는 영 관심이 없었다. 영훈은 모자란 사람이 아니었으니까. 우리는 스스로 상대방을 덜 모르기 위해 노력해야 했고 다른 누구보다도 서로를 가장 덜 모르는 사람이 되고 싶어서 사랑을 시작한 셈이었다. 내가 요구받은 해명은 내가 가르쳐야 할 것이 아닌 영훈이 어느 정도는 자발적으로 공부해야 할 영역이었다.

그래서 어떻게 되었냐면 맨 첫 장과 같다. 신나게 영훈의 흉을 봤지만 결과적으론 영훈과 아직도 만나고 있는 게 계면쩍다. 잘 지내는 연인과 치고받은 걸 떠드는 건 그런 의미에서 언제나 퍽 민망하므로, 나는 영훈과 단내는 풍길지언정 지금껏 어디에도 싸운 이야기를 쓴 적이 없다. 혹 그래서 내 주변의 모두가 우리를 보며 이 연애가 순항만 하는 거라고, 그러니까 내가 아무것도 오염되지 않은 유니콘 남성을 찾아내 페미니즘 인식 같은 게 걸림돌이 안 되는 연애를 하고 있다고 여길까봐 조금 걱정이 되었고, 그런 건 오히려 어떤 여성의 사랑에도 도움이 안 될 거 같아 이번엔 상세히 적었다.

말하자면 영훈은 유니콘이나 UFO 같은 게 아니라 나랑 똑같이 흠결 많은 인간일 뿐이다. 다만 영훈에게 비범한 부분이 있다면 진심 어린 사과를 잘하고 같은 실수를 반복하지 않으려 노력한다는 점이며, 내게 비범한 부분이 있다면 사람에게 실망하다가도 매번 다시 기대를 걸곤 한다는 점이라서, 우리는 서로의 비범함에 기대 지극히 평범한 연애를 이어나가고 있다. 앞서 다정하기만 한 남자들을 의아해하긴 했지만 여기에 모두 쓰지 못할 숱한 다정한 순간들이 나를 못내 붙잡았음은 물론이다. 이성이 칼을 들어봤자 마음 싹뚝은커녕 칼에 베인 듯 아프기만 할 때가 많다는 건, 세상의 모든 단호하지 못한 내 동지들이 이미 잘 알고 있으리라 믿는다. 그게 꼭 나쁜 결과만을 도출하지는 않는다는 것도. 자신을 욕하는 이 글을 읽으며 고개를 끄덕거린 것 역시 영훈이다. 나는 진흙탕 싸움 끝에 내가 무엇을 쓰든 응원해주는 연인을 얻었다. 그런 이가 곁에 있을 때 세상은 이전보다 훨씬 살만해진다.

소설을 좋아한다. 그중에서도 찐한 연애 소설이 제일이다. 그럼 뜨악한 얼굴을 하는 사람들이 있다. 어쩐지 가볍다는 것이다. 그러든 말든 나는 아랑곳하지 않고 지난주 황예인 평론가의 문장에 밑줄을 그었다. 그에 따르면 '연애 소설이란 사람은 결코 혼자서 성숙할 수 없다는 진실을 이야기하는 장르'이며 그건 결국 사랑의 속성이기도 하다. 당연히 평론가의 진실이 모두에게 통하진 않는다. 혼자서도 성숙해지는 여자들, 혹은 더 성숙할 필요 없이 이미 풍요롭게 사는 멋진 여자들이 수두룩하기 때문이다. 하지만 내게는 통하는 진실이다. 나는 언제나 누군가에게 반하면서 시야를 넓혔고 그래야만 성숙해질 수 있는 유(類)의 인간이니까.

그리고 누군가로 인해 그런 진실이 쌓이면서야 나는 삶이 내게 던지는 여러 물음들을 내 나름대로 조금씩 해석해낼 수 있게 되었다. 이를테면 페미니스트가 남자와 사랑하는 일이 가능할까, 같은 질문은 내가 페미니스트를 자처한 이래로 삶이 내게 꾸준히 물어왔던 것이다. 내 사랑은 여성 서사이거나 페미니스트 서사라기보단 그저 아직 서로에게 반해 있는 상태에 불과한 거 같고, 지금껏 적은 내 기억들이 나나 타인에게 얼마나 설득력을 가질는지는 모르겠다. 그러나 나는 거기에 답하려 내 나름 열심히 사랑을 했고 이 글을 썼다. 아마 나는 페미니스트가 할 수 있는 일에서 굳이 사랑을 빼놓고 싶지 않았던 거 같다.

# 2부

—

# 머뭇거리는 순간들

# 1

—

## 소화되지 않는 말과 기왕의 다정함

몇 해 전 문제의 소지가 있을 법한 글을 썼고 내게 꽤 많은 악플이 달렸다. 어린 여성들에게 내가 '아직' 섹스를 '권하지' 않는 이유에 대해 쓴, 지금으로선 몹시 창피한 구석이 많은 글이었다. 연령주의 비판부터 시작해 다양한 댓글이 촘촘히 달렸다. 그즈음 팔로워는 몇 없었고 모르는 건 더 많았던 나는 그 글이 불러온 뜻하지 않은 거센 여파에 얼어 있었는데, 그러는 동안 모 대학 여성학회의 여자는 내 글을 가져가 나같이 글러 먹은 페미니스트로 대표되는 페미니즘의 퇴보를 논했다.

계정에 일기처럼 올린 글들이 들추어졌고, 내 일상과 셀카 같은 게 퇴보한 자의 증거처럼 박제되었다. 이슈와는 무관한 사생활이었지만 그렇게 늘어놓고 보니 정말로 나는 '그런' 사람 같았다. 여자와 여자의 친구들은 내가 딱 봐도 기득권 남성을 무릎 꿇고 잘 빨아주는 여자라며 웃었다. 그들은 내가 그 게시물이나 댓글까지 모두 보았을 거라 예상하지 않았거나 봤어도 상관없다고 생각했던 거 같다.

아무튼 그때 나는 내가 감당 가능한 언어의 총량을 실감했다. 비꼬는 한 마디란 백 마디 칭찬보다 질겨서 꼭꼭 씹어도 넘기기 어려웠다. 거기엔 내 무지로 인해 들어 마땅한 비판도 있었지만, 잘 빨아준다거나 그냥 죽어 버리라는 말과 같이 식욕이 달아나는 말들도 있었다. 모니터 앞에서 그런 댓글만 골라 읽으며 며칠을 지새웠다.

그 이후로도 페미니즘에 대해 말할 때마다 비슷한 일들이 몇 번 더 일어났고, 들은 말들은 소화되지 않은 채 오랜 체기(滯氣)를 남겼다. 그때의 마음이 어땠는가 하면 뭐랄까, 그 마음을 상기하는 과정 중 다시 내 마음이 다칠 거 같은 그런 정도의 마음이었던 거 같다.

자기 자신이 되고 싶은 여성들이 그러하듯 나도 '진짜' 페미니스트가 되길 바랐다. 하지만 내가 온 힘을 다해봤자 진짜 페미니스트 같은 건 내 맘대로 결정할 사안이 아닌 것 같았다. 우리는 자주 타인의 말로 규정되고, 그 규정은 꽤 높은 기준치를 갖는 것처럼 보이는 반면, 기실 나는 흠 많은 인간인 데다 페미니스트 정체성이 중요하다면서도 어떤 기준대로의 정의와 평등만을 꿈꾸진 않았기 때문이었다.

가령 나는 가부장제를 공고하게 만드는 일이라 할지라도 남자와의 사랑을 꿈꿨고, 때론 그 어떤 여자의 삶보다 내 삶의 질이 나아지길 우선적으로 바랐다. 윤리는 매번 나를 머뭇거리게 했는데, 나는 어쩔 땐 삶의 실감이 먼저인 나머지 윤리가 나를 삶의 감각에서 배제한다면 윤리를 남모르게 버릴 수도 있는 사람이기도 했다. 그니까 나는 때때로 아직 도래하지 않은 평등 사회보다 내 현실에서 유효한 선택을 했고, 그런 건 페미니즘을 믿는 사람이라면 절대로 해서는 안 되는 일인 거 같았다.

그러다 보니 SNS에 공유되는 내 삶들은 여성 서사라기보단 차라리 혐오를 부분적으로 수용하거나 타협하고 살아가는 삶에 가까웠다. 여성학회 여자처럼, 내가 왜 그렇게 살게 되었는지를 떼어두고 객관적으로 나를 뒤질 수 있는 타인에게, 그런 삶이란 자격 박탈의 좋은 근거가 되기도 했다. 즉 내겐 진짜 페미니스트는커녕 그와 정반대 혹은 애매한 부분들이 있었다. 오렌지가 몇 퍼센트 들어 있든 오렌지 사탕은 오렌지 사탕이기에, 내게 속한 부분적 진실로 여자의 말은 어쨌거나 맞는 거 같아서.

그런 말들이 나를 오랫동안 불안하게 했다는 얘기다. 왜냐면 나는 찐 페미니스트이고 싶었으니까.

연인은 기득권 남성이다. 그도 나도 서로를 잘 물고 빨아줘 나는 그와의 관계를 사랑으로 짐작해왔다. 다만 애틋한 마음 위로 기득권 남성을 잘 빨아준다던 여자의 조롱이 떠오르면, 내 애정은 내가 글러 먹고 한심한 인간이라는 증거인 것만 같았다. 사랑해, 를 말하던 입으로 지지니 연대니 말하면 안 될 것만 같은 기분이 들었다. 나는 어쩌다 한껏 꾸미고 근사한 곳에 가도 여자의 말을 되새김질했다. 내 행복이란 남을 좀먹은 결과물이자 페미니즘을 퇴보시키는 동력이라는 생각이 멈추지 않았다.

친구는 비싼 술을 사주며 네 행복을 남의 불행으로 지불했다는 듯 구는 건 옳지 않다고 했다. 얻어 마신 술은 맛있었지만 어떤 행복에도 미량의 불행이 섞여 있는 건 아닌가 의심했다. 나를 더 나은 삶으로 데려 놓을 방편들에 매번 그런 마음을 갖는 건 좀 괴이쩍었지만 어쩔 수 없었다. 영 소화되지 않는 말들이었다.

다만 말은 긴 체기를 남기는 만큼이나 사람에게 가능성을 남기기도 했다. 앞서 언급한 내 글에는, 나를 조롱하는 이들만큼이나 내 가능성을 항변하거나 내게 직접 대화를 걸어 다독여주는 몇몇 타인 또한 있었다. 너는 잘하고 싶었을 뿐이었다고, 너도 나도 완성형이 아닌 나아가는 중이라고. 그런 말이란 누군가의 잘못을 향할 땐 자칫 틀려먹은 말이 될 수 있음에도, 그들은 내가 내일에 가닿을 수 있는 힘을 그런 식으로 남겨두려는 것 같았고, 나로선 나의 부족함이 이해의 영역에 들어오자 조금 마음이 놓인 것도 같았다. 어쨌든 다정함을 서슴지 않는 그런 응원으로 나는 다시 밥을 먹고 밤새 들여다보던 모니터를 떠났다.

여성학회 여자의 비난이 떠올라 움츠러들 때면 건네받은 그날의 언어를 가만가만 꺼내 본다. 다정한 그 말들이 여태껏 페미니즘을 공부하게 만들어준 동력이 되었음은 물론이다. 그렇다 해도 나는 여전히 진짜 페미니스트의 자격이나 그에 대한 나 자신의 해당 여부는 알지 못하고, 단지 몇 가지만을 수긍하게 되었을 뿐이다. 그러니까, 잘 빨아주지 못한다는 이유로 남성에게 들었던 말만큼이나 잘 빨아준다는 이유로 여성에게 들었던 말 역시 한 여성의 삶을 파괴할 수 있었다. 누군가가 더 나은 미래로 가기 위해선 현실 속 다정함을 축적해야 가능했다.

언젠가 좋은 기회가 왔던 적이 있다. 나는 주체로서의 자신이나 나 자신의 페미니스트 가능성을 한사코 의심하며 망설였다. 결국 잘 되지 않았기에 여기서 말하긴 뭐하지만, 그 기회란 어쩐지 가부장제 권력에 편입해 돈을 버는 일로 보였던 것이다. 가까운 언니는 세상 답답해하며 야, 그냥 뭐든 받을 수 있으면 되도록 받아! 같은 충고를 했고, 나는 그렇게 말하는 언니의 여유 같은 것에 이유 없이 날이 섰었다. 나는 언니가 페미니즘을 잘 모르는 것도 화가 났고, 여성에게 대속하지 않는 언니의 태도나 자신을 돌보라는 언니의 충고처럼 세상 사치스러운 건 없다고 느꼈다. 언니가 뭘 안다고 그래?

그러나 언니는 여자로 살아온 짬이 충만했다. 언니는 내가 어떤 사명감이나 죄책감으로 자주 도움을 뿌리치는 걸, 도움이 필요한 때조차 한심해 보일까 두려워한다는 걸, 그래 놓고 몸도 마음도 캄캄한 밤 소리 없이 운다는 걸 알고 있었고, 그래서 내 반응에 아랑곳하지 않은 채 다다다 말을 쏘았다. 사람들에게도 너에게도 관대해져, 남의 호의나 권력을 즐겨. 타인이 아니라면 누리지 못할 무엇이 오거든 누려. 누려야 상상해. 상상해야 뭐라도 돼. 어차피 모두를 못 구하니 너부터 구해. 페미니즘이니 뭐니 가끔은 잊어도 돼. 모두는 실수해. 나는 네가 좀 행복하길 바라….

이상하게도 페미니즘과는 무관해 보이는 그런 말들이 거듭 쌓이며, 나는 주변 더 많은 여성들에게 연대할 여분의 힘을 갖게 되었다. 이제 와서는, 어떤 자격과는 무관해 보이는 말들이 나 자신을 덜 미워하게 만들었다는 생각도 든다. 틀렸을지 모르는 그런 말들이야말로 틀린 채로 사는 일이나 박탈당하는 기분에서 벗어나게 도와주었다고도, 모두가 존중받는 세상을 꿈꾸면서 내가 나 자신을 미워하면 무슨 소용인가, 라고도.

그런 게 늘 다정해야 한다는 당위를 주지는 않는다. 여성학회 여자는 두뇌 회전이 빠르고 똑똑했던 반면, 나는 오랜 시간이 걸려 느리게 생각을 정돈하고도 자주 판단을 그르치는 데다 종종 현실과 타협도 잘하는 종류의 인간이었다. 그런 인간이 글을 쓴다는 건 제 결점을 드러내는 일이라서, 당시의 내 글이 세상의 어떤 결점을 강화할 정도로 형편없었던 만큼 여성학회 여자는 현실을 빠르게 직시시키려 했을 것이다.

이 사회는 무척 복합적이고 치밀하게 누군가를 배제한다. 다정하게만 굴어선 그런 현실의 아무것도 바꾸지 못한다. 여성은 더 자주 분노할 필요가 있었고, 실제로 여자가 제대로 다그쳐준 덕에 나는 당장 정신을 차리고 내가 저지를 수 있는 폭력을 주시하게 되기도 했다. 여성의 현실엔 그 여자와 같은 유능함이 필요했다. 만일 진짜 페미니스트 같은 게 있다면, 나보다는 그 여자가 가까울 것이다.

하지만 나로선 말의 무게와 기왕의 다정함에 대해 조금 더 생각하게 되었다. 나는 여전히 페미니즘에 대해 말하고 싶어 하지만, 사람이 어떤 말 하나로도 무너질 만큼 나약하다는 걸 잊지 말자고 다짐하고 있다. 변화를 꾀하려는 언어가 분노 없이 다정하게만 발화된다면 변화는커녕 누군가의 무능을 면하는 데 그칠 것이다. 다만 다정함은 나약한 사람에게 내일의 가능성을 남겨두기도 한다. 그런 건 당장의 현실은 못 바꾸겠지만 개인을 더 나은 방향으로 바꾸기엔 부족함이 없지 않을까.

지금 내 서재에는 잘하고 싶은 마음을 증명하듯 온갖 페미니즘 서적이 꽂혀 있다. 오렌지가 몇 퍼센트 들어 있든 오렌지 사탕은 오렌지 사탕이기에, 내게 속한 어떤 진실로 내가 페미니스트임은 어쨌거나 맞는 거 같아서. 나는 이제 진짜 같은 것에 연연하지 않은 채 아직은 내가 나아가는 중이라고 믿는다. 어떤 올바름을 배반하길 무릅쓰고 건네준 다정함들을 나는 기억하고 있는 것이다.

## 2

## 약자'도' 상처를 준다

동성애에 대체로 아무 생각 없다. 연인끼리 서로 좋다는데 내 알 바냐. 대부분의 소수자를 향해 내가 취하는 스탠스는 그런 식이다. 해가 뜨거나, 여름이니 덥거나 하는 당연함에 별생각이 없듯 딱 그렇다. 내가 거기에 대해 어떤 생각을 가질 때는 동성애에 대해 아무 생각을 가진 사람을 바라볼 때이다. 그리고 그 대상에 당사자가 꼭 배제되지는 않는다.

한 생물학적 여성이 내게 약자성을 휘두른 적이 있다. 처음부터 그에게 애정이 없던 건 아니었지만 그 애정이 사랑으로 발전할 가능성은 없다고 느끼며 나는 그가 점차 부담스러워졌다. 그는 내가 그를 밀어내는 게 소수자 혐오라 주장했는데, 그에 따르면 나는 여성운동이나 퀴어 권리에 목소리를 내지만 실제로는 동성애자에게 매정하게 구는 이중적인 사람이었다. 감정적으로 굴지 않겠다는 합의하에 함께 일을 시작한 터였음에도 그는 자꾸 불필요하게 둘만 있을 시간을 만들거나 이상한 부분에서 감정적으로 굴었다. 같은 말투에도 어느 날은 자신을 무시한다고 화를 냈고, 존대를 쓴 날은 왜 거리를 두느냐고 화를 냈다. 점심을 같이 먹어주지 않는다는 이유로 오후 회의가 엎어지기도 했다. 내가 약속으로 지인인 남성을 만날 때면 그는 들으란 듯 그 남성을 비하했고, 자신의 SNS에 나만 알 법한 내 이야기를 도배하곤 했다.

그런 걸 피하거나 짚으려 할 때마다 나는 프로답지 못하다는 질타를 받거나 무자비한 사람이라는 비난을 받았다. 나를 질타할 수 있는 위치에 있었던 그는 우리가 동등하다고 말하는 동시에 어린 나의 버릇없음을 괘씸해했고, 나는 그에게 배려받았지만 실은 그가 주는 걸 받는 것 외에 어떤 결정권도 갖지 못했다. 그와 내가 동등할 수 없다는 증거들은 널려 있었다. 그는 내가 그만뒀다간 나로 인해 다른 이들이 피해를 입을 거라고 했다. 가끔은 진지한 말투로, 약속했듯이 자기가 감정을 정리하겠노라고, 다시는 안 그럴 거라며 이제 제정신이 들었다고 하기도 했다. 그러나 다음 날 다시 왜 자기를 좋아하지 않느냐고 그가 집요하게 따져 물을 때면 나는 영영 제정신으로 돌아갈 수 없을 거 같은 아득한 느낌이 들었다.

감정은 늘 문제를 복잡하게 만든다. 감정은 권력을 전복시키기도, 그저 위계를 드러낼 뿐이기도, 그 모든 것과 무관하게 생성되기도 했으니까. 다만 나로선 감정은 자유로워야 하지만 그걸 드러내거나 제어하는 방식이 권력과 관계있다고 여겨왔을 뿐이었다. 설령 그 대상이 사회적 약자이고 소수자라고 내 마음을 강제할 수는 없는 노릇이었다. 그래서 내가 싫어하는 행동을 그가 거듭할 때마다 나는 그를 속으로 싫어하는 것 역시 주저하지 않았다. 어떤 위치가 감정의 조건이 된다면 그야말로 모욕적이거나 시혜적인 태도가 아닐까. 어떤 위치를 이유로 툭하면 다듬어지지 않은 감정을 지를 수 있다면 그야말로 권력이 아닐까.

하지만 어쨌거나 감정적으로 나는 우위에 있는 듯 보였고, 그 부분에서만큼은 설핏 권력을 쥔 듯 보여서 그는 내가 자신을 또다시 약자로 만든 것에 분개하고 비참해했다. 덕분에 그가 하는 몇몇 행동이 나를 괴롭게 한다고 지속적으로 말했음에도 대화의 중심은 늘 그의 상처로 흘렀다. 내가 눈물을 보이면 그는 펄쩍 뛰며 마치 자기가 가해자가 된 거 같다고, 그게 얼마나 더러운 기분인지 아느냐며 화를 냈다. 환장사, 라는 게 있었다면 나는 아마 그때 환장해서 죽었겠지.

굳이 권력 구조를 따져보자면 경제적으로나 사회적으로나 당시의 내가 약자에 가까웠다. 그가 끝까지 같이 일하길 제안하려던 것도, 여러 번 안간힘을 써 거절했지만 결국 감정을 정리하겠다는 같잖은 약속 따위를 믿는 척 눈감고 일을 받아들인 것도 우리 둘 다 내가 갈 곳이 없다는 걸 알고 있기 때문이었다. 하지만 나는 어떤 날에는 그의 호의를 아무렇지도 않게 받기도 했다. 주어진 것을 맘껏 사용하고자 했고, 그를 두근거리게 할 수 있을 걸 알고도 웃어보였다.

예나 지금이나 성적 존재로서의 매력을 가꾸는 수고를 완전히 놓은 적 없던 나는 그런 수고가 위계를 순간이나마 벗어날 수 있게 만들어주는 몇 없는 방편이라고 믿었다. 권력관계를 가꾸는 것과 바꾸는 건 다른 일인 걸 알면서도 그랬는데, 남들 사는 것처럼 살아보고 싶다는 내 욕망은 그렇게 언제나 나를 추동했다. 내게로 향하는 타인의 행동이나 마음을 주무를 수 있으리란 믿음, 성인이라면 성인답게 이성적으로 굴 거라는 생각은 강적을 만나면서 제대로 부서졌지만 말이다.

종국에는 나도 질세라 화를 내고 울부짖고 심한 말을 내뱉었는데 몇몇 말들은 해놓고도 아직까지 죄책감이 느껴지는 무자비한 말들이었다. 나는 내 삶이 위협받았음을 알리기 위해 그에게 상처를 주었고, 내가 그러고 싶다는 사실을 숨기지 않았다. 내겐 사활을 걸어야 할 정도로 쉽지 않은 일이었지만 그러지 않으면 정말로 큰 병이 날 거 같았다. 그와 일하는 동안 나는 안 피우던 담배를 들고 다녔고, 과호흡에 시달렸으며, 명치 쪽 피부에 열꽃이 피어오르는 걸 멍하게 지켜보아야 했다. 가만히 있어도 머리카락이 훌훌 빠져 흐르는 날들이었다.

한동안 나는 나 자신을 탓했다. 나는 그보다 약자였다고 주장했지만 내가 늘 약자이지만은 않았다는 걸 알았으니까. 나는 그를 감정적으로 상처 주었고, 나를 좋아한단 이유로 한 개인의 마음을 통제할 수 있을 거라 자만했으며, 절박하다는 이유로 마음 한편에 예상되던 최악의 시나리오들을 덮어둔 채 애써 보지 않았다. 그런 내 태도는 성적으로 자신만만하고 잃을 게 없는 여자애에게서 나올 수 있는 것이었다.

그러나 이제 와서 미안함은 있을지언정 그때의 내가 잘못했다고도 생각하지 않는다. 나는 일을 소홀히 하지 않았고 최선을 다해 거절했으니까. 그는 사회적 약자라고 주장했지만 늘 약자이지만은 않았으니까. 어리고 뭣도 없는 내가 그을 수 있는 선이나 잡을 수 있는 기회를 곱씹어본 건 나뿐만이 아니었다. 그는 내 상황을 꿰고 있었으며, 그걸 바탕으로 나를 휘두르려고 했고 책임질 수 없는 설득을 일삼거나 일을 핑계로 폭력적인 상황을 연출했다. 감정이 섞인다고 존재하는 권력관계가 철폐될 순 없었다. 내 발악은 거기에서 동등하려는 의지이기도 했다.

어쨌거나 나는 일을 그만두었고 그 시기 잃었던 심신은 조금씩 회복했으나 잃었던 시간은 회복할 수 없었기에 숙고하는 시간을 가졌다. 나는 그 시간을 거친 뒤에야 모두는 내가 함부로 통제 불가한 온전한 개인일 뿐이라고 거듭 반성했다. 그러면서도 누군가를 반드시 좋아해야 할 의무는 없다고, 상대를 대하는 태도와 감정은 별개로 다룰 수도 있어야 한다고, 사람은 누구나 다층적인 높낮이를 가진다고, 그리해 내가 어떤 층위에선 약자인 이에게 상처를 주었다 한들 그 약자에게 있었던 강자로서의 위계 폭력이 무화(無化)되는 건 아니라고 결론을 내렸다.

꽤 오래 지나 그 일을 다시 생각하게 된 건, 다리에 올라온 개미로 인해 우연히 떠오른 기억 때문이었다. 어릴 적 친구들과 놀이터에 앉아 가장자리 화단의 개미집을 파헤치거나 기어가는 개미를 붙잡아 모래 안에 파묻곤 했다. 제 몸을 멋대로 옮겨 놓는 엄지와 검지 사이에서 새카만 개미는 나의 거대함이나 자신의 작음을 혼란스럽게 느끼다가, 나라는 거대함이 자신을 쉽게 죽일 수 있다는 걸 눈치채고 위기감에 나를 힘껏 물었다. 그때 작은 개미는 자신이 내게 상처 낼 수 있다는 사실을 죽음을 예감한 만큼이나 정확하게 알고 있었다. 물린 곳의 피부가 따끔해서, 어린 나는 개미를 괘씸해하며 짓이긴 후 손을 털고 그네를 타러 갔다. 삶의 면적에 따라 상처란 생존의 문제가 되기도 한다. 나는 상처받았지만 놀이터의 개미는 그럴 틈도 없이 죽었으니까.

그 기억은 약자'도' 상처를 준다는 걸, 약하기 때문에 그럴 수도 있다는 걸 다시 상기시켰다. 말하자면 죽은 개미가 바란 건 내 상처라기보다 평온한 흙에서의 삶이었지만 그렇기 때문에 사활을 걸고 정확하게 나를 물었던 것처럼, 상처란 저항의 최전선이나 의지 표현의 유일한 방법일 수도 있었다. 그 말인즉 누구나 상처의 생성에서 결코 자유롭지 않다는 뜻이자, 갈등을 논할 때 각자에게 남은 삶의 면적을 우선적으로 가늠해보아야 한다는 뜻이기도 했다. 길거리 시위나 인터넷 댓글, 워마드나 메갈, 미투 운동 등은 상처를 주지 않는 게 아니라, 자신이 그 대상을 상처 준다는 사실이나 자기 삶의 면적을 분명히 인지하는 데 의의가 있었다.

나는 그런 새삼스러운 생각들에 잠깐 숨을 몰아쉬다가, 무릎 부근의 개미가 놀라지 않도록 조심조심 움직여 마침내 개미가 화단으로 돌아가도록 만들었고 조금 안도했던 것도 같다. 갈등을 겪었던 그와 나는 둘 다 어떤 층위에서 약자였지만, 적어도 끝까지 자신은 상처 주지 않았다 우기던 그와 달리 나는 나 자신이 상처 줄 수 있는 존재라는 걸 인지하고 있었다. 이상하게도 그런 건 꼭 내가 퀴어 인권을 은폐하는 사람이 아니라는 증거같이 느껴졌다. 마음 한편엔 그의 비난이 못내 마음에 남아 있었던 것이다.

차별받고 혐오당하는 이에게 연대하고자 하는 내 마음은 대단하지 않다. 이 글의 맨 첫 줄과 같이 그들이 그냥 그들인 것에 아무 생각을 갖지 않는 것. 그들이 무해하다는 편견 같은 걸 갖지 않는 것. 어떤 존재든 다른 존재를 훼손할 가능성이 있다는 걸 아는 것. 마치 해가 지거나 겨울이니 춥거나 하는 것처럼. 영화 〈디태치먼트Detachment〉에서는 사회에서 버려진 문제아 학생들이 교사에게 상처를 준다. 많은 인권변호사가 변호 대상에게 받은 상처로 방향을 튼다. 동성애자도 이성애자의 삶을 훼손할 수 있다. 그런 문장들은 어떤 혐오의 근거가 아니다. 내가 혐오에 대해 어떤 생각을 가질 때는 자신을 포함한 누군가에게 무해하다는 편견 같은 걸 가진 사람을 바라볼 때다. 그래서 끝내 그가 면적을 논하고자 하는 내 말들을 듣지 않았을 때, 자신은 소수자이자 약자이고 그럴 리 없다고 분개했을 때 나는 따져 묻지 않을 수 없었던 것이다.

당신이 아무에게도 상처를 주지 않는다면 당신은 도대체 뭐란 말이냐고.

# 3

## K가 김희철에게 했어야 하는 건

누군가의 말실수나 그에 따른 평론가의 문제 제기란 흔하다. 그러니까 6만이 넘는 팔로워를 가진 영향력 있는 남성 페미니스트 기자이자 평론가 K가 김희철을 언급했을 때, 나는 별 관심이 없었다. 현재 그 포스팅엔 좋아요 2만과 댓글 6,600여 개가 달렸다. 포스팅 아래 흥분한 어투로 달린 김희철의 댓글은 마치 포스팅의 논리대로 그 자신의 경솔함이나 부도덕함을 증명하는 듯했다. 그걸로 충분하다고 느낀 나는 문제가 되는 그 방송조차 보지 않았다.

그리고 다음 날 지인과의 대화로 깨달았다. 나는 평소 믿음직하다 여겼던 한쪽의 의견과, 그렇지 않은 쪽에 대해 내가 가져온 편견을 익숙하게 버무리고는, 제대로 들여다보지도 않은 채 당연히 김희철이 천박한 한남이며, 평론가 K가 그 한남에게 적확하고도 지엄한 판단을 했다고 여기고 있었다. 방송을 찾아서 처음부터 끝까지 봤다. 유명 유튜버들이 겪어온 악플의 실태가 공유되었고 뒤이어 김희철이 조심스럽게 발언을 덧붙였다. 그리고 그 발언에 가한 K의 논리가 언뜻 잘 맞아떨어진 나머지, 나는 지성이 얼마나 무서운 일을 행할 수 있는지 다시 한번 알게 되었다.

성별을 떠나 남녀 악플러 두 쪽 모두에게 화가 난다는 김희철의 발언은 어쩌면 그 자체로는 문제가 될 만한 것일 수 있다. 남녀 모두의 잘못을 가정한다 하더라도, 그러한 발언은 남성 중심적 담론이 비난의 주를 이루는 이 사회의 기울어진 운동장을 직시하지도 고치지도 못한 채 단순히 고인을 젠더 갈등의 피해자로 위치시키는 것으로 보일 수 있기 때문이다. 인플루언서의 발언은 그 영향력만큼 주목될 필요가 있다. 페미니즘 담론하에서 보자면 평상시 김희철의 몇몇 발언은 충분히 정치적으로 해석이 가능했다. 그런 점에서 해당 방송에서의 김희철의 발언을 문제 삼는 평론가 K의 과녁은 담론상 자연스럽게 정당성을 획득한 것처럼 보였다.

하지만 어떤 담론도 대화의 전체 흐름이나 한 개인의 삶 속 맥락을 떼어 놓고 문제적 발언만 옮겨와 정치적으로 해석하는 일을 허용하게 만들지는 않는다. 담론이 가까운 동생을 둘이나 상실한 이에게 논리를 요하는 도구가 되었을 때, 그것은 폭력적으로 기능한다. 맥락상 프로그램 내 김희철의 발언은 다른 식으로도 충분히 해석 가능하다. 김희철의 말이 고인의 진심을 대변했고 누구도 그래서는 안 된다는 평론가 K의 말과 달리, 김희철은 고인과 가까운 관계망에 있던 한 개인이자, 고인과 같은 연예인 당사자로서 다름 아닌 자신의 상실감이자 진심을 말했을 수 있다. '그 담론이 뭐든 가까운 사람을 잃었다, 어떤 싸움도 내 사람들을 되돌리지 못한다, 왜 죽기 전에도 후에도 내버려 두지 않느냐, 연예계 종사자로서 환멸이 난다….'

여성들 사이에서도 페미니즘은 갈등을 지속해 타협을 이루는 지점일 뿐 무결하거나 멸균지대인 영역이 아니다. 페미니즘은 고인들을 죽이진 않았으나 끝까지 잡아주진 못했고, 고인들을 응원했지만 때론 그녀들을 내몰기도 했다. 그게 내가 아프게 인정하는 현실이다. 나는 김희철에게는 페미니즘을 비난하던 이나 지지하던 이나, 어떤 입장이든 성별을 불문하고 고인들에게 악플을 달던 모두가 같은 사람으로 느껴졌을 수 있을 거라 조심스레 생각한다. 소중한 사람이 더는 그의 곁에 없을 때, 그의 위치는 정치적 담론의 발화자가 아니라 담론 이전의 개인일 수 있고, 그럴 수 있어야 한다.

평론가 K의 포스팅처럼, 페미니스트였던 고인들이 지키고자 한 것은 타인의 무엇으로도 대변되지 않는 자기결정권이었을 수 있다. 그러나 고인들이 원한 삶은 친구이자 동료인 김희철과 잘 지내는 평범한 삶이었을 수도 있다. 나는 저 좀 예뻐해 달라던 설리의 영상을 울컥 떠올린다. 그녀를 사지로 내몬 건 엄중한 잣대와 시선과 날 선 말들이었음을 우리는 여러 지점에서 추측할 수 있다. 무엇도 검증당하지 않고 그럴 수 있다고 이해받는 삶, 악플과 같은 말 한마디로 그가 노력해온 모든 게 날아가지 않는 삶. 고인을 대변할 수 있는 이는 고인 자신뿐이고, 평론가의 말처럼 우리는 죽은 이들의 진심을 모른다. 나는 어쩌면 영영 그래야 한다고도 믿는다. 우리가 고인들에게서 보아온 삶의 단

편을 통해 고인의 진심을 하나로 확정 지으려 하기보다는, 그 진심이 어떤 식일지언정 병립할 수 있다고 여긴 채 모름의 영역으로 남기는 것 또한 페미니즘적 존중일 것이다.

K는 김희철의 발언이 다르게 해석될 수 있는 가능성을 스스로 밝힌다. "사적으로 친했던 두 동료를 잃은 김희철의 분노를 내가 감히 이해할 수는 없을 것이다." 그럼에도 그는 설리와 구하라를 내몰아낸 것과 같은 매커니즘을 택했다. 모르는 영역에 대의를 얹은 것이다. 나는 K가 맥락 없이 너무나 맞는 말을 했기에 문제라고 생각한다. 김희철은 평소 담론적으로 문제가 될 만한 발언을 해왔다. 그러나 그런 사실이 항상 그가 틀린 사람이라는 걸 담보하지는 않으며, 삶 속의 여러 사건을 통해 우리는 이따금 충분히 틀릴 수 있는 위치에 놓이기도 한다.

그리고 어쩌면, 방송의 흐름상 당사자로서 자신의 속상함을 토로하던 그의 말은 틀리고 말고 너머에 있는 것으로도 보인다. 누군가의 발언이 여러모로 해석할 수 있는 차원 속에 있다면, 그가 가까운 기간에 소중한 친구이자 동료를 잃었다면, 평론가이자 지식인이자 한 인간으로서 K가 택했어야 하는 차원은 무엇이었을까.

페미니즘은 더 풍부하고 다양한 해석을 요해 왔고, 그 해석은 논리나 지식뿐 아니라 상실에 의한 타인의 고통을 함께하는 법같이 인간 생애 전반에서 얻어진 능력을 필요로 하기도 한다. 그는 페미니즘에 기반한 당위를 지적할 수도 있었지만 페미니즘적으로 김희철을 이해할 수도 있었다. 그는 평소 화용론(話用論)을 포함한 맥락과 시스템을 말해온 사람이었고, 그렇기에 친구를 잃은 연예인이 자기 언어를 세련되게 호소하기 어렵다는 걸, 여러 맥락상 서투르게 보일 수도 있는 그 언어가 여혐이나 기울어진 인식이 아닌 악플러들에 대한 분노와 친구를 잃은 당사자로서의 고백이 될 수도 있다는 걸 읽어내야 했다.

언어가 누구에게나 주어지지 않는다는 것이야말로 페미니즘의 기본 전제다. 나는 내 부모나 운이 나쁜 친구들에게 왜 세련되게 말하지 못하느냐고 탓하지 않는다. 내가 가진 학력에서 배운 거라곤 그게 전부다. 언어는 때로 특권이며, 나 자신에 대해서 논리적으로 방어하거나 설득할 수 있다는 걸로 말미암아 특권이 증명된다는 것. 연예인에게는 그런 세련된 지성의 언어가 잘 주어지지 않는다는 걸 고인들은 알려주었다.•

K의 글에 달린 김희철의 투박해 보이는 댓글은 그를 언어적으로 더 추락시켰다. 게시물을 댓글까지 포함한 덩어리로 볼 때, 마치 해당 게시물 속 김희철은 K의 논리를 증명한 빼박 한남이 되어 K의 직업적 위상을 올려주는 것처럼도 보인다. 어젯밤 그를 지켜보던 나의 지인은 다름 아닌 이런 게 쌓여서 사람이 죽었구나, 읊조렸다. 맥락을 살피지 않은 논리와 단선적이고 뚜렷한 해석, 자기 마음을 세련되게 호소할 수 없는 이에게 세련됨을 요구하는 것. 나는 그게 지성이 가질 수 있는 폭력이라고 생각한다.

이렇게 말하는 나의 말도 맞지만은 않을 것이다. 어떤 문장도 모든 사안이나 의견을 온전하게 반영할 수 없고, 내 글이 그렇게 보인다면 가장 먼저는 내가 그렇게 보이도록 글을 썼기 때문이다. 글 쓰는 사람은 읽는 사람에게 자신이 바른말을 하는 것처럼 보이게 만드는 데 보다 능숙하다. 나 역시 세련된 언어를 차용하려 하고 있으며 그럴 수 있다는 점에서 특권을 휘두르려는지 모른다.

그럼에도 나는 이 글을 썼다. 페미니즘을 포함한 어떤 담론도 바른말로 가려지는 단일한 해석의 위험을 인식해야 하고, 거

---

• 여기엔 조금 더 해명이 필요하다고 느낀다. 언뜻 평등한 의사소통을 전제하는 듯 보이는 인터넷 기반 플랫폼들은 대개 우리가 보고 있는 페이지나 콘텐츠, 상대방의 언어에 우리가 직접 수정을 가할 수 없는 UX로 이루어져 있다. 그러한 일방적인 의사소통 상황에서 상대적으로 자기 발언을 넓게 흩뿌릴 수 있는 연예인이란 직업의 특수성은 장점인 동시에 그들의 권력을 과대평가하는 요인이 된다. 나는 의사 개진의 측면에서는 바로 그 점 때문에 연예인의 위치가 취약해짐을 짚고 싶다. 통상적으로 대중은 연애나 친분 등 개인적 범위의 일로도 연예인에게 사과를 요구하는 반면, 연예인이 대중에게 사과를 요구하는 일은 보기 어렵다. 자신의 수입 혹은 성취가 대중과 직결되는 직업적 전제하에, 연예인은 정보를 생산하기보다는 정보 그 자체로 기능하며 직업 내 파이가 커질수록 대중에게 검열되는 범위가 언어는 물론 삶 전반이 되기 때문이다. 그런 상황에서 연예인 개인과 대중의 동등한 쌍방 소통은 성립이 불가한 모순으로 보이며 악플이나 루머는 그 좋은 예다.
즉 연예인에게 세련된 지성의 언어가 주어지지 않는다는 건 그들이 지성인이 아니라는 뜻이 아닌, 직업의 특수성 때문에라도 그들에게 자신을 가감 없이 표현할 언어 자체가 허용되기 쉽지 않다는 뜻으로 사용되었다. '세련된'이란 수사 역시, 개인에게 상대방을 설득할 수 있는 가능성 혹은 불합리함에 주눅 없이 논리적으로 받아칠 수 있는 태도가 사회적으로 용인될 때에야 가능해진다고 생각한다. 김희철의 문제 발언은 연예인 당사자들이 그러한 위치성을 토로하는 방송에서 나오기도 했다.
반면 기자와 평론가 등의 전문직(특히나 언어를 전문적으로 쓰는)의 입장은 다르다. 팩트라는 단어와 객관, 균형과 공정성이 일종의 환상이 된 지금도 그런 직업은 여전히 그 가치를 일정 부분 담보하는 것으로 여겨지며 태도적 측면에서 앞서 말한 '세련된'이란 수사를 가져간다. 그들에게 요구되는 윤리는 다름 아닌 가까이서 정보를 다룬다는 측면, 즉 정보와의 거리에서 촉발되는 것이다. 기자는 정보를 생산 혹은 선별적으로 전달하는 데서 직업적 성취를 이루며, 정보로 위계가 나뉘는 세상에서 직업 내 파이가 커질수록 의사 개진의 측면을 포함해 언어적 권력을 획득한다. 저마다 가능한 언어의 폭이나 무게가 다르다는 점에서 기자 및 평론가는 상대적으로 그렇지 못한 이와 마주할 때 여러 해석 가능성을 따져야만 한다.

기엔 여러 목소리가 필요하기 때문이다. 나는 날카롭고 바른 K의 혜안과 적시 적소에 필요한 목소리를 내는 K의 용기를 평소 꾸준히 응원해왔다. 다만 그런 K의 적확한 언어라 할지라도, 그 말이 어디에서 어떤 방식으로 출현하느냐를 묻지 않고 무비판적으로 수용할 때 그것은 폭력이 될 수 있다. 더군다나 페미니즘에는 조금의 틀림도 없는 적확함만큼이나 숱한 가능성을 포용하는 여러 겹의 해석이 필요하다고 나는 믿고 있어서.

지식인의 의미는 논리적이고 세련된 언변이 아닌 해석 가능성에 있다고 주장하고 싶다. 단어와 생에는 여러 함의가 있고, 언어와 같은 특권을 가진 사람일수록 더 많은 해석 가능성을 찾아내야 한다. 정확도란 언제까지나 객관적인 무엇이 아닌 시대의 특권자가 선택한 것이다. 삶의 두께는 단일한 논리가 아닌 다양한 사람에게서 나온다. 그러므로 지식인은 사실의 논리가 아닌 구명에 가까운 해석 가능성에 마음 써야 한다. 우리는 윤리적으로 우월해지려는 게 아니라 함께 가기 위해 윤리를 꺼내올 뿐이다.

# 4

## 숏컷 그리고 탈코르셋 소회

어제 낯익은 이가 나를 보고 흠칫 놀랐다. 왜 이리 삭았느냐면서. 내가 긴 머리를 찰랑일 때 나를 마지막으로 본 이다. 내 인생과 큰 관련 없는 이의 말에도 의연하지 못한 건 참 짜증 나는 일이다. 머리를 자른 후 많은 이들이 똑같은 화장을 해도 진해졌다고 하고, 똑같이 향수를 뿌려도 진해졌다고 하고, 똑같은 속도로 나이를 먹고 있는데도 진해졌다고 한다. 삭아서. 서른을 두 달 남겨둔 아직 20대, 삭는다는 건 날이 잘 들지 않는다는 뜻이다. 그 말이 옳다면 나는 100세 시대에 나머지 70여 년을 쭉 날이 들지 않은 채로 살아야 한다. 벌써부터 나의 쓸모없음을 무디게 준비하라는 말은 부당하지. 아직 삭지 않았다는 걸 보여주고자 나는 자꾸 날이 선다.

머리를 자른 후 어딘가를 지나다닐 때 날 따라 고개를 돌리거나 번호를 묻는 일은 확연히 줄었다. 그런 일들은 이따금 불쾌했지만, 그런 일이 티 나게 줄어든 것에도 설명할 수 없는 마음이 든다. 여리여리 하늘하늘하다는 말, 기분 좋다. 코르셋이니 뭐니 해도 예쁘다는 유의 그런 말들이 싫지 않다. 솔직히 그런 게 갑작스레 거두어진 상황이 불쾌하다. 이 사회는 예쁘지 않은 여자에게 좀 더 함부로 굴고, 나는 그런 소리를 듣지 못하던 시기에 어떤 식으로 내 삶을 침해당했는지 기억하고 있으니까.

머리가 짧아졌을 뿐인데 비슷한 침해가 반복된다. 나는 여전히 가끔 몽글거리고 가끔 강인하고 가끔 날카롭고 가끔 무디다. 환경에 따라 자연스럽게 귀결되는 각기 다른 내 모습들 속에서 나는 언제나 다층적으로 나다. 내가 머리카락을 자르고 함부로 대해도 되는 사람이 된다면, 머리카락이 내게 귀속되는 게 아니라 내가 머리카락에 귀속되는 존재에 불과하다는 얘기일 것이다.

그럼에도 많은 이들이 악의 없이 나를 머리카락 같은 것에 귀속시켜왔고 지금도 그렇다. 숏컷을 저지를까 말까 고민하던 때에 만나던 남자친구는 같이 다닐 자기 생각은 안 하느냐고 따졌다. 짧은 머리를 보면 성욕이 떨어진다는 그의 말은 꼭 협박같이 들렸다. 여성잡지 지면은 매번 남자들이 좋아하는 머리 스타일에 순위를 매기는 데 할애되었고, 양갈래 머리를 하고 나간 스물셋의 여름 오래된 친구는 나더러 나잇값을 하라고 웃었다. 큰맘 먹고 갔던 미용실에서는 내 후회를 장담하며 머리를 잘라주지 않았다. 가족조차 너는 긴 생머리가 더 어울린다며 나를 다독였다. 내 신체와 내 결정에 그런 말을 던지는 건 무례한 거라고 중얼거리면서도, 나는 매번 나라는 존재를 하나로 압축하려는 그 말들에 크게 휘둘려왔다. 그런 게 내가 십여 년 넘게 통일된 이미지만을 보여 온 이유이자 마침내 머리카락을 짧게 자른 이유다.

구약성서에 나오는 괴력의 장사 삼손의 힘의 원천은 머리카락이다. 이야기 속 삼손은 자는 동안 머리카락을 잘린다. 그전까지 그를 건드리지 못하던 사람들은 그가 머리카락을 잃자 기다렸다는 듯 그의 눈을 뽑는다. 이상하게도 나는 삼손이 만약 숏컷을 하고 싶었을지언정 시도도 못 해봤겠다는 생각이 들었는데, 그의 치렁치렁한 머리는 파워라기보다 한 존재가 사회적으로 인정받는 조건이자 한계에 가까워 보였기 때문이다. 어쩐지 긴 머리 삼손은 남들에게 이용만 당하다 죽은 바보같이 느껴지기도 했다. 아무튼 삼손 입장에서는 어리둥절하게도, 긴 머리를 유지해야 조건부로 대우받는 이 사회의 여자들 역시 사정은 비슷해 보인다. 심지어 여자들은 삼손과 같은 괴력이 없기에 툭하면 후려쳐지는 식으로 머리채를 잡힐 뿐이라서, 나로선 그의 일화가 퍽 의미심장하게 느껴졌다. 이를테면 이런 생각이 들었던 것이다. 그래 봐야 맨날 머리채만 잡히고 말지…. 뭘 해도 이래라저래라…. 존중은 무슨….

어차피 그럴 거면 확 잘라버릴까?

그렇게 나는 오랫동안 길러온 머리를 짧게 잘랐다. 이제 와 생각해보면 그 선택은 쫄보인 나답지 않게 다소 충동적이었는데, 그래버릴 수 있던 이유는 아무래도 그즈음 내가 상호 존중을 매번 설명해봤자 무례가 거듭되는 데 그만 질려 버렸기 때문이 아닌가 싶다. 그 무렵 나는 가시적인 뭐라도 해야 한다는 생각에 사로잡혀 있었고, 숏컷은 더는 상대방의 의사를 내게 투영하지 않겠다는 확고한 의사 표현처럼 보였던 것이다. 그럼에도 막상 머리카락을 잘라낸다는 게 쉽지는 않아 결심까진 온 마음을 다해야 했다. 물론 내 머리카락을 마음을 다해 직접 자른 건 미용실 선생님이지만. 나는 삼만오천 원을 냈다.

머리가 경쾌해지니 걸을 때도 경쾌하게 걷게 된다. 스타일 하나로 그런 것까지 달라지는 게 놀랍고 마음에 든다. 하지만 내가 자르고 싶은 걸 제대로 잘라냈는가엔 의문이 든다. 나는 오랜 노력 끝에 내가 보이고 싶은 대로 보이게 입을 수 있고, 머리가 짧아진 후로는 더 잘한다. 나는 스타일 좋고 세련된 여성에게 보이는 남성들의 소유욕을 알고, 떠나간 시선의 빈자리를 그러한 소유욕을 이용해 채울 때가 있다. 그런 앎은 짧아진 내 머리채마저 잡고 날 놓아주지 않는다. 타인의 말에 의연하지 못하고 짜증이 일어날 때면 짧아진 내 머리가 저항인지 어차피 받지 못할 존중을 포기한 것인지 헷갈리기도 한다. 원하면 다시 기르면 그만이라고 담대한 척 말해봤자 나는 여전히 타인의 표정이나 참견에서 자유롭지 않다. 그런 마음은 아닌 척한다고 사라지지 않는다. 머리를 자른다고 단숨에 잘려나가지도 않는다. 나를 휘둘리게도 날 서게도 만들면서 어딘가에 조금은 남아 있다.

다만 마음먹기보다는 저질러야 가능해지는 일들이 있다. 긴 머리가 아닌 나를 상상하는 일도 그랬다. 거울 속 실제 이미지를 마주한 지금, 나는 긴 머리카락의 나나 짧은 머리카락의 나도 언제든 상상할 수 있다. 그제는 친구를 만났다. 이거 봐라, 짧아진 내 머리를 자랑하자 너도 탈코르셋 하는 거냐며 보기 좋다고 했다. 이제는 친구도 짧은 머리의 나를 상상할 수 있다. 우리는 조금 더 커진 상상력으로 밥도 먹고 커피도 마시고 남 흉도 보고 여성에게 도움 되는 일이 뭘까도 궁리했다. 나는 친구에게 사실 탈코르셋이라는 단어가 낯설다고 했다. 내 숏컷은 너무 미미해서 여성의 삶에 도움이 되는지는 모르겠고 나는 그저 숏컷을 경험했을 뿐이라고 고백하자 친구가 웃었다. 내게 어울리는 말은 완전한 자유나 해방이라기보단 확장인 거 같지만, 아무튼 보기 좋다니 그거면 됐어. 헤어질 무렵 나는 그렇게 말하곤 내가 뱉은 말에 만족하며 집에 왔다.

머리를 짧게 자르는 건 별거 아니었고, 내게서 떨쳐진 시선으로 내가 전보다 별거 아니게 된 기분을 느끼기도 한다. 그 경험을 갖기 전후의 내 얼굴은 어딘가 미묘하게 달라졌는데, 그건 모두가 아는 걸 이제야 알게 된 이가 슬그머니 경직된 표정을 푸는 것과 비슷한 것도 같다. 어쨌거나 나 자신은 확실히 알 수 있는 미묘한 변화랄까. 드러난 뒷목에 시원한 바람이 분다. 거기 바리깡이 닿는 기분 이전으로 나는 영영 돌아갈 수 없어졌다.

꽤 오랫동안 나는 머리카락을 자르는 순간 내심 엄청난 일이 일어날 거라고 믿었다. 그래서 두려웠고, 그래서 결심했지만, 막상 자르고 나니 그저 어떤 일들이 더 이상 일어나지 않았을 뿐이다. 큰 무게를 두어온 것들이 고작 그런 식이라는 건 조금 허망하고 많이 후련하다. 숏컷은 분명 멋진 일이자 의미 있는 변화였지만, 나는 아직도 자유롭지 않다. 그저 나는 내게 숏컷이 썩 잘 어울린다는 걸 알고 그거면 됐다.

# 5

# 탈코르셋과 페미니스트의 조건

앞의 글을 쓰고 꽤 지나 사람들이 모인 술자리를 갔다. 자리가 무르익고 취기가 오른 누군가 불만스럽게 니가 무슨 탈코르셋이냐고, 예쁘지 않느냐고 했다. 내 머리가 탈코르셋 실천으로 보인다고 내 기분이 나쁠 리는 없었다. 그러나 그의 말은 마치 내가 무언가를 배반했다는 투여서, 쏠린 시선의 한가운데 앉아 나는 속으로 중얼거렸다. 내 말이! 내가 무슨 탈코르셋이야….

숏컷은 나로선 용기의 발현이자 주변에서 환영받지 못한 스타일이었지만, 멋지고 예뻐 보였기 때문에 언젠가 꼭 해보려고 마음먹었던 머리이기도 했다. 어쨌든 애매할 땐 관대한 게 나은 거 같았고, 그날 나는 나의 예쁨이 불만인 상대를 보며 고마워하기로 결정했다. 오늘 신경 좀 썼는데 성공했군요! 너스레를 떠는 내 귓가에서 아끼는 귀걸이가 달랑거렸다.

지난봄 어느 날엔 약속 장소에 좀 더 일찍 도착해 화장할 생각으로 두꺼운 파우치를 챙겼다. 장소에 도착해 막 파우치를 꺼내려던 참에 아는 이가 밋밋한 내 얼굴을 보며 웃었다. 야, 제대로네! 꾸밈 노동의 해악은 이전에도 같이 시시콜콜 흉보던 것이었고, 우리는 탈코르셋을 응원하는 대화를 나눈 적도 있었다. 맥락상 그는 내 민낯을 일종의 진정성으로 여기고 뿌듯해하는 거 같아서 나는 파우치를 가방 깊숙하게 밀어 넣었다. 잠자코 앉아 그날 입은 옷과 어울릴 거 같아 챙긴 립스틱이나, 강제된 노력을 싫어하는 마음과 공들여 노력하고 싶은 마음의 차이 같은 걸 생각했다. 좀 거창하게 말하자면, 그런 내 마음이 미계몽 상태의 증거는 아닐까, 폭력적 미의식을 향한 자발적 복무에 그치는 건 아닐까, 나는 제대로 된 인간인가…. 조금 걱정했던 것도 같다.

어려운 걸 해내는 여성들은 근사하다. 사회가 여성에게만 강권하는 예쁨-코르셋이 잘못되었다고, 더는 불필요한 꾸밈 노동을 억지로 하지 않겠다는 여성들의 탈코르셋 선언이란 근사할 수밖에 없었다. 그런 걸 볼 때마다 나는 친구들의 각기 다른 맨얼굴이나 편한 옷에서만 나오는 편한 동작 같은 걸 떠올렸고, 그럴 땐 어딘가 헐벗은 기분이 드는 한편 우리의 마음이 얼마나 광활해졌는지를 기억해냈다. 탈코르셋 운동은 모처럼 들뜨는 소식이었고 나도 어쩌면 쉽게 할 수 있는 실천 같았다.

하지만 그럼에도 탈코르셋이 정해져 있는 규격이자 자격과 같다는 뉘앙스를 띨 때면 나도 모르게 긴장하게 되었다. 뉘앙스의 요는 탈코르셋에 동참하지 않는 건 여성성을 강화하고 가부장제 시스템을 지속시키는 반페미니즘적 행동이라는 것이었는데, 뭐랄까, 과연 비장하고 멋지고 맞는 말이다, 라는 생각이 들었음에도 나는 묘한 반발심이 차올랐던 것이다.

어쩌면 내가 무 자르듯 뚝딱 식의 판단이 안 되는 인간이거나, 내 삶에는 판단이 어렵게 뒤엉킨 일이 너무 많아서 그런 걸지도 몰랐다. 이를테면 나는 신발이 필요하다는 미경과 나란히 앉아 온라인을 뒤진 적이 있었다. 나는 굽 낮고 견고한 신발을 연이어 보여주며 미경을 은근히 구슬렸다. 키가 뭐 어때서 그래, 다 사회적인 거야. 엄마 편한 거 신어. 작은 키에 콤플렉스가 있는 미경의 발은 높은 굽에 시달리느라 울퉁불퉁했다. 나는 종종 냉장고 아래쪽이 꽉 찰 때마다 냉장고 위쪽에 미경이 좋아하는 커피를 사다가 넣어두었는데, 미경의 키는 그 커피의 존재를 모를 정도로 작아서 툭하면 미경을 한탄하게 했다. 그러다 보니 나는 키 작은 중년 여자를 고려하지 않은 냉장고 설계나, 키가 작다는 이유로 그가 들어온 말들이 그에게서 평평한 신발 따위를 앗아갔다고 확신하고 있었던 것이다.

그러나 미경은 내가 골라주는 신발마다 완고하게 고개를 저었다. 결국 나는 높은 굽의 신발을 주문했고 배송을 받은 미경은 신이 나서 신발을 신고 걸었다. 높은 굽이 편하다더니 미경은 진짜로 그 굽이 자신의 몸인 양 편하게 움직였다. 그날의 미경은 억압받은 사람이라기엔 지나치게 자유로워 보였다.

한편 스무 살에 사귀었던 남자친구는 자주 내 팔과 목에 멍을 남겼다. 그에 따르면 누가 나를 대상화한다면 모두 그걸 조장하거나 내버려 둔 내 잘못이었다. 반수 준비로 내가 학원을 다니던 어느 날, 나를 데리러 온 그는 내 엉덩이 실루엣이 드러났단 이유로 삼십 분가량 제집 방문을 부수었다. 내가 공부는커녕 누군가를 꼬실 생각만 한다는 거였다. 니 잘못이 아니라고, 니가 남들 눈을 신경도 안 썼다고 어디 한번 말해보시지. 그는 읊조렸고 문이 형체도 없이 사라지는 동안 나는 무슨 말을 해야 할지 고민했다.

나는 수험생활용으로 편하게 입을 바지를 사러 가까운 동네 상가에 들렀고, 걸려 있는 추리닝 바지들은 당시 유행하던 엉덩이가 붙는 쥬시st 바지가 대부분이었으며, 나는 그중 최고 튼튼하고 좋아 보이는 까만 바지를 샀을 뿐이었다. 하지만 부서지는 문을 보자니 나도 그 꼴이 날 거 같아서, 나는 내가 진짜 중요한 게 뭔지 잊고 정신이 팔렸노라고, 내가 누군갈 꼬실 생각으로 여성성을 강화했노라고 수긍하고 잘못을 빌었다. 나중에야, 내가 고쟁이를 입었더라도 어차피 문은 언젠가 부서졌으리란 걸 알았다. 나는 기왕의 고쟁이 중 내 눈에 가장 괜찮아 보이는 걸 골랐을 테니까. 그런 기억은 누군가의 외양이나 선택에 너무 많은 해석이 붙는 게 때론 폭력이 될 수 있다고 말해주는 거 같았다.

그러니까 나로선 탈코르셋을 인정받아도 인정받지 못해도 매번 어쩔 줄 모르는 얼굴이 되었다. 나의 실천이 구획되거나 평가당해야 하는 상황 앞에 자꾸 움츠러들었던 것이다. 탈코르셋의 취지가 옳다는 건 명백했지만 어떤 사람들의 틀림과 소외를 전제하는 몇몇 이들의 옳음이란 좀 의아하기도 했다. 아무튼 내가 아는 탈코르셋은 자발적이지 않은 꾸밈 노동을 그만두겠다는 선언이었던 반면, 언제부턴가 그와는 좀 다른 게 되어 있는 것도 같아서, 나는 끝없이 궁금해했다. 나는 탈코르셋을 하는 중인가 아닌가, 그건 페미니스트를 증명하는 기준인가 아닌가, 그런 걸 어떻게 무 자르듯 구분하는가, 그냥 내가 성찰이 부족한 건가, 혹은 스스로에게 무언가를 다시금 강요하려 드는 건가….

마주한 문제가 쉽지 않을 때면 밖으로 산책을 가는 게 좋다. 저번엔 생태공원으로 갔다. 보호구역 내 여러 식물들이 다듬어지지 않고 마구잡이로 자라고 있었다. 검열을 거친 화단에서는 보지 못한 풍경이었다. 자연은 이때다 싶게 자신이 내놓고 싶은 걸 내놓았다. 각기 다른 초록과 각기 다른 꽃에 넋이 나간 나는 삼십 분만 걸으려던 걸 두 시간 가까이 걸었다. 만 걸음을 훌쩍 넘겨도 풍경에 반해 있었을 뿐 답이 나오지는 않았다. 다만 어떤 질문은 답하는 것보다 던지는 것만으로도 유의미한 거 같기도 해서, 나는 자연만큼 근사해지길 바라며 나를 압박하던 것들을 내 속도로 하나씩 끊어보는 것에 대해 생각했다.

어쩐지 최근의 나에겐 '그래야 된다'보다 '그래도 된다'가, '뭐든 할 수 있다'보다 '언제든 그만둘 수 있다'가 중요해진 터였고, 그렇게 내려놓게 된 것도 있고 아닌 것도 있고 아무렇지 않게 되어버린 것들도 있었다. 탈코르셋은 선택의 폭을 늘려주었고 거기서 무엇을 택하든 지금의 나는 하나의 모습으로 수렴되는 걸 거부하거나 그런 요구를 전복시킬 수 있었다. 각기 다른 내 모습들 속에서 나는 언제나 다층적으로 나구나. 다시금 그런 생각을 하는 동안 바람이 불었다. 같은 결로 일렁이는 다른 풀들 사이 열매가 혼자 타닥타닥 떨어졌다. 나는 조금 무성해지고 무심해진 기분으로 계속 걸었다.

# 6

## 바디 포지티브 대실패

몇 년 전부터 여성들 사이에 스스로를 긍정하고 사랑해주자는 독려가 이어지고 있다. 혜성같이 등장한 바디 포지티브라는 단어는 여성의 신체에 향하는 어떤 혐오 표현이나 부정도 더는 내버려 두지 않겠단 결기와 맞닿아 있는 것이어서, 우리는 바디 포지티브에 열광했고 그 후로 부정당한 이전을 벌충이라도 하듯 빈번하게 긍정을 일삼았다. 틈만 나면 날것의 자신을 찍어 올리고, 내 몸을 사랑하는 법을 공유하고, 일상의 자잘한 순간마저 아름답다고 말하길 서슴지 않았다.

하지만 한 해 두 해 긍정에의 결기가 이어지는 과정에서 나는 그게 흐르는 방향이 어째서인지 좀 헷갈리거나 수상하다는 생각이 들었고 급기야 마음이 조금 식어 버렸다. 그 기분이란 마치 배송 온 택배에 예상과 다른 결과물이 들어 있을 때와 비슷했다. 왜 그런 기분이 되는지 영문을 알 수 없었지만, 아무튼 나는 무언가 잘못되었다고 느꼈다.

사실 의심의 여지는 충분히 많았다. 이를테면 지상파 티브이 프로그램에서 한 여자 연예인이 긍정을 말하던 맥락이 그랬다. 그는 너무 말랐다거나 너무 쪘다는 사람들의 '걱정'이 어떤 무게로 느껴졌는지 털어놓으며 이제 자신을 긍정하겠다 했다. 얼마 지나지 않아 그 증거라는 듯 그의 세미 누드 화보 기사가 포털에 올라왔다. 운동과 식이요법을 병행해 건강한 아름다움을 뽐낸다는 기사였다.

슬쩍 보아도 아름다운 화보는 늘 보던 것과 비슷한 나머지 나는 불쑥 성질이 났다. 그에게 붙는 수식어가 꿀벅지와 거식증을 거쳐 자기 긍정과 건강한 아름다움 따위로 대체됐을 뿐인 거 같았기 때문이다. 나는 사람들이 그 여자 연예인에게 걱정을 빙자해 여전히 무언가를 증명하게 시키는 거 같다고 느꼈고, 그는 이미 무척 잘하고 있으니 니들 인생이나 걱정하라고 하고 싶었다. 거기엔 건강한 아름다움이니 긍정이니 앞세워봤자 숨겨지지 않는 괴랄한 게 있었다.

SNS를 봐도 괴랄한 건 마찬가지였다. 아무리 거창하게 말해도 부족한 작금의 기후위기에, 바디 포지티브 슬로건은 자본주의와 짝꿍이 되어 과식과 풍요와 온갖 소비를 긍정하는 식으로 나아가는 듯했다. 탄탄하고 날씬한 여성이 한 상 그득 차려 먹고는 우리는 아무것도 포기하지 않는다며 다이어트 보조제를 흔들어 보이는 광고를 나는 몇 차례나 보았다.

한편 피드의 이미지들은 빛나는 젊은 날을 사랑해주는 방법으로 바디 프로필을 독려했다. 이미지 속 근사한 몸매의 여자들은 자신을 긍정하지 않을 도리가 없는 상태가 된 것에 성공한 듯 미소 지었다. 멋진 이벤트라곤 해도 예민해진 컨디션과 높은 비용, 일상의 포기와 편집을 전제하는 결과물이 나를 사랑하는 방법으로 권유되는 건 아무래도 이상한 나머지 나는 생각했다.

아아, 이건 마치, 변진섭의 희망사항을 EDM으로 바꿔 놓았을 뿐 아닌가….

무엇보다 나는 나 자신을 속일 수 없었다. '나'를 그 자체로 아름답게 보고 무한 긍정하라는 바디 포지티브의 주장은 내가 매일 나를 사랑하지 않는다는 사실을 건드리면서 나를 수치스럽게 만들 뿐이었다. 나는 전보다 통통한 내 팔뚝이 미웠고 잡히는 뱃살이 괜찮지도 않았다. 거리와 티브이 속에선 여전히 마른 여자들이 걸어 다녔다. 어떤 몸을 선호하거나 혐오하는 사회의 풍토를 모른 척하고서, 나를 미워하는 나를 돌보지 않으면서, 그런 게 괜찮지 않은 마음에 대해 더 충분히 들어주지 않고서 갑자기 내 몸을 긍정하고 아름답게 여기는 건 내게 가능하지 않았다. 뻔히 존재하는 마음을 감추는 긍정이 누구를 위한 건지는 몰라도 나는 아니었다. 심지어 나는 자신에게 도취된 어떤 사람들을 좀 버겁게 느끼기도 했다. 아니 내 눈에 당신이 아름답지 않은데 왜 자꾸 아름답게 느끼라는 거야! 내가 할 수 있는 건 그저 조금 덤덤해진 채 내가 내 몸이나 타인의 몸을 어떤 이유로든 미워하고 있음을 수긍하는 일뿐이었다.

이상한 말이지만 내 몸과 삶을 사랑하고 돌보는 방식들이란 내가 있는 그대로의 내 몸을 미워한다는 증거이기도 하다. 아침에 몸무게를 보거나 벗은 내 몸을 구경하는 일, 전날 먹은 걸 생각하며 오늘의 이동 거리나 먹을 걸 조절해온 지는 십 년도 더 됐다. 들쭉날쭉하긴 하지만 식단 자체를 완전히 놓아본 적은 없다. 다행히 현재 식단은 양이나 질적으로 괜찮다. 비건을 지향한 이후로는 나 자신이 좋은 본보기가 되어야겠다 싶어 손수 식사를 준비하거나 성분을 확인해가며 챙겨 먹는 편이다. 필요 이상으로 음식을 먹는 풍토를 경계하고, 다른 존재를 덜 해치는 지속 가능한 식사를 하고자 하고, 다른 여자를 덜 착취하는 1인분의 노동을 해내려 노력한다. 잘 못 할 때도 있지만 그런 식사가 주는 성취감은 꽤 충만하다.

하지만 내 식단이 건강한 편이라는 게 어떤 진실을 지워내지는 못한다. 가령 내가 칼로리를 줄이는 조리 방식을 검색하는 건 그런 식단이 건강해서만은 아니다. 50.3kg였던 지난달엔 아침마다 배가 더 홀쭉했고 그렇게 좀 더 말랐을 때의 내 몸은 눈을 아무리 비벼도 수정체에 남아 있다. 면봉으로 하도 후벼대서 귓바퀴에 귀지 부스러기 하나 없는데도 몸매가 좋다는 말이나 살이 좀 쪘다는 말 같은 건 자꾸 귓가를 맴돈다. 이처럼 사라지지 않는 잔상들은 내 몸이 더 마르면 좋겠다고 생각하게 한다. 법랑 냄비에 눌어붙은 양념도 그보다는 손쉽게 제거된다.

식단 조절과 운동은 같이해야 시너지가 난다. 들쭉날쭉하긴 해도 몇 년간 운동 자체를 아주 놓아본 적은 없다. 운동을 하면 하루가 짧아지는데, 운동 전후로 운동을 마음먹거나 씻고 회복하는 시간까지 포함하면 적지 않은 시간이 들어서다. 공을 들여야 현재가 미세하게 늘어난다. 다행히 전보다 튼튼한 쪼렙이 되었고 책상 앞에 앉아 일하는 시간이 늘어났다. 오래 글을 쓰겠다고 생각한 이후로는 오래 버틸 수 있는 몸으로 가꾸는 것도 쓰기의 일환 같아서 짧게라도 근육을 관리하려는 편이다. 나는 땀 흘리는 뿌듯함이나 단단해진 근육의 근사함이 여자에게 가능하다는 걸 스물여섯 즈음에서나 깨달았는데, 그건 근사하기도 하지만 내가 알고 있는 어떤 지식보다 여성의 삶에 실질적 도움을 준다. 적당한 운동은 현재를 썩 괜찮게 만들고, 나는 전보다 덜 지치는 몸으로 이전에 하지 못하던 일들을 해낸다.

하지만 운동이 내게 유효하다는 것 또한 어떤 진실을 지워내지는 못한다. 몸매 좋은 여자들의 운동법을 캡처하거나 지금보다 더 마르고 탄탄하던 과거의 내 사진을 들여다보는 게 단지 운동이 유효해서만은 아니다. 나는 내 몸에 만족하는 법이나 홀쭉한 배를 욕망하지 않는 법을 여전히 모르고, 지친 날 쉬어야 마땅한데도 필요 이상으로 움직이고서야 안심한다. 선명한 이미지들은 더 운동하라고 나 자신을 다그치게 한다. 허벅지에 오래된 화상 자국도 그보다는 희미하다.

몇 년 동안 노력한 덕분에 나는 이제 어쩌다 기분을 내겠답시고 고칼로리에 성분이 엉망진창인 음식을 먹어 버려도 곧장 불행해지진 않는다. 음식의 영양 성분은 중요하지만 먹는 즐거움을 아예 삭제하는 식의 건강이 정신 건강까지 담보하지는 않을테니까. 살이 좀 찌는 게 걱정되어도 어떤 미의 기준에 맞춰 나를 과하게 재단하지는 않는다.

다만 지금보다 살이 더 빠지면 면역력이 떨어지고 살이 더 찌면 몸이 무겁고 찌뿌둥해서, 나는 내 몸을 수시로 살핀다. 어디가 쪘고 어디가 빠졌는지 들여다보고, 조금 운동하고 조금 덜 먹으며 일하거나 돌아다니기 가벼운 정도를 유지하려 노력한다. 내 몸의 물리적 장단점을 파악해 장점을 부각시키고 단점을 감추는 연구를 한다. 설명하긴 어렵지만 그런 걸 아는 일은 나를 아는 일과도 가깝다고 느낀다. 그러니까, 나를 그냥 내버려두지 않는 이 모든 일들은 나를 좀 더 잘 살아가게 하지만, 그 과정 중에 내 눈에 비치는 나는 늘 아름답거나 사랑받아 마땅한 존재가 아니다.

바디 포지티브의 규정대로라면 나는 매일매일 내 몸을 사랑하는 데 실패하는 인간이 된다. 그 단어를 탄생시킨 배경들, 여성 몸에 잣대를 들이대는 일들은 규제되고 지양되어야 한다. 오랜 시간 이어져 온 이 사회의 여성 혐오 전통은 여성이 자신과 자신의 몸을 사랑하지 못하게 만들었다. 그러니 스스로의 몸을 사랑하기 위해선, 스스로의 몸을 혐오해온 오랜 풍토에 대해 시간을 들여 말해야 한다. 여성은 굳이 아름다울 필요가 없으며 자신의 몸에 만족하지 않을 수 있다는 걸 받아들여야 한다.

거울을 보면 이전의 혐오를 완전히 버리진 못한 나 자신이 있다. 우리가 스스로를 사랑하는 방법이 반드시 긍정에 달려 있지는 않다. 사랑은 어느 날 마음 먹는 식으로, 실제로 존재하는 나의 감각을 지우는 식으로 존재하지 않으니까. 관계를 지속해본 사람은 사랑하지 않는 순간에도 사랑이 이어질 때가 있다는 걸 알게 된다. 나를 미워하는 내 마음은 나를 돌보기도 하고, 가끔은 내가 처한 상황을 보여주는 중요한 열쇠가 된다. 건강이나 생활상 적당한 지금의 몸은 내가 나를 미워하지 않는 최소한의 선이기도, 몸무게나 몸 이미지에 대한 미의식이 사라지지 않았다는 증거이기도 하다.

그런 마음을 바라보면서 나는 내 몸을 긍정하려는 시도를 접었다. 나는 내가 늘 나를 사랑할 수 없다는 사실을 받아들였고, 그로 인해 조금 덜 불행해졌고 조금 더 덤덤해졌다. 나는 바디 포지티브에 대실패한 셈이지만, 뭐랄까, 이제는 내 몸이 좋음과 싫음을 논할 대상이 아니라는 생각이 든다. 애당초 몸은 긍정의 대상도 부정의 대상도 아니다. 수긍의 대상일 뿐이다.

# 7

## 뜨거운 굴과 프로준비러

청소기를 돌릴 때마다 내가 아직 대머리가 아니라는 데 놀라고 생리 때마다 내가 아직 살아 있다는 데 놀란다. 머리카락이고 피고 미친 듯이 뿜어내는 내 몸을 보고 있자면 삶이란 그저 분비의 일환인 것 같달까….

어떤 사람은 생리를 안 해서 스트레스를 받는다는데, 내 생리 주기는 성실한 고리대금업자처럼 꼬박꼬박 찾아오는 건 물론, 그에 상응하는 수준의 질 출혈도 잦으며 통증도 심하다. 언젠가 연인은 내게 왜 화가 나 있느냐고 물어왔다. 할 일이 많은데 생리통에 두통까지 밀려오면 나도 모르게 흉악한 표정이 된다. 아침부터 생리통으로 아무것도 못 하고 몇 시간 끙끙대다, 입에 털어 넣은 진통제의 힘으로 간신히 카페에 나와 노트북을 켠 지금의 표정도 비슷하겠지. 진통제로 오늘 하루를 얼마나 버틸지 모르겠는 만큼 내가 애를 낳고 싶은지 아닌지도 모르겠는데, 내 자궁 혼자서만 때맞춰 오지 않는 정자를 오매불망 기다리며 나에게 화풀이를 하고는 이자처럼 삶의 질을 뜯어간다.

내 의사는 묻지도 않고 아이를 가질 준비를 하는 몸이라니!

**티라노가 아랫배를 밟는 중.**

연인에게 카톡을 하면서 아이폰 건강 앱을 켜고 증상들을 표시한다. 생리 기간 중 내가 배를 움켜쥔 채 어딘가에서 나자빠지면 날 발견한 누군가에게 도움이 될 테니까. 실은 나는 보이지 않게 떨어지는 내 삶의 질을 어떻게든 설명하고 싶은 것도 같다. 매달 삼 일가량은 글 한 자 써내는 것도 힘에 부친다고, 그렇게 매달 실패한 기분이 된다고…. 그렇지만 멸종한 티라노를 소환하거나 증상을 모조리 체크해봤자 내 상태를 설명하기엔 역부족이다. 생리량-많음. 증상-식욕 변화, 복부 팽만, 생리통, 요통, 여드름, 두통, 감정 기복, 메스꺼움, 배란통, 수면 패턴 변화…. 기록된 삶에 피로가 밀려오고 그보다 더 큰 통증이 다시 반복되어서, 나는 신음을 뱉고 몸을 구부리며 생각한다.

스발, 이게 사는 건가….

사실 이 지경이 된 건 내 선택의 영향도 조금 있다. 생리와 더불어 나 자신의 임신 가능성을 주의하는 게 내게는 자연스러운 일이었고, 내가 선택한 구리 루프•는 피임률을 확보하는 대신 생리 기간과 생리량, 생리통을 더 늘리니까. 루프 시술은 나로선 실질적 최선이라 여겨지는 방안이었다. 하지만 역시 부당하다는 생각이 든다. 내 몸은 임신할 준비나 임신하지 않을 준비를 둘 다 하고 있는데도, 그 대가라곤 매달 더 심해진 통증에 꼼짝 못하는 나날과 비교적 불안 없는 일상생활이 전부다. 피임의 책임도 피임 실패의 책임도 여성의 몫이라는 듯, 여성의 몸에 임신을 강제하려 하거나 거기 일어나는 부작용을 경시하는 사회적 풍토는 내 노력을 허무하게 만든다.

언젠가 읽은 기사에선 임신이나 출산 분야에 남성 대상 연구 자체가 부족하며, 남성의 신체에 직접적으로 미치는 영향이 없으므로 상업적 의지 또한 조성되지 않는다고 했다. 그런 기사를 보는 건 어렵지 않다. 그리고 그런 기사를 정말로 읽어야 하는 사람이 누군지 생각하는 것도 어렵지 않다. 여성들에겐 수두룩하게 일어나는 피임약 부작용을 꺼리는 남성들에 관한 글이나, 낙태를 반대하는 남성 국회의원의 얼굴 같은 걸 볼 때마다 나는 모니터를 뚫어져라 응시하곤 했다. 가끔은 진짜 뭐라도 뚫어버리고 싶다는 마음이 든다.

작년 초 루프를 교체하러 갔던 산부인과에서 나는 인간이

---

• 모든 시술은 케이스 바이 케이스로 반드시 의사와 상담 후 개인이 정해야 한다는 전제하에 정보를 공유한다. 미레나는 호르몬을 통제해 생리량을 줄여주거나 아예 없애주기도 하며 금액도 더 비싸다. 구리 루프는 그보다 저렴하지만, 경험상 생리량도 기간도 늘고 통증도 늘며 컨디션에 따라 냉 같은 염증 반응도 늘어난다. 다만 미레나의 경우 호르몬에 따른 부작용이 있을 수 있으며, 한두 달 정도 크고 작은 출혈이 있어 라이너를 해주어야 하고, 맞지 않으면 빠르게 제거해야 한다. 미레나가 더 커서 시술 시 구리 루프보다 더 아프다고도 한다.(미레나보다 더 얇은 피임 기구인 카일리나도 추천되는 듯하지만 내가 가는 곳에선 취급하지 않았다.) 대체로 미레나를 더 추천하는 듯하나 내가 다니던 병원 선생님은 호르몬 통제보다 구리 쪽이 낫다고 여겨 구리 루프를 추천했다.
몇 년 전까지만 해도 비혼자에게 루프를 추천하지 않는 분위기였는데, 그건 드물게 일어나는 부작용보다는 여성의 성과 관련해 부정적인 사회적 태도에서 기반한 것으로 보인다. 피임을 열심히 하는 여성에게는 으레 나쁜 이미지가 덧씌워졌고, 많은 여성들이 피임을 적극적으로 준비해도, 준비하지 않아도 문제가 되는 상태로 그 결과를 오롯이 부담해야 했다. 사실상 병원에서 출산 전의 여성에게 루프를 권하지 않는 이유는, 출산을 한 경우 루프를 끼울 때 덜 아프지만 그게 아닌 경우엔 나처럼 많이 아프기 때문일 뿐이라고 다니던 병원에서 전해 들었다.

망각의 동물임을 알았다. 연인은 시술 후 내가 침대에 누워 끅끅 울고 있는 걸 보고 너무 황당한 나머지 비죽 웃었다. 그때 나는 연인이 수염 난 싸이코패스인 줄 오해했다. 알고 보니 연인이 웃은 건 시술 몇 분 전 내가 산부인과 대기실에서 그에게 윙크를 날리고 춤을 춰댔기 때문이었다. 그러니까 나는 첫 시술 때의 통증을 완전히 잊은 채 걱정하는 그에게 별거 아니라며 호쾌하게 군 바 있었고, 그 덕에 연인은 내가 우는 게 장난을 치려고 연기하는 건 줄 알았다고 했다. 우는 내 다리 사이로 피가 흐르자 상황을 퍼뜩 깨달은 연인이 서둘러 간호사를 불러 진통제를 놓아달라 청했다.

그는 몰랐겠지만, 시술이 끝나갈 무렵 나는 산부인과 선생님에게 못 해먹겠다고 애원하고 빌고 있었다. 선생님 제발요, 그만할래요…. 언제 봐도 무척 다정한 편이신 선생님은 거의 다 끝났다며 나를 얼렀다. 하지만 굴욕 의자에 앉아 다리를 벌리고 장기에 구리가 박히는 중이었던 나는 그녀의 목이든 연인의 목이든 뭐라도 조르고 싶었다. 그런 걸 생각해보면 싸이코패스는 연인이 아니라 나인 거 같기도 하다. 아무튼 그때 나는 너무너무 배가 아픈 동시에 과거의 내가 혼자 이런 걸 어떻게 감당했는지, 왜 나만 이런 걸 겪어야 하는지 분노하느라 온몸이 욱신거려왔다. 그래서 연인이 아주 찰나 웃었다 하더라도, 그게 내 대조된 모습 때문이었다 하더라도, 그 시술을 내가 먼저 자처했다 하더라도, 한동안 나는 연인을 미워하지 않기 위해 많이 노력해야 했다. 웃어서 그랬다기보다는 그도 무언가를 책임져야 했고, 그리해 그가 내 기분마저 책임져주지 않았다면 나는 그를 오래 미워했을 거 같다.

가임기 헤테로 여성에게 섹스 후 두려움을 멀끔히 박멸하는 방법 같은 건 없다. 생리가 늦어질 때 어떤 마음이 되는지 모두가 이해해주지 않는 한, 임신 후 이 여자의 인생이 송두리째 뽑혀나가지 않을 거라고 국가가 제도적 믿음을 주지 않는 한 그럴 것이다. 오롯이 여성이 겪는 몸의 고통에 초점을 둔 과학기술이 나오지 않는 한, 원치 않은 임신을 때맞춰 중지할 수 있도록 법으로 보장되지 않는 한, 여성으로 태어난 개인을 존중하지 않는 수많은 신화가 폐기되지 않는 한, 그럴 것이다.

만일 그렇게 된다 해도 내 몸에 생명이 생기는 일은 너무나 두렵고 자신 없는 일이므로 나는 자발적으로 루프 같은 피임법을 선택해왔다. 내겐 좋아하는 사람과 자유롭게 섹스할 수 있는 몸이 필요했다. 불안에서 보호받는 일상과 미래에의 가능성이 소중했다. 남성으로선 별다른 의식 없이도 당연히 누리는 그런 일상이나 탈불안이 내게는 간절했다.•

대신 나는 생리 기간마다 더 기진맥진해진다. 한 달에 열흘 안팎은 꼬박 납부하는 고통으로 대차대조표를 만들면서 늘 적자인 삶을 산다. 내 몸, 그리고 그 몸의 미래와 관련된 무언가를 지켜보겠다고 애쓰지만 묵직한 피로에 적응하기란 쉽지 않다. 심지어 그 '무언가'를 궁금해할 뿐 그게 무언지 나는 정확히 알지 못한다. 그 무언가로 인해 내 삶이 근본적으로 달라질 수 있다는 걸 알고 있을 뿐이다.

연인과 산책을 하며 우리가 미래에 갖게 될지 모를 것들을 상상한다. 한번은 우리 사이에 아이가 있다면 어떨지에 관해 이야기했다. 이런 말은 민망하지만, 누구에게고 살갑게 굴거나 헤아리려 드는 나와 달리 연인은 나를 제외한 사람들에게 짐짓 무뚝뚝해서, 둘 다 미래에 있을지도 없을지도 모르는 우리의 자식이 기왕 딸이면 좋겠다고 입을 모았다. 여자아이다운 애교와 섬세함, 순종적이고 타인을 헤아리려는 다정한 태도 등등. 그렇게 한참을 딸을 낳고 싶은 이유를 떠들다 그도 나도 여자아이에게 요구되는 사회적 규범을 그대로 수긍하고 있었다는 데 순간 소스라쳤다. 있잖아, 애는 자기 성별을 다르게 받아들일 수도 있는데….

우리 그 사실도 아예 잊고 있었네, 하는 내 말에 그는 잠시 말을 잃었다. 맞아, 근데…. 연인은 정말 여러모로 자신이 없다고 했고 나도 비슷한 마음이었다. 어떤 권리들을 지지하고 연대하려 노력해봤자, 정작 눈앞에 마주쳤을 때 쉽지 않은 문제가 있다

---

• 왜 여자만 준비를 해야 하는가, 왜 여자가 그런 아픈 시술을 받아야 하는가 물을 수 있고 반드시 물어야 한다. 당연히 여성만 피임을 해야 할 이유는 없다. 콘돔이라는 대중적 방법부터 정관수술까지 남성이 할 수 있는 피임이 있고 남성 피임의 당위가 더 널리 퍼지길 바란다. 다만 나는 점점 사람이나 미래를 믿지 않게 되었고 그 얕은 농도의 믿음이 몇 년 전 내가 루프를 '선택'한 이유였다. 임신이란 어쨌거나 내 몸에 일어나는 일이기에 내 몸에 직접 확실한 방어진을 쳐놓고 싶었던 것이다.
반면 루프 재시술을 '선택'한 이유 역시 믿음 때문이었는데, 영훈은 생리 기간마다 내 입에 조용히 먹을 걸 물리고 찜질팩을 데워다 주고 집안일을 한다. 요구하지 않아도 페미니즘 이슈를 들여다보고 내 억울함을 귀 기울여 들어주는 한편 그는 연애 초기 자발적으로 비뇨기과에 가서 검사를 하고 와 나를 안심시킨 최초의 이성이기도 하다. 그러다 보니 잘 모르겠지만 혹 미래에 영훈과의 아이를 바랄 수도 있겠다는 생각이 간혹 들었고, 알아보니 정관수술보다 루프가 복원 시 임신율이 더 높았다. 더해 나는 루프 시술의 아픔이 어느 정도인지 망각하고 있었고, 영훈은 앞에서 말한 바와 같이 사랑스러운 이였기에 까짓거 내가 하지 뭐, 싶어졌다. 다음 번엔 다른 방식의 피임을 둘이 함께 고민해볼 거 같지만 말이다. 그러니까 이 글은 이런 이유로 루프 시술을 선택한 여성의 이야기일 뿐이며 나는 이 글이 선택을 고민하는 여성에게 하나의 사례이자 정보로 기능하길 바란다.

는 걸 다시금 상기하는 침묵이 이어졌다. 있지도 않은 자식을 상상했을 뿐인데 뻔히 알 것 같은 상황들이 숱하게 떠올랐다 사라지며 마음을 아프게 했다. 연인의 옆모습은 준비로 되는 일도 준비 없이 되는 일도 아닌 일에 대해 생각하며 출렁이고 있었다. 그날의 옆모습을 떠올리면 어쩐지 조금 감동하게 되면서도, 한편으론 당연한 것에 자꾸 감동하는 내 마음이 너무 쉽다는 생각이 든다.

또 한번은 우리 사이에 아이가 없으면 어떨지에 대해 이야기했다. 앞서 했던 아이에 관한 고민들을 넘어선다 해도, 나 하나 삶을 이어나가기도 힘든 사회라는 데 둘 다 크게 동의하고 있었다. 참담한 현실에 대한 인식을 공유하는 날마다 연인은 미간을 찌푸렸다. 역시 아이를 낳는 건 아무래도 좀 아니지 않아? 이상하게 그 말을 완전 이해하기 때문에 애 없는 삶을 안간힘을 다해 준비하는 것이면서도, 그렇게 그가 아이를 낳지 말자고 잘라 말할 때면 묘한 기분이 들었다. 그가 무조건 애를 낳자고 우겨댈 경우보다야 덜하겠지만 어쨌든 반발심이 치밀었다.

같이 상의하지 않겠다는 거나 내가 지금 애를 갖고 싶다는 게 아니야. 네 의사도 존중해. 하지만 평생 몸으로 개고생해온 것도 그 몸에 무슨 일이 일어나는 것도 난데, 거기 관련된 결정이 타인의 의사에 의한 거라면 좀 열 받지 않겠니…. 내가 횡설수설할 때마다 연인은 고개를 끄덕이며 네 결정에 따르고 싶다고 말한다. 그런 연인에게서 나에 대한 존중과 사랑과 이해의 한계를 마주한다. 나는 연인의 단언할 수 있는 태도와 나의 모호하고 옹졸한 태도를 번갈아 보며 왜인지 자꾸 속이 상한다. 연인의 다정함이나 관용에도, 삶이 적자인 사람과 흑자인 사람이 가질 수밖에 없는 태도 따위를 자꾸 생각하게 된다.

한편 연애 기간이 길어지는 나를 보며 엄마는 자꾸 손주 생각을 한다. 지나가다 아기 옷을 보면 어쩔 줄 모르는 엄마를 볼 때면 나도 어쩔 줄을 모르는 얼굴이 된다. 있지도 않은 손주의 돌 한복이나 초등학교 입학식까지 벌써 생각하는 엄마. 나를 기르는 동안 조그마해졌으면서, 내 생일마다 나를 낳느라 죽을 뻔했다고 한숨을 쉬면서, 엄마는 은연중 내게 임신과 출산을 강요한다. 정말이지 엄마를 이해할 수 없다고, 나로선 매번 고개를 저을 뿐이다. 나는 엄마에게 받은 만큼의 사랑을 줄 자신이 없다. 그만큼 헌신할 자신도 없고 더는 여자들이 엄마같이 살도록 내버려 둘 자신도 없다. 당장 앞으로의 내 세상이 지금 세상보다 나아질 거라는 자신도 없고 그러니 내 아이의 세상이 불행하지 않으리란 자신도 없다.

하지만 나는 이따금 엄마가 준 반찬을 씹으며 엄마가 내 엄마라서 너무 좋다는 걸 찬찬히 음미하기도 한다. 엄마가 나를 낳아줘서 너무 다행이야, 엄마의 사랑은 정말 대단해. 그런 사랑을 가질 수 있는 건 정말 멋진 일이겠지!

헐, 미친 건가….

그렇게 애를 낳을 거라고도, 절대로 애를 낳지 않을 거라고도 말하지 못한 채 목구멍이 깔깔해지는 날들을 지나가는 중이다. 내 몸이 도달할 미래란 궁금하기 짝이 없는 것이고, 어떤 미래든 내 결정으로 닿기를 바란다. 다만 그 결정이란 내 인생에 너무나 심하게 결정타를 날릴 것이 분명하므로 나로선 할 수 있는 한 결정을 미뤄두고 있는 것이다. 그렇게 내 몸은 임신을 준비하고 나는 피임을 준비한다. 둘 중 어느 쪽이든 피곤하고 지치는 일이므로 가끔은 엄청나게 궁금해진다. 아이를 가장 원하는 주제에 그 준비도 책임도 어느 한쪽에 몰빵을 시키는 사회란 정말로 부당하고 이상하지 않나. 그런 게 비효율적이라는 건 명백하다. 지금의 나는 중요한 결정을 언제까지고 미뤄둘 수 있을 정도로 지나치게 피로하기 때문이다.

# 8

## 우리는 사랑보다
## 미움에 소질 있는지 몰라

누가 그랬어. 여자는 여자와 연대할 뿐 서로를 상처 줄 수 없다고, 여자를 상처 주는 건 남자뿐이라고. 나는 여적여같이 목적이 명백한 후진 말엔 코웃음을 쳤지만 그런 말엔 손끝이 저릿해졌어. 넌 모르겠지만, 그 시절 네 눈에 서린 적개심이 나를 향하는 날이면 나는 집에 돌아와 죽어라고 교복의 보풀을 뗐거든. 내가 당하는 따돌림과 보풀엔 어떤 상관관계도 없었는데, 늦게까지 쥐색 보풀을 떼다가 손이 저린 채 잠이 들었어. 초라해 보일까봐 그랬나, 잘 모르겠다. 짐작건대 나는 아마 모든 마찰의 증거를 없애고 싶었던 것도 같아.

삶 속에서 받았던 미움을 차곡차곡 간직하는 노인을 사람들은 경멸하더라. 시간이 지나면 응당 느슨해져야 한다는 거야. 노인네 가슴속에서 과거와 현재가 아무리 팽팽한 장력을 가지고 있어도, 기억이 피부처럼 쪼글쪼글해져야 마땅하다는 듯 굴더라니까. 그러니 네가 내게서 흐려지지 않는 한 나도 그런 취급을 받겠지. 내가 암만 너그러운 할머니가 되고 싶어 해봤자, 네 이름 하나로도 짱짱하게 과거에 머무르는 할머니라면 아무래도 좀 징그러울 거 같긴 해. 하지만 어쩌겠어. 나는 때론 징그러운 할머니야말로 흔적이라고 생각한다. 네가 내게 그랬듯 여자도 여자에게 폭력을 휘두른다는 흔적. 무뎌지지도 부스러지지도 않게, 아무도 모르게.

그런 기억들이 잔뜩 쌓여있어. 네가 주변에서 물려 하는 네 연애 상담이나 말 못 할 걱정 같은 걸 털어놓으며 눈가를 훔칠 때, 내가 곁에서 휴지를 쥐고 서 있던 시절의 이야기 같은 것 말야. 누구도 섣불리 우정 같은 말을 하지는 않았지만 우리가 어떤 식으로든 결속되어 있던 때에. 내가 상처가 될 만한 너의 말에 조금 비굴하게 웃은 게, 지나치게 주제넘은 조언을 한 게, 너무 스스럼없는 네게 얼굴을 구긴 게 문제였나. 아무튼 너는 언젠가 함께 맞대고 있던 네 어깨로 내 어깨를 치고 지나갔지만 내 뺨을 때리진 않았어. 내가 들어갈 수는 없는 무리를 만들었을 뿐 나더러 꺼지라고 하지는 않았지. 그 무리와 함께 내 SNS 일기를 뒤지면서 예민하고 과대망상인 어떤 여자애를 비웃는 글들을 동시다발적으로 대놓고 게시했지만 그 여자애가 나라고 하지도 않았어. 그러니까 내가 혼자라는 거 빼곤 무엇도 드러나지 않았지. 나로선 분명히 존재하는 기류를 증명할 방법이 없었달까. 아무도 나를 미워하지 않는데 나 혼자 분란을 일으킨다던 너희 말은 맞는 말 같았고, 예민함과 과대망상은 그즈음 진짜로 내 버릇이 되어 있어서 나는 점점 뭐가 뭔지 알 수 없게 되었지.

내가 봐도 그때의 임지은은 고집도 자존심도 센 짜증 나는 여자애였고, 자기 마음을 잘 감추지도 못하는, 문제 많은 애였어. 그러니 곧바로 미안하다고 말하는 대신 이해 가지 않는 점을 짚으며 조목조목 따지고 반박해버린 거겠지. 하지만 머리를 질끈 묶거나 늘어뜨린 여자애들 사이에서 나는 어쩐지 혼나는 기분이 들었고, 너는 혼내는 사람다운 높은 목소리로 말했어. 그래서, 너는 니가 잘못한 게 하나도 없다는 거야 뭐야? 나는 짜증 나는 여자애답게 생각했어. 세상에 그런 사람이 어딨어, 잘못한 게 하나도 없는 사람이. 비슷한 잘못을 저지를 수 있을 때 우리는 동등해지는 게 아닐까. 그런 생각은 아무 소용이 없었지만 그래도 자꾸 그렇게 생각하게 되어서, 나는 앞으로 내가 혼자가 될 거라는 걸 직감했어.

한낮의 학교는 갈등이 보이지 않을 만큼 지나치게 밝았고, 나라는 틈이 없어진 너희의 팔짱은 공고해졌지. 우리가 어떻게 친구였고 어떻게 적이 되었는지, 되돌릴 수는 있는 건지. 궁금한 게 많았지만 묻지 않았고 그럴 수 있지도 않아 나는 고요하게 혼자가 되었어. 함께 걷던 복도에 볕이 내리쬐면 나는 볕을 피해 혼자 음료수를 사러 다녀오고 혼자 음악을 듣고 혼자 걸으며 생각했지. 주먹을 휘두르는 남자들이 부럽다고. 나는 마치 싸운 적조차 없는 양 멀쩡해 보였거든. 꾹 멍 하나 없이 저 혼자 다쳤다고 생각하는 이상한 애가 된 거 같았어. 차라리 모두의 앞에서 나를 흠씬 두들겨 패주었으면…. 그런 상상을 하다 보니 버릇처럼 나 같은 건 정말로 이상해져 버렸다고, 혼자여도 싸다고 느끼게 됐지. 나는 그저 잔잔하게 끝장났을 뿐이었는데.

사람이 고프던 그 시기의 버릇은 성인이 되어서도 내 어딘가에 질기게 남았어. 굶주렸던 동물이 많이 먹는 것처럼 나도 나를 찾아오는 사람에게 무작정 곁이 되려 했고 매번 떠나보냈어. 늘 애썼고 받는 사랑을 공적으로 못 박으려 들었지. 똥 같은 남자들도 연달아 만났어. 그러지 않았으면 좋았겠지만, 당시 나는 조급했고 남자보다는 여자가 언제나 더 어려웠거든. 물론 그 덕에 이 사회의 남자들이 여자에게 어떤 짓을 저지르는지 더 잘 알게 되었지. 그들은 자기 언어를 가진 여자에게 쓸데없이 예민하고 분란을 일으킨다고 말하곤 했어. 네가 내게 했던 그런 말들은 알고 보니 많은 남자들이 많은 여자에게 자연스럽게 뱉는, 너무 평범한 말들이었지.

하지만 내가 지금 말하고 싶은 건 여자를 해치는 남자들에 대한 얘기가 아니야. 가령 내가 다니던 어학원엔 나를 이유 없이 싫어하는 여자가 있었어. 딱 한 달 동안 오며 가며 스쳤던 그 여자는 학원 앞에 내 남자친구가 와 있다는 걸 알고 내 귓가에 네 포주가 왔어, 하고 속삭였는데, 글쎄 나는 그 여자의 짙은 악의에 화도 못 냈더라니까. 여자는 심지어 아무 일도 없는 양 자리에 돌아가 공부를 해서 나는 혼란스러웠어. 너와의 기억은 그런 미움의 이유를 나 자신에게서 찾게 만들기도 했지. 내가 옷을 야하게 입었나? 모두의 앞에서 너무 웃었나? 요는, 내게 남자들의 나쁜 짓만큼이나 네 태도나 그 여자의 한 마디가 오랜 자국을 남겼다는 거야. 이상하게도 나는 다시, 나를 가장 상처 줄 수 있는 건 여자라는 생각이 들었지.

아무튼 난 여자들과의 관계에서 계속 넘어졌어. 여자들은 똑똑하고 눈치가 빨라서, 혼자가 아니라는 확신을 갈구하는, 허기를 제외한 표현을 알지 못하는 사람과는 쉬이 가까워지지 않았거든. 아마 나라도 그랬을 거야. 남자를 거듭 만나봐도, 주변 여자들끼리 함께 여행을 가거나 서로를 위해 주는 걸 보면 정말이지 너무 부러워 온몸의 피가 바짝 마르는 거 같았어. 여자 무리를 갖는 일, 여자에게 환대받는 일, 그런 걸 누릴 수 있다면 뭐든 할 수 있다는 마음이 들더라.

나, 한동안 비가 오는 날 부러 비를 맞고 울면서 혼자 영화를 찍기도 했다. 미움받을 때마다 내 안을 샅샅이 감독하고 상영하고 관람하고 미움받을 만한 증거를 찾아 오래도록 구역질했어. 서툴고 모자란 내 모습을 찾을 때마다, 나는 마치 너라도 된 것처럼 거울을 쏘아보며 과연 미움당할 만하다고 끄덕이곤 했지. 그런 게 꼴사납다는 걸 알아도 내 맘대로 제어되지 않았어. 넌 모르겠지만 혼자 남는 건 그 정도로 두려운 일이야.

우연히 네 피드를 본 이후 가끔 아이디를 검색해 구경했어. 누군가 찍어줘 올린 네 일상은 내 상처와 무관해 보이더라. 이상하게도 다행이라고 생각했어. 네가 멋지게 살아서 분했지만 후지게 살면 허할 거 같았으니까. 하지만 창피한 충동도 들었어. 나는 꼭 한 번쯤 마주 앉아 내 어디가 그렇게까지 문제였는지 기어코 묻고 싶어졌거든. 우리는 모두 서툴렀는데 너는 왜 내게만 유독 지독했는지, 나 지금은 어떤지, 이제 좀 사랑받을 만하지 않은지…. 가만 보니 믿기지 않게도 나는 너에게 인정받고 싶어 하는 거 같았어. 나도 이 욕망이 여전히 잘 이해되지 않지만.

동시에 나는 꼭 말해주고도 싶었어. 내 안에 새겨진 너로 인해, 보이지 않지만 내 현실엔 분명히 있는 것들을 설명해낼 말들을 꽤 오래 찾아 헤맸다고 말이야. 내가 예민하고 분란을 일으키는 사람이라는 네 말은 남녀 모두의 입을 통해 고스란히 반복되었어. 주장이 강하거나 약해서, 웃거나 웃지 않아서, 같거나 달라서, 잘나거나 못나서…. 내 일거수일투족은 내가 주장이나 갈등을 가질 때마다 문제가 되었고 급기야 나중엔 수상해지더라. 도무지 합리적이지 않은 그런 말들은 비슷한 상황에서도 꼭 여자인 내게만 향하는 거 같았거든. 그러고 보면 수상한 게 한두 가지가 아니었어. 너는 왜 나를 그렇게 은밀하게 배제해야 했는지, 남자들과 달리 많은 여자들은 어째서 나 같은 기억을 한둘씩은 갖고 있는지. 여자들마저 왜 여자를 배제하는 식으로 단단해지는지, 그런 건 사람들이 가부장제라 이름 붙인 폭력과 왜 이리 닮아 있는지…. 나는 왜 너를 끝까지 이해하고 싶어 하는지….

그래서 나는 꽤 오랫동안 내가 자라온 과정이나 내 마음을, 책이나 기사나 논문 따위를 열심히 들여다봤어. 한 번에 말하기엔 너무 길지만, 덕분에 우리가 태어나서부터 여자애라는 이유로 미움받았다는 걸 새삼 깨닫게 되었지. 우리는 가부장제 아래서 자랐잖아. 너도 나도 조신하고 얌전하게 굴 때만 칭찬받았고 안전해질 방법을 찾아 스스로를 가두어야 했어. 여자애가 늘 바르고 상냥하게 말하며 웃는 낯으로 있지 않으면, 미리 타인의 기분을 헤아리지 않거나 자기 의사를 드러내면 문제가 있는 것처럼 취급되었지. 맞서는 건 더더욱 있을 수 없는 일이었어. 불꽃 튀는 경쟁 사회에서 여자들은 성가신 존재였으니 말이야.

어른들은 언제나 어디 여자가, 하고 선을 그었고 그렇지 않은 여자애들을 선 밖으로 내보내며 소수만 선별했어. 가부장제를 체화한 무해하고 사랑 많은 여자애만이, 다른 여자애에게 선을 그어주는 여자애만이 그 시야에서 살아남을 수 있었지. 심지어 우리는 백말띠 아니니. 우리 또래의 상당수는 여자라는 이유로 태어나지조차 못했는걸. 기어이 태어난 우리들은 역시 팔자 사납고 드센 여자들이라는 소리를 들으며 컸는걸. 우리 세대 어떤 남성들은 여성 혐오나 차별은커녕, 여아 낙태가 성행해 결혼을 못 하는 지금의 자기들이 피해자라고 말하기도 해. 양쪽의 피해가 그렇게 다른 거라면, 정말로 그해에 태어난 여자들 팔자가 사나운 거 같긴 하지만 말이야.

근데 있잖아. 숨 쉬듯 미움받으면 미움부터 배우게 되잖아. 괜찮지 않은 마음을 비난받으면 괜찮은 척부터 배우게 되잖아. 온순할 때만 칭찬받으면 온순해 보이는 법부터 배우게 되잖아. 선을 긋고서야 안전해지면 선 긋는 법부터 배우게 되잖아. 튀거나 드러날 때마다 맞으면 숨기는 법부터 배우게 되잖아. 타인의 마음만 수집하다간 제 감정을 숨기게 되잖아. 그렇게 자기 자신을 믿지 못하게 되는 거잖아.

나는 가부장제에 훈련당한 여자들이, 솔직하지도 분노하지도 자신을 드러내지도 유해하지도 말라고 강요당한 여자들이 무엇을 선택해왔는지 생각하는 동안 인정하게 되었어. 자기가 뭘 가졌는지 잘 아는 여자에게 내가 항상 긴장되거나 곤두섰다는 거 말이야. 나는 매력적인 여자와 친해지고 싶은 동시에 어떤 여자가 자신을 꽤 괜찮다고 느끼는 순간마다 그를 혐오하곤 했어. 때때로 질투를 견딜 수 없어 하는 여자들이 있었고, 실은 나 역시도 그렇다는 걸 나는 누구에게도 말하지 않았어. 사람이라면 당연히 가질 수 있는 감정인데도, 우리는 억울함이든 분노든 질투든, 여자라는 이유로 문제가 될 감정들을 드러내는 대신 안에서 꼭꼭 키우다 결국엔 상대방을 도려내고 싶어 했지. 그러지 않으면 내가 스러져버릴 거 같았거든. 다른 방법은 알지 못했어. 나는 내가 그런 감정이나 갈등을 가져도 될 만큼, 드러내고 맞서도 될 만큼 강한 사람이라는 걸 스스로 믿지 못하게 길러졌으니까. 그게 사람이 관계를 맺고 살아가는 방식인데도 말이야.

아마 너도 그랬던 게 아닐까. 너는 나를 지우는 식으로 살아남으려 했던 거지. 남자들이 하는 말들을 너도 모르게 반복하면서. 여자들이 남긴 상처들은 나를 고통스럽게 했지만, 나는 선 밖으로 외롭게 밀려나며 좀 더 멀리서 볼 수 있게 되었어. 가령 여자들이 그렇게 잔잔하게 서로를 처리하는 건 남자들 입장에서는 좋은 일이라는 것과, 사람은 서로 무해하지 않다는 걸, 여자도 사람이라는 걸 말이야. 여적여 따위의 납작한 조롱은 여자도 서로에게 적이 될 수 있는 게 당연한 말을 일깨웠어. 우리도 갈등할 수 있어. 서로를 미워하고 지독하게 굴며 충분히 상처 줄 수 있어. 너는 둥근 어깨를 가지고도 나를 상처 주었고, 나는 그 덕에 오랫동안 혼자였는데, 심지어 징그러운 할머니가 될지도 모르는데, 내가 끝내 부정하지 못하는 내 안의 진실들을 어떻게 잊겠어.

나는 마침내 이런 세상에서 자기 목소리를 지니려는 여자는 혼자인 게 당연하다는 걸 받아들였어. 놀랍게도 그 순간부터 그토록 바라던 일이 일어나기 시작했다면 너는 믿어질까. 혼자였던 여자들이 내 주변으로 다가왔고, 다정한 그 여자들 덕에 너는 나의 현재에 전만큼 의미 있는 사람은 아니게 되었지.

하지만 그렇다고 네게 받은 무엇도 무뎌지지는 않아서, 나는 여전히 손이 저려오는 날이 있어. 어쩌면 너는 내 감각이나 네가 준 상처를 의심하면서, 여자가 그렇게 유해한 존재라면 연대 따위를 왜 이야기하느냐고 나를 우스워할지 모르지. 하지만 중요한 건 이런 거야. 그럼에도 나는 네게 인정받고 싶어 하고, 아직도 너와 말하고 싶은 것처럼 느끼니까. 나는 내게 상처를 주었던 어떤 남자에게도 그런 걸 느끼지 않았거든.

너로 인해 나는 내게 언제나 여자들이 필요했다고, 여자에겐 여자가 커다란 의미가 아니었던 적이 없다고 확신하게 되었어. 그게 너를 용서한다는 말은 아닌 거 같지만, 나는 용서가 꼭 우리의 서사나 목표여야 한다고 생각하지는 않으니까. 아무튼 여자가 여자를 미워하고 이해할 수 없다는 건 나를 궁지로만 내몰지는 않았어. 그 사실은 내게 여자들이 서로 어떤 의미였고 어떤 의미여야 하는지, 어떤 존재인지 묻기도 하지. 그러니까 내가 하고 싶은 말은 이런 건데,

야. 우리는 너무 미움받아온 나머지, 어쩌면 사랑보다 미움에 더 소질이 있는지 몰라.

## 9

—

# 죽은 사람은 말이 없지만

그 애에 대해 아는 거라곤 그 애가 초등학교 때 내 짝꿍의 친구였다는 것 정도다. 싸이월드는 그런 인연도 이어가게 했고, 서로의 글을 보며 네이트온 쪽지를 주고받던 시기에 나는 그 애와 내가 조금 친하다고도 느꼈다. 고등학교에 붙은 뒤 그 애와 한 차례 통화를 했고 어색하게 끊었다. 그 애는 우리가 스무 살이 된 해에 학업 스트레스로 자살했다.

기억나는 거라곤 당시 사귀던 남자친구가 내게 지었던 표정이다. 걔랑 최근에 연락했어? 안 한 지 삼 년은 될걸. 걔 남자야? 응. 그럼 착한 척도 아니고 도대체 뭔 상관이야? 그즈음 그는 내가 싱긋 웃기만 해도 남자 앞에서 그렇게 웃지 말라며 거칠어졌다. 누군가의 죽음으로 기억하는 게 죽은 이와 전혀 관계없는 타인의 굳은 얼굴이라니.

몇 년 전엔 나와 동갑내기인 아이돌 출신 뮤지션이 죽었다. 말하는 게 똑 부러졌고 그만큼이나 노래를 잘 부르던 남자였다.

속을 갉아먹던 우울이 마침내 그를 집어삼켰다고 했다. 그날 나는 그가 마지막으로 남긴 문구를 읽다 밖으로 나가 굵은 눈발을 오래 맞다가 들어왔다. 내 방 벽지 위 오래된 갈색 얼룩 같은 걸 한참 바라보다 불을 끄고 문을 닫고 이불을 덮고 몸을 녹였다. 이제 그의 노래를 들으면 갈색 얼룩이 먼저 떠오른다. 그즈음 나는 그가 쓴 문구처럼 내 마음을 납득하지 못하는 타인에게 지쳐 있었고, 그런 날마다 방에 앉아 조용히 벽지의 얼룩을 바라보곤 했다. 죽은 이의 얼굴보다 그와 무관한 벽지의 얼룩 같은 게 더 또렷하다니.

그런 기억이 혐오스러워도 기억을 혐오하는 것 외에 별도리가 없었다. 내 기억은 남의 일을 제멋대로 내 삶과 합쳐 왜곡시켜놓은 덩어리 같았다. 나는 죽음을 슬퍼하는 동시에 내 상황을 겹쳐 보다가 종국엔 내가 무엇을 슬퍼하고 기억하려는 건지 분간하지 못했다. 그런 걸 보면 SNS에 쓴 일기를 훑거나 미디어에서 자주 접한다는 이유로 서로를 안다고 말하는 게 어쩐지 정교한 착각에 불과한 거 같았다. 우리는 그만큼이나 타인이었다. 하지만 나는 또한 그들을 모른다고도 할 수 없었다. 이상하게도 죽음이 죽은 이 혼자만의 것이라고도 나와 무관하다고도 생각되지 않아서, 나는 자꾸 입이 말라 물을 마시거나 명치를 쿵쿵 두들겼다.

아이돌 출신의 한 여자가 죽고서는 더 그랬다.

여자를 생각하면 떠오르는 게 유달리 많기도 했다.

진리, 라는 본명에 이름까지 예쁘다고 감탄했던 것. 복숭아라는 애칭에 웃음으로 동의하던 것, 나이 차가 많이 나는 여자의 전 연인을 보며 여자가 영 아깝지만 잘 어울린다고 생각하던 것, 여자에게 질투와 경외가 뒤범벅된 시선을 보내게 되던 것, 여자를 팔로잉하며 난생처음 연예인을 팔로우해본 것, 좋아요 따위를 응원이랍시고 누르던 것….

여자도 내 동생도 우울을 앓던 것. 키가 크거나 작아서, 살이 찌거나 빠져서, 사랑을 선택하거나 거절해서, 옷을 원하는 대로 입거나 벗어서, 그 자신에게 당연한 걸 할 때마다 구설에 쉬이 휘말리던 것, 그런 식으로 투사 혹은 과녁이 되던 것, 여자 자신보다 여자에 대해 잘 아는 양 굴던 이들이 매번 있던 것….

여자가 남의 시선에 아랑곳하지 않았다는 말에 그런 게 가능한 건지 의심하던 것, 어떤 말은 사람이 회복 못 할 균열을 내는 법이라서, 너무 많은 말들로 여자가 죽으면 어쩌지 싶던 것. 그럴 리 없다 함부로 낙관했던 것, 여자가 정말 죽은 날 수시로 동생의 방문을 열어보게 되던 것, 지인이 톡으로 '걔가 이렇게 갈까 봐 그간 너무 두려웠는데' 한 줄을 보낸 것. 실은 모두가 그 일을 마치 일어날 일인 양 느껴온 것….

타인인 주제에 어디서 오는지도 모를 눈물이 울컥 밀려들던 것.

딱 한 번이지만 여자와 나는 실제로 마주친 적도 있었다. 생전 처음 간 재즈 페스티벌이었고 익숙했던 올림픽공원은 그 풍경이 낯설게 느껴질 만큼 사람들로 북적였다. 낮 내내 들떠 있던 열기가 조금 가라앉자 연인은 담배를 피우고 싶어 했다. 사람들이 많이 다니지 않는 길이 어딘지 잘 알던 나는 그를 후미진 곳으로 이끌었다. 인파를 떠난 조용한 거리에서야 연인도 나도 비로소 숨통이 트이는 거 같았다. 저만치 숨어들어 담배를 피우는 연인을 기다리는데 가느다랗고 흰 사람이 조금 지친 얼굴로 지인과 함께 텅 빈 길 한가운데를 가로질러왔다. 여자였다. 진리라는 이름 그 자체로 보이는 여자.

갓 져버린 해의 잔열로 하늘은 완전히 어둡지도 밝지도 않았고 나는 여자와 내가 불 꺼진 넓은 방 안에 함께 있는 듯한 기분이 들었다. 거리엔 여자와 여자의 지인과 나 딱 셋뿐이었다. 이런 표현은 좀 그렇지만 그 순간은 살면서 다시 오지 않을 절호의 기회처럼 보여 나는 조금 흥분했다. 이상하게도 내 안에는 여자에게 하고 싶은 말이 많았다. 다만 당연하게도 여자는 나를 모를 거라서, 가까이 가서 아는 척하고 싶은 마음과 절대로 그러지 말아야겠다는 마음이 동시에 솟구쳤고 후자가 이겼다. 나는 쳐다보지 않곤 배길 수 없는 여자를 눈앞에 두고서도 무신경한 척 굴었다. 마침 저 멀리 음악과 함께 사람들의 함성이 들렸고, 나는 여자가 소음에서 가장 먼 곳으로 갈 수 있길 내심 바랐다.

여자가 죽은 뒤 나는 그 장면을 두고두고 생각했다.

먼 곳으로 가기를 바란 게 절대로 그런 뜻은 아니었는데….

살아서도 죽어서도 여자는 지면에 오르내렸다. 하나같이 여자나 여자의 지인이나 여자의 사랑을 모욕했고, 끊이지 않는 모욕에 나는 친구나 연인을 붙잡고 말을 쏟았다. 지면은 누구에게나 주어지는 기회가 아니잖아, 기회가 주어지는 사람일수록 제대로 말해야 하는 거잖아, 왜 거기서마저 아무 말을 해, 왜 그 아무 말을 아무렇지도 않게 소비해…. 그런 말들을 하면서 나는 손이나 얼굴을 벌벌 떨었다. 남 말 한다는 생각이 들어서. 내가 여자와 아주 찰나였지만 가까이 있었다는 게 떠올라서. 누구에게

나 주어지는 기회가 아니었던 그 순간에 나는 어떤 말들을 제대로 했어야 마땅했는지도 모른다. 여자가 겪는 부당함이 무엇인지 너무나 알 거 같으면서도 존중해주겠답시고 모른 척해서. 가까이서 본 여자가 너무 아름다운 나머지, 그 많은 일들에도 불구하고 저렇게 아름답다면 살 만하겠다고 나도 모르게 생각해 버려서, 그래서 죽은 건 아닐까. 이런 생각조차 여자를 기만하는 걸까 봐 나는 가슴이 터져버릴 거 같았다.

그러니까, 내겐 여자에게 전하지 못한 말들이 있었다. 두서없지만 이를테면, 너 참 잘했다, 고생했다, 너로 사는 거 멋지고 힘들겠다, 미움받는 거 기진맥진하겠다, 때론 사랑받는 것도 그렇겠다. 너는 너를 대표할 뿐이지, 그저 네가 너여도 되는 곳에 있으면 좋겠다, 너에 대해 말하기보다 네가 말하는 걸 들어주는 곳.

나는 너를 예뻐해.

꽃 같은 타인들이 자꾸 죽는다. 죽어야 하는 너무 많은 이유보다는 살아야 하는 너무 빈한 이유가 언제나 문제였을 것이다. 살아야 하는 이유는 딱 하나, 자신에 있으니까. 자신으로 살려는 노력을 모조리 흔들어 버리는 부당한 삶에서는 누구라도 살 수 없었다. 그런 죽음을 겪은 후 조금씩 나아지고 있다고 생각했던 세상은 사실 전혀 나아지지 않았다며 몇몇 여자들이 울었다. 어느 책에선 오래전 베르테르를 따라 많은 젊은이들이 자살했다고 했다. 얼굴 한번 본 적 없는 소설 주인공 베르테르에 몰입해 생을 끊은 사람들은 모두 연결되어 있었을 것이다. 몰입은 상상력이 아니라 공통된 감각에서 오니까. 누군가로 한없이 슬퍼진다면 그와 내 현실의 어딘가가 무서우리만큼 맞닿아 있기 때문이니까. 일부러 틀어 놓은 쾌활한 음악 소리보다 여자들의 울음을 닮은 바람 소리가 더 크게 들리는 날이면 나는 괜히 동생을 붙잡고 몇 번이고 죽은 여자에게 전하지 못했던 말들을 되풀이했다. 너는 너면 돼, 그래도 돼. 동생은 무른 눈가를 문지르며 제 방에 들어갔고 나는 가슴을 움켜쥐고 잠이 들며 생각했다.

우리는 서로에게 무엇도 아니었지만 분명한 무엇이었고 그것을 설명할 길이 없다.

여름철 다녀온 제주도에서 검은 모래가 있는 작은 해변에 들렀다. 2년 만에 얻은 짧은 휴가였고 떠나는 날 딱 하루만 맑았다. 누구도 서로를 신경 쓰지 않는 한적한 해변의 파도에 발을 담그고 볕에 달구어진 모래 위에 누웠다. 해가 바다에 가까워질수록 욕조 물이 넘치듯 내 쪽으로 파도가 넘쳐왔다. 가까운 곳에서 등이 둥글게 파진 수영복을 입은 두 명의 여자들이 신나게 헤엄을 쳤다. 몸을 담글 용기가 없던 나는 그들을 힐끔거렸다. 파도를 넘치게 만드는 건 지는 해보다는 그 여자들 같았다. 그들을 보고 있었을 뿐인데 떠날 시간이 가까워졌다. 해변을 나서며 발을 씻었다. 발에 붙은 모래는 헹궈내면 다시 붙고 헹궈내면 다시 붙어서 나는 참을성 있게 구석구석 물을 끼얹고 저녁 비행기를 타러 갔다.

서울의 내 방에 도착해서도 한동안 무언가 가슬가슬 발에 밟혔다. 걸레로 방바닥을 닦을 때마다 검은 모래 알갱이가 끝도 없이 자꾸 나왔다. 제주에서의 며칠이란 이미 아득했고 그때의 작은 해변은 너무 먼 풍경같이 느껴져서, 느닷없는 제주의 모래를 볼 때마다 나는 당황스러우면서도 자꾸 그리워졌다. 씻어낸다고 떨쳐지지 않은 알갱이들처럼, 먼 곳에서부터 작은 내 방까지 따라오는 꿈 같은 장면들. 그러니까 나는 그런 걸 본 적도 있었다. 이를테면 몸으로 파도를 부수던, 멀리서도 웃음이 분명하게 느껴지던 여자들, 누구도 신경 쓰지 않고 신이 나 헤엄치면서 서로의 물장구를 다정하게 견디는 여자들.

그처럼 죽은 여자들이 저 멀리 어디에서는 나와 무관하게 잘 지낼 거라고. 나는 그들과 잠시 같은 모래를 밟았을 뿐이라고.

멋대로 기억을 왜곡하며 방을 훔치는 내내 창밖에선 매미의 울음이 스러졌다. 반바지를 개어 놓는 동안 어디서 오는지 모를 눈물이 울컥 밀려들었다. 변하는 계절에 변하지 않는 것들을 실감하며 느릿느릿 한 해가 지나가고 있었다. 미래에 닿을지 확신이 서지 않을 정도의 속도였다.

# 3부

—

# 무해함에 관하여

# 1

## 균형 감각

모르는 이들을 만나 인터뷰를 이어가던 건 내가 성남에 있는 공공예술 관련 레지던시•에 입주해 있던 때였다. 말이 인터뷰지 정확하게는 사건과 무관한 타인의 삶을 들어주다 오는 일에 가까웠다. 당시 나는 활동의 일환으로 1971년 광주대단지 사건을 조사하고 있었는데, 그 사건은 내가 있던 레지던시 부근에서 일어났던 일이었으므로, 나는 역사의 흔적을 좀 더 직접적으로 들을 수 있을까 싶어 성남에서 1970년대부터 거주했던 주민들을 찾아다녀 이야기 듣길 청했던 것이다.

주민들은 다정했지만 대개 난리통이 지난 후에 정착한 이들이었고 사건에 대해 직접적으로 아는 바가 많지는 않았다. 나는

• 예술가들에게 일정한 공간을 제공하고 창작 활동을 지원하는 프로그램이라 생각하면 알맞을 거 같다. 대체로 레지던시 활동은 나라에서 지원하는 사업의 일환일 때가 많으며, 예술가들에게 포트폴리오가 된다.

결국 지역의 역사보다는 미용실 이모님이 기술을 배우려고 몇 대 없는 버스를 종일 기다렸던 이야기, 약사님이 자식을 길러내느라 간판을 두 번 바꾸게 된 이야기같이 주민 개개인의 생에 대해서만 실컷 듣고 돌아오곤 했다. 그렇게 모인 육성은 활동 자료로 쓰기는 조금 모호한 것이었다. 그래서 나는 그 육성의 대부분을 그들이 허허벌판에 뿌리내리는 과정이 썩 녹록지 않았음을, 그럼에도 기어이 해내고 말았음을 경외하는 데 썼다.

아무튼 그렇게 자료를 수집하다 뜻밖에 알게 된 사실은, 남성이 살기 좋은 사회와 여성이 살기 좋은 사회가 다르다는 점이었다. 가령 인터뷰이인 한 남성은 유년기의 아름다운 기억을 떠올리며 그곳 골목의 정을 말하던 반면, 인터뷰이인 한 여성은 자식을 도저히 그 골목에서 키우고 싶어 하지 않아 했다. 어린 시절 미아동에서 자란 나는 몇 달간 그 부근 골목을 왔다 갔다 하며 그 이유를 충분히 알 것도 같았다. 미아동의 골목과 성남의 골목은 닮아 있었고 내가 초등학교 고학년이 되던 해 엄마는 나와 동생을 생각해 동네를 옮겼다.

성남에서 나고 자란 어떤 이에게 전해 들은 이야기는 이랬다. 성남의 골목 귀퉁이에서 한 아저씨가 미취학 아동을 불러 돈을 쥐여주고 오럴섹스를 시켰다. 아이는 그게 무슨 일인지도 모르고 아는 언니와 함께 오럴섹스를 해주고는 천 원을 받아 왔고, 언니와 손잡고 슈퍼에 가서 맛있는 걸 사 먹었다. 몇 년 전까지 그런 일들이 세상의 어떤 곳에서는 비일비재했다. 같은 땅 위 어떤 여자아이들은 꼬깃한 돈이 용돈의 의미가 아닌 걸 알 수 없었듯, 그곳이 다름 아닌 대한민국이라는 걸 나도 알 수 없었다.

그러니 나는 지금도 그런 일이 어디선가 벌어지고 있을지 모른다고 생각한다. 나 하나 잘 산다고 그런 일이 없을 거라 단언하지 못한다. 미아동에 어린 시절 추억이 많고 그 추억 속 남자친구들 몇과 아직도 연락하고 지낸다. 우리가 함께 뛰놀던 미취학 아동 시절, 골목에서 한 남자가 자라지도 않은 내 가슴을 주물거리며 그 가슴이 나중에 어떻게 봉긋해질 건지 귓가에 속삭였다는 건 그들 중 누구도 모른다. 그 무렵 나는 남자가 내게 했던 일의 의미를 모른 채 어색하게 웃고 집으로 뛰어갔다.

어떠한 수치심은 앎이 찾아온 후에 온다. 얼마 전 오랫동안 아버지에게 성폭행을 당해온 딸에 관해 쓴 기사를 보았다. 그 딸은 다른 친구들도 자기와 같은 삶을 사는 줄 알았다고 했다. 아버지의 행동이 잘못되었음을 나중에야 인지한 딸은 뒤늦게 수치심으로 몸을 떨었다. 아버지는 감옥에 갔지만 그녀는 해방되지 못했다. 멋모르고 오럴을 해준 유치원생이 다 자란 몸을 가지고도 그 기억에서 해방되지 못한 것처럼, 내가 가끔 내 가슴을 내려다보다 귀를 면봉으로 마구 후비는 것처럼. 여자들은 그 행위가 벌어지던 언젠가 자발적으로 웃었을지도 모른다. 쥐여 준 돈으로 무언가를 맛있게 사 먹었을지도 모른다. 그리고 누구 하나 탓하지 않는다 해도, 자신의 자발성을 가슴 쥐어뜯으면서 평생 해방되지 못할지도 모른다.

차후의 앎으로 뒤늦게 수치스러울 때 그 수치는 누구에게도 보상받지 못할 종류의 것일까. 누군가와 술을 먹다가 위의 이야기를 꺼낸 적이 있다. 그는 그런 건 어린애들이나 가능한 이야기라며 다 큰 성인의 경우는 다르다고, 그런 걸 모르지도 않고 실수도 하지 않아야 마땅한 성인 여자들에 대해 말했다. 나는 그에게 속으로 수없이 쏘아붙였다. 성인이 종교에서의 성인이니. 스무 살이 얼마나 매직 넘버길래 스무 살이 넘으면 갑자기 모두 완벽해지니. 절대적인 기준 같은 게 있니. 우린 모두 실수하고 살지 않니. 다 자라지 못한 성인은 네 거울만 봐도 보일 텐데, 인권이나 성차별에 대한 인식이나 죄 자라지 못한 나라에서 누가 얼마나 똑바를 수 있겠니. 니가 모르는 게 얼마나 많은데, 니가 조또 뭘 안다고.

이십 대 내내 아르바이트 지원서를 온라인에 게시하면 애인 대행 아르바이트부터 시작해 온갖 연락이 왔다. 수많은 연락 중 소위 멀쩡한 일자리는 손에 꼽았고 몇몇은 그저 손 정도 잡고 얘기만 들어주면 끝나는 일이라고 나를 자분자분 설득했다. 나는 나를 내버려 두지 않는 제안에 숱하게 흔들렸고 자주 무력해졌다. 내가 한끝만 더 취약했다면 이 일을 할 수도 있겠구나 싶은 마음, 서빙만 해도 성희롱을 당하는 세상에서 어차피 당하는 성희롱에 돈을 받는 게 뭐가 어떻게 다른가 싶은 마음, 내 삶에 온갖 잣대를 들이대며 공짜 섹스를 원하는 남자들에게 지쳐 있던 마음…. 그 마음을 아는 듯 손 닿는 곳에 유혹은 늘 놓여 있었고, 그것도 친절하고 논리적이고 집요하고 끈질기게 있었다. 세상은 오직 여성에게만 회복이 어려운 선택을 쉽게 권유하려 들었다. 내가 아는 어떤 남자 친구들에게도 그런 아르바이트 제안은 오지 않았다. 자신의 삶을 찾거나 돌파하도록 내버려 둘 뿐 누구도 그 애들을 흔들지 않았다.

선택지가 많을 때 정답을 고를 확률은 떨어진다. 정답률을 높이는 방법은 답을 아는 것뿐이다. 여성으로 사는 동안 일찌감치 겪은 나쁜 경험들로 미루어, 어떤 돈은 그 이상의 값을 분명히 치른다는 얄팍한 앎으로 나는 그런 유혹을 피할 수 있었다.

그런 건 성숙의 결과라기보다는 내가 우연하게 가진 조건들의 총합에 가까운 것이었다. 생득적으로 눈치가 빠르고 의심이 많은 성정이나 수상쩍으면 도망부터 가는 태도, 수도권 학교 재학으로 얻은 강사 아르바이트 기회나 위기를 인식하는 촉, 주머니가 가벼웠다 해도 배를 곯지는 않았던 상황이나 나를 향한 가족의 믿음 같은 게 내 선택을 도와주었다. 이전까지 나는 돈을 쉽게 벌지 않았어, 라는 자부심을 가졌지만, 나는 그저 그럴 수 있는 앎을 가질 수 있었을 뿐이다. 그 앎은 대단치도 않지만 누구에게나 주어지지 않는다.

삶은 생각처럼 균형 있게 이루어지지 않아서.

대한민국의 어떤 동네에서는 어린아이의 오럴섹스를 꿈도 꾸지 못한다. 내가 초등학생 과외를 다녔던 대치동의 아파트는 입주민 카드 없인 들어가지 못해 나는 지름길을 눈앞에 두고도 빙 돌아가야 했다. 입주민 외엔 접근하지 못하는 놀이터에서 나는 내 학생을 기다렸다가 손을 잡고 그 애의 집으로 올라가곤 했다. 그러나 어떤 동네에서는 좁은 골목 어딘가의 차에서, 어린아이의 무지를 이용해 천 원으로 자신의 욕구를 채우는 사람이 있다. 어떤 동네에서는 여자아이의 자라지도 않은 가슴을 주물거리며 골목을 배회하는 다 자란 남성이 있다. 같은 동네의 골목에서마저 균형은 없다. 거기서 자란 남성은 그 골목의 정다움을 기억하고, 거기서 자란 여성은 자기 딸을 걱정한다. 미아동 내 친구는 내가 겪은 일을 모른다. 모두 비슷한 경험을 하고 자란다고 생각하지만 우리는 불균형 속에서 자란다.

나는 단지 어떤 골목에서 자랐거나 자라지 않았기 때문에 내게 오는 수많은 선지(選支) 중 정답을 고를 수 있었다. 누군가는 자신의 성별이나 자기가 처한 환경으로 오답을 거를 수 있었다. 사람들은 앎의 조건이나 속성을 생략하고도 문제를 기꺼이 객관식이라 부른다. 동그라미는 관용의 이름으로, 선지가 잘못되었거나 문제 자체가 엉터리여도 정답을 맞히면 그만이다. 정확도에 문제를 제기하기보단 더 많은 동그라미만을 바라는 세상에서, 우리가 관용이 없을 때는 그저 실수한 사람을 바라볼 때이다. 이런 세상에서 패배자는 문제를 틀린 사람이다. 그리하여 그들은 틀린 시험지를 가지고 비 내리는 삶을 살게 된다.

## 2

## 성당에서의 사춘기

4학년 말, 정든 동네를 떠나기 전까진 매주 성당을 갔다. 내가 신앙심이 깊은 어린이였나 생각해보면 그렇지는 않다. 그냥 한때 내 이름보다 요셉피나로 더 많이 불리었고, 주말마다 성당 앞마당에서 얼음땡을 하거나 방학마다 성경캠프를 따라가는 식으로 바쁜 엄마와 할머니를 도왔을 뿐이다. 하느님은 내 양육을 함께한 세상 믿음직한 양반이었고 그 시절 그런 남자는 더더욱 드물어서, 가끔 엄마도 할머니도 공들인 외출 차림 위로 고운 면사포를 쓰고 미사에 참석했다. 어린 나는 신앙을 이해한다는 듯 끄덕이며 엄마와 할머니를 기쁘게 했다. 하지만 보이지도 느껴지지도 않는 그가 어떻게 우리를 사랑한다는 건지, 그걸 왜 믿어야 하는지 납득하지는 못했고 그저 이벤트가 가득한 공동체 생활에 젖어 들어 있던 것도 같다.

그런 나와 달리 신실했던 크리스티나는 노래도 잘하고 기도문도 잘 외우는 식으로 눈에 띄는 친구였다. 팔에 털이 많아 고민하던 그 애의 찡그린 미간이나, 웃을 때 활짝 벌어지던 인중 같은 걸 아직도 기억하는 건 크리스티나가 우리 중 가장 먼저 아동용 브래지어를 했기 때문일 것이다. 있지, 이거 진짜 불편하다. 크리스티나는 약간 빼기는 표정을 지으면서도 자기가 느끼는 이물감이나 불편함을 숨기지 않았다. 성가대복 위로 제 몸의 실루엣이 드러나는 줄도 모른 채 노래에 집중하는 걸로 미루어 보아 그 애는 자기가 얼마나 근사한지 잘 모르는 거 같았다. 나는 그 애에게 흠뻑 매료되어 성당에 갈 때마다 크리스티나 옆에 꼭 붙어 있었다.

마침 우리는 둘 다 지은이라는 흔한 이름을 갖고 있었는데, 나는 어째 그러한 같음이란 오히려 다름을 강조하는 법이라는 걸 느꼈던 것도 같다. 그러니까 요셉피나라는 세례명보다는 크리스티나가 훨씬 듣기 좋다고 생각하면서, 그 애가 가진 모든 걸 탐하면서, 나는 내가 모은 달란트로 스티커를 사서 내미는 식으로 그 애의 환심을 사려 노력했다.

3학년 여름엔 첫영성체를 받겠다고 성당을 열심히 나갔다. 적은 머릿수인 내 또래 여자아이들은 똘똘 뭉쳐 지냈고 에너지를 주체하지 못해 뛰어다녔다. 나이 든 신부님은 엄한 목소리로 그런 우리를 붙잡아 꾸짖거나 기도문을 제대로 외웠는지를 검사했다. 그는 미사만큼이나 지루하고 두려운 존재였다. 반면 젊은 신부님은 우리를 유달리 예뻐했다. 우리는 나이 든 신부님이 사라진 후 젊은 신부님의 다리에 매달리거나 팔에 매달리는 식으로 권위나 두려움에 저항했고, 그의 방에 몰래 놀러가는 방종을 만끽했다.

좁은 계단을 올라 그의 방으로 가는 건 성당의 소수만 누리는 일종의 특권이었다. 특권을 누리는 이들이 흔히 그렇듯 3학년 여자아이들은 서로를 견제하며 누가 젊은 신부님과 더 친한지 과시하는 데 열을 올렸다. 신부님이 누군가를 안아주고 나면 그 애의 얼굴이 환하게 의기양양해지는 식이었다. 나중에는 신부님의 수염이 얼마나 까끌거렸는지에 대해 치열한 토론을 하다가 서로 자기 말이 더 맞다고 우기는 바람에 급기야 아이들 사이에 찬 바람이 쌩쌩 불기도 했다.

나는 그럴 때마다 겸연쩍게 웃으며 화제를 돌렸고, 다시 친밀해진 무리 안에서 안도하는 동시에 아이들을 조종했다는 우월감을 느꼈다. 나는 마리아처럼 찡얼거리지도 않았고, 소피아처럼 똑 부러지지도 않았으며 크리스티나처럼 귀엽게 쑥스러워하지도 않았다. 오히려 나는 언제나 이도 저도 아닌 말투와 어영부영한 표정으로 내가 그 또래임을 부정하는 듯 굴었는데, 다른 아이들이 신부님에게 달려드는 쪽이라면 나는 반대로 무리의 가장자리에 선 채 그가 원숭이 같은 그 애들을 밀치고 오직 점잖은 나만을 안아주길 바라는 쪽이었다. 제대로 된 어른이라면 내 인내를 알고 보상해주리라는 희망을 품고서.

그날 오후에도 우리는 젊은 신부님 방에 있었다. 마리아는 신부님의 침대와 서재를 뛰어다녔고, 소피아와 크리스티나는 신부님과 친밀함을 과시하기 위해 괜히 그의 등을 때리는 식으로 스킨십을 시도했다. 나는 평소처럼 그와 떨어져 있다는 어떤 비감을 누르며 방의 모서리 쪽에 앉아 뜻도 모르는 책들을 열심히 들여다보는 시늉을 했다. 온 힘을 다해서 그에게 무관심한 척하던 어린이의 모습이란 확실히 눈에 띄었는지 그는 나와 품 안의 크리스티나를 번갈아 바라보며 물었다.

이 지은이는 가슴이 있는데, 저 지은이는 왜 가슴이 없어?

기억은 원치 않게 휘발된다. 왜 항상 여자아이들만 그 방에 놀러 갔는지, 왜 나보다 큰 언니들은 신부님과 친하지 않았는지, 왜 그 언니들처럼 우리도 한 시절엔 당연하던 그 일들을 차츰차츰 꺼림칙하게 여기게 되었는지 서른이 넘어버린 지금의 나로선 알 길이 없다.

단지 내가 기억하는 건 이런 것이다. 그 무렵 나는 신부님의 턱에 난 촘촘하고도 파란 수염이나 까끌거리던 피부, 그의 매캐한 스킨 냄새 같은 것으로 성인 남자의 특징을 어렴풋하게 알아가고 있었다. 나는 남자의 몸이 정확히 무슨 뜻인지는 모를 만큼 어렸다. 그럼에도 나는 빨리 자라지 않는 몸에 안달 난 나머지 다른 감각들을 자라게 만드느라 퍽 조숙한 편이어서, 손길을 포기하는 식으로 사랑을 갈구하는 요령을 부리고는 그 보상으로 받을 내 몫의 미미한 애정에 늘 극도로 긴장해 있었다. 나는 한 세계에서 유의미한 어떤 애정이 무한하거나 균일하게 주어지지 않는다는 걸 본능적으로 알았던 것이다.

그러니까 젊은 신부님의 말은 내 가슴이 충분히 자라지 못했다는 이유로도 나를 향한 권위자의 애정이 폐기될 수 있다는 신호와 같았다. 그래서 계단 아래 먼저 뛰어 내려간 크리스티나가 씩 웃으며 내게 손짓하던 순간, 땀이 난 그 애의 몸에 옷이 달라붙어 있는 걸 보던 순간에, 나는 정신이 혼미해지는 걸 느꼈고, 어지러운 그 순간이 영원히 잊히지 않을 거라는 걸 예감했다. 어딘가 의기양양하게 느껴졌던 그 애의 웃음은 이 지은이에게는 있고 저 지은이에게는 없는 게 무언지 명료하게 보여주었다. 그날 나는 집에 가서 문을 잠그고 티셔츠 속 작은 내 가슴을 몇 번이고 만져보았다.

겨울 즈음 나는 전보다 호전적인 어린이로 거듭났고 나 말고도 모든 여자아이들이 조금씩 전투 모드가 되었다. 머리가 커 갈수록 우리는 좀 더 중요한 사람이 되고 싶어 했는데 성당 내의 여자아이들이 할 수 있는 역할이란 한정적이었기 때문이다.

마침 그해 성당에서는 처음으로 여자 복사를 뽑았고, 중요한 남자(신부님이나 예수님처럼) 가까이 서 있는 일은 이전까진 오빠들만의 일이었기에 나를 포함한 모두는 그 자리를 얻고 싶어 안절부절못했다. 우리는 신부님 방에 가는 걸 차츰 꺼림칙하게 여기게 된 대신 다른 식으로 그 곁에 머무르려고 하고 있었다. 크리스티나는 내가 복사를 하고 싶으면 이전에 하던 성가대 반주자를 그만두어야 한다고 전에 없이 맹렬하게 비난했다. 나도 지지 않고 싸웠다. 엄마에게 생떼를 써 브래지어를 한 이후 크리스티나가 전만큼 예뻐 보이지 않았던 나는 그 애에게 환심 사려 노력하는 짓을 진즉 그만둔 상태였다.

치열한 경쟁 끝에 마침내 반주자를 그만둔 내가 복사로 뽑혔다. 나는 그때도 신앙심이 깊은 어린이는 아니었다. 나는 그저 손을 모으고 신부님 곁에 얌전히 서 있거나 촛불을 끄는 정도의 내 책무를, 차르르 떨어지던 폴리에스테르 복사복의 촉감을, 단상 위 나도 예수님만큼 중요한 사람인 듯 바라봐주는 엄마와 할머니의 눈길을 사랑했다. 여자 신이나 여자 신부님은 왜 없는지, 여자 복사는 왜 없었고 있다 해도 왜 소수만 뽑는지, 호전적으로 변한 작은 여자아이들이 왜 서로를 미워할 수밖에 없게 되는지 누구도 말해주지 않았고 그래서 그 정도의 특별함으로도 나는 충분히 만족했다.

4학년이 된 어느 날, 교회를 다니는 남자애가 학교에서 시비를 걸어왔다. 너네는 마리아 숭배하잖아. 그 말에 나는 성당에서 배운 그대로 말했다. 성모마리아님을 숭배하는 게 아니야, 성모잖아, 예수님을 낳아주신 분이자 엄마니 당연히 대우해드리는 거지. 아이들 사이에서도 불문율은 있었다. 초등학교 때부터도 엄마를 끌어오는 건 어떤 싸움에서도 이길 수 있는 치트키였고 거기다 내가 꽤나 매섭게 쏘아붙였기 때문에 남자애는 풀이 죽어 입을 다물었다. 그 애가 오해할 만하게 성모마리아 상은 어느 성당 초입에나 있었고 사람들은 성당에서 가장 높은 지위의 여자인 그 앞에 언제나 하나둘 초를 밝혀두었다.

저녁 미사가 끝날 때마다 나는 아른거리는 불빛에 홀려 자주 그 앞에 경건하게 서 있다가 집에 갔다. 성모도 브래지어를 했을까, 나처럼 가슴이 찡겨올까 궁금해하면서 그랬다. 나는 성당 안 못 박힌 예수의 형상은 무서워했던 반면 성당 바깥 성모상 앞에 설 때면 편안했고, 편안하기 때문에 느껴지는 희미한 슬픔을 감지했다. 요셉피나로 불리던 시절부터 지금까지 나는 그런 대우를 받는 여자의 얼굴에 슬퍼하지 않은 적이 없었다. 말했듯이 나는 조숙했고 그 시절 형체 없이 느껴지던 감정들을 제법 감각했던 반면, 그 감정의 이유는 잘 알지 못했다. 그땐 그저, 할머니와 손을 잡고 집에 가다가 예수님의 할머니이자 마리아의 엄마가 누군지 궁금해했을 뿐이다. 유명한 아들을 둔 엄마는 성당 건물 바깥에 놓이는 대우를 받는 반면 유명한 딸을 둔 마리아의 엄마에 대해선 아무도 말해주지 않아서, 나는 내가 아무리 잘난 딸이 되어도 우리 엄마나 할머니에 대해 누구도 모를까 봐 슬퍼졌던 거 같다. 애초에 성당 내에서 여자애인 내가 잘나질 수 있는 일이란 많지 않기도 했다.

믿음을 쉬이 갖지 못하는 성정과는 별개로, 여기 쓴 기억들은 내가 성당을 나가지 않게 된 가장 큰 이유일 것이다.

아직도 성당을 좋아한다. 성당 창가의 불투명한 스테인드글라스처럼 내게 하느님은 아름답지만 또렷하지 않은 존재였고 지금도 그렇다. 기억나지 않는 동창처럼, 잃어버린 양말 한 짝처럼, 오래된 자물쇠 열쇠의 행방처럼, 모르면서도 누군가를 아는 일에 대해 생각하면 기억에 뭉글케 눌려 있는 하느님이 떠오른다. 그는 내게 옛 친구처럼 남았고, 그가 있던 공간의 냄새나 성가의 파장, 수녀님의 옷자락이나 성수의 온도같이 한때 내게 의미 있던 것들은 짙은 그리움으로 남아 마음을 달래준다. 기도하는 법마저 잊었지만 여행지 같은 곳에서 혼자 성당을 들르곤 한다. 종교를 믿지 않지만 종교의 힘을 믿고 또 그러고 싶다. 언젠가 내 가족이 하느님에게 빚졌듯 세상엔 보이지 않는 그런 커다란 당위가 필요하니까…. 종교는 필요한 이에게 삶을 선사하기도 하니까. 바쁜 누군가 대신 돌봄을 돕고, 마음을 위로해주고, 주말의 리듬이나 사회적 관계망을 선사하고, 감사함이나 뉘우침을 학습시키니까. 그런 걸 빼놓고 내가 겪은 파편적 경험만으로 종교 자체를 설명할 수는 없다고, 나는 생각해왔다.

그러나 나는 거기서조차 피할 수 없었던 것들에 대해서도 종종 생각했다. 그 시절부터 느꼈던 두려움이나 무력감에 대해, 어느 성별과 가까워야 성당에서 중요한 사람이 되던 성당의 여자들에 대해, 여전히 또 언제까지나 성모마리아는 조용히 바깥에 머물러 있던 일에 대해…. 그러니까 내가 겪을 삶의 예고편과도 같았던 그 기억들을 어떻게 생각하느냐고, 말이 없는 옛 친구에게 기도하듯 묻는 밤들이 있었다. 여전히 보이지도 느껴지지도 않는 흐린 하느님에게 말을 거는 밤들이.

# 3

## 교수님과 개수작 (상)

그해 가을 나는 그의 강의를 들었다. 수강 신청 실패로 내 시간표는 대환장파티 그 자체였는데, 학교 북쪽에서 강의가 끝나면 곧바로 남쪽 끝자락 건물에 강의를 들으러 뛰어야 하는 식이었다. 그래도 내가 좋아하던 그의 강의에 지각하는 법은 없었다. 교수가 정시에 도착하는 유의 사람은 아닐 때의 행운이었다. 그는 강의 시작 직전 간신히 그 부근에 도착한 나보다 고작 몇 걸음 앞서 느슨하게 걸어가곤 했고, 가벼운 에코백과 머플러를 휘날리며 걷는 그의 뒷모습에 나는 자주 안도했다.

그렇다고는 해도 성적에 쫄리는 건 내 쪽이어서 나는 그 학기 내내 성실한 태릉인인 듯 전력 질주했다. 달리며 솟아난 땀이 도착하자마자 빠르게 식어 버리던, 하루하루 차가워지던 공기가 어느덧 제법 매섭게 느껴지던 날이 기억난다. 칼바람에 가느다란 몸을 점점 더 웅송그리며 걸어가던 앞선 교수의 뒷모습이란 좀 안돼 보였고 나는 숨을 몰아쉬며 저 사람도 나이가 꽤 있구나, 속으로 중얼거렸다.

그를 떠올리면 여전히 체온이 가라앉는 느낌이 든다.

그렇게 보이길 바랐는지 아닌지 알 수 없지만…. 어쨌든 그는 호칭이나 권위를 깔보는 듯한 자유로운 지식인처럼 보였다. 출석에 관대하고 대수롭지 않게 자기 권위를 희석하는 농담을 던지는, 위계를 뭣같이 여기는 그런 태도 때문일지도 몰랐다. 묘하게 교수 같지는 않은 차림이나(그런 게 뭔지 모르겠지만 아무튼 그랬고) 잘생겼다고는 할 수 없는 얼굴, 운동이라곤 하지 않겠다 싶은 몸으로 수줍은 듯 강단에 서서 느릿느릿 말하는 그의 모습은 어쩐지 나이 든 학생이나 늙은 소년 같기도 했다. 그러나 수업 중 누군가의 어리석은 질문에 그가 경멸을 숨기지 않을 때면, 찰나였지만 선득했던 얼굴로 말미암아 나는 그의 수줍음이란 굳이 친밀할 필요가 없다는 의지의 표현이라는 걸, 그가 그 분야의 권위자라는 걸 새삼 깨닫기도 했다.

그럴 때면 그가 유약해 보인다고 지레짐작하며 얕잡아봤던 내 마음을 들킬까 조금 쫄려서는 조용히 프린트를 보았다. 그리고 그 프린트 뭉치가 점점 두꺼워지며 나는 그가 자연스럽게 뿜어내는 모든 게 분명한 프랑스st라고 확신했다. 설명하긴 어렵지만 그 강의는 꼭 그의 태도가 우리가 배우는 프랑스 철학자에게서 비롯되었다고 말해주는 거 같았기 때문이다. 나는 이미 죽은 철학자와 그를 자주 혼동했고 교수 자신도 가끔 그런 듯 보였다.

확고한 권위의 과거와 알 수 없는 미래 사이에서 반짝거리는 자신의 젊은 현재를 참을 수 없어 하는 건 대학가의 오랜 전통이었다. 나는 남다르고 싶은 나머지 나의 젊음을 혐오했고, 뭘 원하는지 모르면서 무언가를 맹렬하게 원했다. 그래서인지 원하는 무언가가 유럽 같은 먼 곳에서 이상적으로 구현되고 있을 거라 착각하는 걸 좋아했다. 전공이 프랑스 철학자인 교수의 나른한 목소리는 그 착각에 숨을 불어넣는 데 소질이 있었다. 오래된 흑백 영상이나 난해한 예술 영화 사조에 대해 한두 줄 읊을 수 있게 되었을 뿐이었지만, 이상적 세계의 현현인 듯 강단에 서 있던 그에게서 여대생들은 지나가버린 어느 세대를 흠모하는 법을 배웠다.

강의실을 메운 학생 대부분은 고학번이었다. 나는 수업 시간 미래로 꾸역꾸역 떠밀려가길 저항하는 그들의 얼굴을 몰래 힐끔거리며 깊은 인상을 받았다. 그래 봐야 스물 초반을 넘겼을 뿐인데도, 여대생들은 희망보다는 향수를 매력적으로 느끼는 게 당연하다는 듯 아름답게 미간을 구기고 있었다. 무언가를 갖기도 전인 나이부터 무언가를 잃으리란 예감에 시달리는 눈, 코, 입. 돌이켜보면 아마 내 얼굴도 그랬을 것이어서, 나는 미래를 두려워하는 얼굴이 그 일의 계기는 아니었는지 종종 생각해보곤 했다.

중간고사가 끝나고 얼마 지나지 않았을 때였다. 졸면서 집에 가는 중 모르는 번호로 문자가 날아왔다. **많이 피곤했나봐요, ㅇㅇㅇ입니다.** 그의 이름이었다. 졸음이 단박에 깬 나는 무의식적으로 앉아 있던 자리에서 벌떡 일어나 허둥거렸는데, 그사이 내 머릿속에선 그간 제출한 레포트부터 출결까지 나란 인간이 저질렀을 법한 모든 흠결이 파노라마처럼 스쳐 지나갔다. 그날 나는 1+1 편의점 커피 두 잔으로도 어림없는 피곤에 수업 중 미친 듯이 헤드뱅잉을 해댔다. 강의 내내 알게 된 거라곤 침이나 얼굴의 열기로 눅눅해진 종이엔 필기가 잘 먹지 않는다는 정도였고 그런 걸 확인하면서도 나는 졸음을 어쩌지 못했다.

그런 날것의 모습이란 꽤나 비렸을 테였고, 그는 너무나 불쾌한 나머지 내게 주의를 주려 문자를 한 게 틀림없어서 나는 엄지를 바들바들 떨며 그에게 장문의 문자를 보냈다. 죄송합니다 교수님 어쩌구, 아르바이트를 세 개씩 하고 있어서요 저쩌구, 핑계가 되지는 않겠지만 너무 피곤해 졸아 버렸습니다 블라 블라, 정말 결코 다시는 그러지 않겠습니다…. 그에게서 곧바로 답이 왔다.

**저런. 커피 한잔 사줄까요. ㅎㅎ**

좀 기세등등하게도 나는 내가 교수 입장에서는 눈에 띌 법한 학생이라고 생각하고 있었다. 복수전공이라고는 해도 명백한 타과생이라는 점이나, 그때까지 제출한 리포트 성적이 모두 A라는 점에서 그랬다. 그래서 그의 답문에 나는 평소 눈에 띄던 학생을 가여이 여긴 교수가 따뜻한 아량을 베풀려고 하는구나, 참 스승이네, 라고까지 생각했다. 심지어 나는 그가 같이 수업을 듣는 내 친구들 모두에게 커피를 사주려는 것으로 착각해서, 학내 카페에서 다 같이 모여 기다릴까 묻기도 했다. 몇몇 교수들은 그런 식으로 학생들에게 음료를 사주기도 했으니까. 그 강의가 중대형 전공 강의였다는 사실이나, 백 명에 달하는 수많은 학생 중 자기 과 학생도 아닌 타과생의 번호로 교수가 직접 연락하는 일 같은 건 아무래도 이상하다고 생각하게 된 건 다음 문자에서부터였다. 그는 **밖에서 둘이 따로 보죠**, 라고 말했다.

오래된 친구 오카소는 내 무수한 흑역사와 결점들을 죄 알고 있는 데다 그의 수업을 나와 함께 듣는, 이 사건을 공유하기 완전 좋은 적임자였다. 둘은 한참 교수의 흉을 보고 깔깔거리고 욕이나 극혐을 뱉었다. 그건 우리가 무언가 두려울 때 하는 행동이기도 했다. **너를 완전 애로 보게 아예 애처럼 굴어.** 똑똑한 오카소의 말에 나는 어쩐지 안심했다. 괜찮겠다, 기똥차다, 그렇게 굴면 내가 여자로 안 보이겠다! 그때는 그런 작전이 그럴듯해 보였다. 우리는 학생이었고, 우리가 학생이라는 건 교수와의 만남을 거절하는 식으로 그의 기분을 거스르는 건 쉬이 엄두조차 못 낸다는 뜻이었다.

지금 생각하면 자존심이 상한다. 그런 작전마저 다소 학생다웠다는 거나, 내가 그 학생다움마저 뉘우쳤다는 게. 나는 심지어 학구열에 들떠 있던 걸 후회하기까지 했다. 이론서의 머리 아픈 문장엔 집중이 필요했고, 집중하다 보면 그럭저럭 시간이 잘 갔고, 시간을 잘 보내면 잘 자란 느낌이 들었다. 그게 좋아서 수업 때마다 앞자리에 앉았다. 곰팡내가 나는 참고 문헌을 뒤졌고 모르는 부분을 정리해 내 나름의 예문으로 만들어 그에게 꼬박꼬박 질문하고 눈을 맞추어가며 열렬히 수업을 들었다. 나의 최선은 그전까지 한 번도 문제가 되지 않았던 방식이었다. 그럼에도 막상 그런 일이 있고 보니 나는 내가 '지나치게' 무언갈 했기 때문에 교수가 내게 연락을 했다고 생각하는 식으로 문제의 원인을 내게서 찾으려 애썼다. 그 말을 들은 오카소는 문제의 원인은 학생에게 사적으로 연락한 교수에게 있다고, 개떡 같은 생각이라고 했다. 오카소는 친구의 생각머리를 고쳐줘야 할 적확한 때를 알았다.

하지만 그런 오카소에게도 말하지 않은 게 있었다. 문자가 온 날, 나는 집과 세 정거장 떨어진 번화가에 내려 올리브영에 들러서 각기 다른 효능의 팩 서너 개를 신중하게 골라 그중 하나를 자기 전 얼굴에 붙여 놓고 잤다. 그가 앞으로 내게 어떤 영향을 끼칠까 두려워하면서도, 나는 어쩌면 그를 사로잡을 수 있겠다는 생각을 했던 것이다. 뭘 어떻게 해보겠다는 생각은 없었다. 훌륭한 팜므파탈이었다면 그를 꼬셔 성적을 올린다거나 맘껏 주무른다거나 하는 포부라도 있었을 텐데, 썩 대단치 않은 새가슴에 불과했던 나로선 '뭘 어쩌지 못하게 해야지'라는 다짐만 있었을 뿐이다. 나는 누려 마땅한 성취를 어린 여자란 이유로 방해받는 데 진력이 나 있었고, 관계에서 우위를 먼저 확보하는 게 나를 방해 못 하게 할 수 있는 길이라고 믿었다. 이전까지 남녀 관계에서 내가 안전을 확보해온 방법은 쭉 그런 식이었기 때문이었다.

그러면서도 나는 그를 사로잡음으로써 내가 가질 수 있는 수식어나 가능성을 기대하고 있었다. 이를테면 주변엔 나이 많은 남성만 골라 사랑에 빠지는 여자들이 있었다. 나는 내가 그런 여자이길 바라며 그 애들을 모사하곤 했다. 좁혀지지 않는 간격을 초월할 수 있다는 듯, 나이 든 남자를 만나는 여자들에겐 내 몫의 젊음을 시시하게 만드는 뭔가가 있었다. 연인에 의해 세상 좋은 것들을 예습해 버려 일찍 세련되어진 그 애들은 병적으로 아름다워 보였다. 닭이 먼저냐 알이 먼저냐 같이 보통은 아름다운 사람이 일찍 세련됨을 획득하기 마련이었지만, 어쨌든 그런 태도는 또래보다 좋은 걸 누린다는 증거이자 아무에게나 주어지지 않는 일종의 표식이었다. 그의 문자는 내게도 그 표식이 있다는 유의미한 증거 같았다.

더군다나 남성중심사회의 남성조차 그가 가진 경험과 지식과 지위 같은 건 쉽게 가질 수 없었다. 그의 호감 표시는 내가 원하면 그런 것들에 가까워질 수도 있다는 묘한 뉘앙스를 풍겼다. 지금이나 그 당시나 나는 나를 향한 호감을 이용하는 일이 부정하거나 비윤리적이라고 여기지 않았다. 애초에 사회가 말하는 공정한 방식은 자주 나를 배제하고 지들끼리 정한 거처럼 느껴진 데다, 사랑받는 일은 그 공정한 방식을 뛰어넘어야 할 정도의 상당한 노력을 요했으니까. 어떤 식이든 노력이 들어가는 양은 도긴개긴이었다.

그러니까 나는 그의 마음으로 뭘 할 생각은 없었지만, 그로 인해 나를 증명할 수 있겠다는 착각으로 묘하게 들떠 있었다. 나는 미래에 스러져 버리지 않을 남다른 존재라는 확신을 갖고 싶었던 것이다. 나는 그런 여대생을 속이는 건 어떤 면에서 너무 쉽다는 걸, 그의 호감 표시가 내 정체성이나 미래의 가능성을 증명하기는커녕 그의 권력을 대변하는 개수작에 불과하다는 걸 알지 못했다. 그러나 어쨌든 그런 마음은 내가 대학생 때 가졌던 것 중 가장 되바라진 것이어서 나는 그걸 오카소를 포함한 누구에게도 말하지 않았고 일기에도 쓰지 않았다. 혼자 꼭꼭 숨겨둔 채, 그것이 나에 관한 무엇을 말해주는지 궁금해하며 밤마다 꺼내 보았다. 조금은 도취되었던 것도 같다.

# 4

—

## 교수님과 개수작 (하)

이십 대 후반에 소소한 철학 세미나에 참여했다. 졸업하고선 그런 세미나에 참여해서야 공부를 이어갈 수 있었다. 평균 연령대가 삼십 대 중후반 즈음의 세미나였고 내가 가장 어렸다. 덕분에 아는 게 얄팍해도 괜찮아서 편안하게 앉아 타인의 무르익은 사유를 훔쳤다. 세미나를 주도한 여자는 길게 유학을 다녀온 사람 특유의 분위기를 물씬 풍겼다. 여자가 시원시원하게 말할 때마다 나는 황홀하다 못해 어지러웠다. 나로선 손도 못 댈 철학자들의 문장들을 잘도 비꼬는, 권위를 모르는 여자라니. 여자를 감탄시키고 싶다는 생각이 들었지만 무엇을 해야 할지 나로선 가늠하기 어려웠다.

여자가 프랑스 철학자를 전공한 박사라는 걸 듣고, 문득 잊고 지냈던 그를 떠올린 건 마지막 날 뒤풀이에서였다. 1차에선 맥주를 마셨고 2차로 전집을 갔다. 얼굴이 불콰해질 즈음 나는 여자에게 혹시 ㅇㅇㅇ 교수님 아세요, 하고 운을 뗐었다. 그 바닥이 그 바닥인지라 여자는 그를 알고 있었고 내게 관심을 보였다. 나는 여자의 말투를 따라 하며 그와 있었던 일을 별거 아니라는 듯 늘어놓았다. 하지만 실제로 그와 나 사이엔 별로 흥미진진할 게 없기도 해서, 여자는 조금 지루해하는 거 같았고 어쩐지 조급해진 나는 불쑥 말했다.

선생님, 그니까 어떻게 교수가, 어떻게 학기 중에 자기 수업을 듣는 학생에게 개인적으로 만나자고 연락하느냐는 거예요, 것도 여대에서?

나는 제멋대로 입 밖으로 튀어나간 내 대사가 최대한 구리게 들리지 않았길 바라며 최대한 되바라진 표정을 지어 보였다. 여자와 내가 '우리'라는 듯이. 잠깐의 침묵이 흐르고 여자는 호탕하게 웃었다. 무언가 잘못되었다는 생각을 하면서 나도 따라 웃었다.

**남녀 관계가 맞음 좋고 아님 말면 되는 거 아닌가? 숫자에 불과한 거지. 요즘 다들 너무 예민한 거 같아….**

여자는 시원시원 다소 프랑스st로 말했다. (근데 도대체 내가 아는 프랑스식이란 무엇이란 말인가?) 현실을 초월하는 쿨함에 얻어맞아 얼떨떨했기에 대사를 정확하게 기억하지는 못하지만 대충 그랬다. 좀 촌스럽지 않느냐는 식, '뭐 그럴 수' 있다는 식, 지금이 이야기를 하는 네 의도가 무엇이냐는 식. 불어로 말한 것도 아닌데 번역투로 들려오는 여자의 말들에 나는 내가 지나치게 멀쩡하다는 걸 깨닫고는 차라리 술을 더 마셔둘 걸, 하고 후회했다.

국경 너머에, 예술이나 예술을 설명하는 철학에, 세상이 외면하는 공부에, 그리고 그런 걸로도 끝끝내 얻어낸 지위에 삶의 정수가 있을 거란 환각을 그때도 나는 버리지 못하고 있었다. 변명하자면 그 환각은 내가 잘 모르는 곳에 제대로 굴러가는 세계가 하나쯤은 있을 거라는 허영 혹은 희망과도 비슷했다. (내가 대한민국 바깥이라고 제대로 굴러갈 거라고는 믿지 않게 된 건 비교적 최근의 일이다.) 그때까지만 해도 내게 프랑스st는 어떤 상징으로서 쭉 유효해서, 나는 교수나 여자처럼 그 상징에 가까워 보이는 사람들이나 진보적인 사람들에게 제대로 된 무엇을 기대하곤 했다. 그러나 여자는 그저 내가 굳이 왜 그런 말을 옮기는 건지 진심으로 궁금해할 뿐이었다. 자리는 무르익다 못해 물러 있었고, 먹던 전도 식어 버려서 나는 서둘러 막차를 타고 집에 갔다.

여자가 지적한 대로 교수와는 아무 일도 없었다. 평일 저녁 홍대는 비교적 한산했고, 그날 나는 그와 그 근처 프랑스 식당으로 가 생전 처음 프랑스 가정식을 먹었다. 와인을 조금 마셨고 까만 벽돌의 카페로 옮겨 앉아 차를 홀짝였다. 나는 그의 앞에서 쉬지 않고 떠들었다. 음식을 앞에 두고 쉴 틈 없이 감탄했고, 와인을 흘렸고, 아는 모든 화제를 끌어왔고, 카모마일 티가 뜨겁다며 박장대소했다. 나 같은 방청객이 있었다면 개그 프로그램이 망하진 않았을 거였다. 그 장면을 보는 어떤 누구도 둘 중 누군가가 곤경에 처했다고는 생각하지 못했을 테니까.

대화 내용이 단 한 마디도 기억나지 않을 만큼 나는 애쓰느라 바빴고 무언가를 거스르지 않으려 혼신을 다하는 내 앞에서 그는 소년처럼 즐거워했다. '소년처럼'과 '소년'은 완전히 다르다는 듯 강의실에선 보이지 않던 그의 주름이 도드라져 보였다. 그 만남이 동등한 로맨스일 리 없다는 것이나 나보다 스무 살은 더 먹은 그가 소년이 될 수 없는 명백한 사실을 똑똑한 그가 모를

리 없었음에도 그는 정말 모르는 거 같았고, 나로선 교수도 모른다는 걸 감히 안다고 말할 수 없는 기이한 시간이었다. 와인 한두 잔만으로도 휘청이는 그는 더는 죽은 철학자 같지도 않았고 그저 탄력을 오래전에 잃어버려 고장 난 볼펜에 가까워 보였다.

물론 그렇게 생각하는 티를 내진 않은 채, 집에 가기 한 삼십 분 전쯤에야 나는 입을 다물었다. 밤이 깊은 시간까지 일방적으로 너무 많이 말한 탓에 그쯤 되니 더는 할 말이 없기도 했다. 하릴없이 차를 거듭 들이켜는 나와 달리 그는 침묵을 편하게 즐기는 듯 보여서, 방광이 부풀어 올랐지만 화장실을 갔다 오겠다는 말을 꺼내기가 거북했다. 침묵을 메꾸는 게 그의 역할이 아니듯 시작된 침묵을 깨는 건 내 역할이 아니었다. 잠자코 앉아 오줌을 참으며 방광염이 시간문제인 관계란 무슨 관계일까, 그와 쭉 만난다면 그건 쭉 오줌을 참는 일이 되겠구나, 생각했다.

나는 관계 초반 등줄기가 간질간질한 성적 긴장감을 무척 좋아했다. 그런 건 사랑까지 가지 않아도 호감이 있는 또래 누구와도 잠깐은 누릴 수 있었다. 서로 뭐든 말할 수 있지만 부러 말하지 않는 걸 선택할 때 느껴지는 찌릿한 팽팽함. 하지만 그와 나 사이 팽팽해진 건 오직 내 방광뿐이었고 나는 그렇게 많은 말을 하고도 화장실조차 말하지 못하고 있었다. 등줄기가 간지러운 것과 방광이 간지러운 건 차원이 다르다 보니 퍽 심란해지기까지 했다.

옆자리에서 일어나는 요의를 전혀 눈치채지 못한 채 그는 슬슬 일어나자고 말했다. 헤어지며 나는 안녕히 가세요, 교 수 님! 하고 인사를 했다. 부러 경쾌한 목소리로 교 수 님 힘주어 말했고 꾸벅 허리를 굽혔다. 그런 게 내가 그을 수 있는 최대한의 선이었고, 나는 내가 학생임을 강조한 그 선이 성공했다고 믿었다. 실은 학생 입장에선 낙관 외엔 할 수 있는 게 별로 없기도 했다. 그를 뒤로한 채 역 안에 들어서자마자 나는 오카소에게 상황을 보고하는 문자를 보내려 핸드폰을 꺼냈고 그 순간 곧바로 그에게서 문자가 왔다.

**오늘 즐거웠어요. 저는 재미있는 사람이 좋아요.**

나는 문자를 관두고 곧바로 오카소에게 전화를 했다. 으악, 아, 야, 씨발. 어떡해.

홍대 역을 지나가던 취객은 무슨 여자애 입이 이렇게 거냐는 눈으로 나를 쳐다보았다. 그러건 말건 나는 계속해서 으악, 아, 야, 씨발. 어떡해. 같은 말을 반복하며 집에 갔다. 그렇게 하면 내가 겁나 세질 것처럼, 나는 별수 없을 때 자꾸 험한 말을 하는 버릇이 있었다.

그래서 그 학기 말미엔 욕을 입에 달고 살았다. 겉보기엔 평범한 나날이 이어졌다. 나는 이전과 같이 건물에서 건물로 강의를 들으러 전력 질주했다. 다만 삶을 다르게 수식하고자 하는 욕망이 여러모로 사람을 현혹시키거나 착각하게 만든다는 기분이 들었고, 그 이후 철학 수업이 예전처럼 재밌지 않았다. 그는 내게 지속적으로 연락했고 나는 아르바이트와 시험 기간과 과제를 내세워 약속을 하루하루 미뤘다. 학교의 모든 이들이 몹시 바빠하는 학기 말이었기에 불쾌해하지 않을 만한 핑계였다. 그와 하루 밥을 먹고 차를 마셨을 뿐인데 어쩐지 내 성적이 오염되는 기분이 들었고 그 기분을 떨치려 과하다 싶을 정도로 그의 과목을 공부했다. 성적이 입력되던 날 나는 A를 확인한 후 그의 번호를 차단했다.

그 후로 그와 학교에서 마주치던 게 생각난다. 함께 수업을 들었던 친구들이 지나가는 그에게 인사를 건넸고 나도 옆에서 안녕하세요, 교수님, 하고 웃었다. 그는 우리를 보지도 않고 허공을 째려보며 스쳐 지나갔다. 영문을 모르는 친구 하나가 뭐야, 쟤 왜 저래, 어깨를 으쓱했고 오카소와 나는 의미심장한 눈길을 나누었다. 나는 그게 감히 그를 거스른 나에 대한 저 나름의 형벌이라는 걸 알았다. 상대방의 인사를 무시할 수 있는 위치를 뽐내며 그는 그런 표정으로 자신의 행동을 은폐시키려 했다. 그가 그럴 수 있는 존재라는 건 내가 그날 저녁 화장실을 가지 못했던 이유이기도 했다.

소년은 개뿔, 나이가 먹어도 언제고 가장 빛나는 시절로 돌아갈 수 있는 권력, 그게 안 될 때 티 나게 옹졸해질 수 있는 권력이란 불쾌한 것이었다. 내가 동경했던 사람이 얼마나 낡고 형편없는지를 보는 경험이란 전혀 즐겁지 않았다. 나는 취준으로 바빴고 동대학원 진학에 미련을 버린 후라 전처럼 그가 무섭지는 않았지만, 내가 계속 학교를 다니고 싶어 했다면 나에겐 어떤 선택지가 있었을지에 대해 종종 생각했다.

그때도 지금의 에타처럼 익명의 강의 평가를 올릴 수 있는 대학 커뮤니티 사이트가 있었다. 방학을 맞이해 느지막이 일어난 어느 날 커뮤니티에 로그인을 했다. 그의 강의는 대체로 호평 일색이었으므로, 나는 뭘 써버릴까 말까 고민하며 스크롤을 내리다가 익명 173의 댓글을 보았다.

**여대인 거 아시면 행실 조심 좀 하시죠.**

그 문장이 뜻하는 바는 오싹해서 나는 화들짝 놀랐다. 익명 173이 합정 부근에서 그와 나를 본 건지, 아니면 그와 또 다른 이를 목격한 건지, 그가 익명 173 본인에게 수작을 부렸는지 나로선 알 수 없었지만, 나는 그제야 내 학교가 여성에게 부당한 행동을 참지 못하는 분위기의 여대라는 걸 인식했다. 그 댓글을 보기 전까지 나는 그가 어쩌다 내게만 실수한 거라고, 이러나저러나 고작 한 번의 만남이었다고, 내가 받아야 마땅한 내 점수만 받아낸 후 모른 척 넘어가면 다 끝나는 거라고 생각했다. 그런 '데이트'가 나 아닌 이에게서도 반복되거나 확장될 가능성에 대해서는 생각할 겨를조차 없었다.

익명 173의 댓글은 내 학교 같은 곳에서마저 이런 일이 추문이 될 수 없을 거라 전제한 그의 무감한 태도를 지적했다. 그에 대한 인상처럼 그는 정말로 자유로운 지식인으로서 여러 의미로 권위에 무심했다. 권위를 신경 쓰게 되는 건 늘 권위와 무관한 사람들이었다. 그가 연락한 여자들이 많다면, 그들 중 누군가 계속 학교를 다니고 싶어 했다면 어땠을까…. 그런 걸 생각하면 또다시 체온이 가라앉는 느낌이 든다.

서로를 향한 마음을 지속시키는 요소란 나이 말고도 무궁무진하다. 그 요소는 각기 고유하다 보니 사랑에서 나이 차이란 정말 숫자에 불과할지 모른다. 만일 그가 디카프리오였다면 나는 이런 긴 글 따위는 집어치우고 오래오래 행복하게 그와 살 궁리를 했겠지…. (아마 그게 디카프리오가 비슷한 나이대와 비슷한 모습의 여자만을 고집하는 퇴행적 연애를 지금까지도 지속할 수 있는 이유겠지만.) 드물지만 모든 걸 뛰어넘을 정도의 엄청나게 불공평한 메리트를 가진 사람도 있다. 그런 이들을 티브이에서 흔하게 소비하는 나머지, 나는 내가 슈퍼 팜므파탈도 아닌 걸 알면서도 그런 유의 초월 가능성을 꿈꿨던 것도 같다.

하지만 결국 나는 탈출구처럼 가졌던 환각이나 그 같은 이들의 수작질에 더는 속지 않게 되었다. 압도적인 메리트를 지닌 소수를 제외하고는, 이 사회에서 나이 차이란 숫자에 불과할 리 없다는 것 또한 알게 되었다. 나이 많은 남자와 나이 어린 여자의 연애가 보편적인 사회, 같은 시간의 유속에서 누가 잃고 누가 잃지 않는지 뻔히 드러나는 사회는 여대생들의 미간을 구기는 반면, 그 얼굴을 노리는 이들에겐 소년이 될 기회를 준다. 나의 교수처럼 그 자신의 권위나 명확한 위계에도 불구하고 소년이 되는 느낌을 사랑하는 남자들—알아야 할 것에 전혀 무관심한 남자들—은 이 나라의 여자들이 일찍부터 숱하게 마주하는 하나의 현상에 가까웠다.

어쩌면 그와 만난 다른 여자들은 대학원을 다니지 못하게 되었을 수도 있었다. 여자들은 그런 식으로 자꾸 미래에서 스러져 버렸다. 나는 세미나 여자에게 그런 걸 전하지 못한 걸 두고두고 후회했다. 이보세요, 그렇게 자유롭게 무언가를 거스르는 사람들은 높은 확률로 그럴 수 없는 누군가의 선택지를 삭제해 버린다구요, 마음이 맞으면 좋고 아님 마는 그런 건 모두가 동등하다는 환각에서나 가능하다구요. 더해 나는 그에게 전하지 못한 말 역시 두고두고 후회하기도 했다. 교수님, 개수작 부리지 마세요. 그리고 그 후회는 이 글이 되었다.•

---

• 나는 전하영의 소설 「그녀는 조명등 아래서 많은 시간을 보냈다」(계간 『문학동네』 2020년 가을호)를 읽은 뒤 떠오른 기억을 바탕으로 이 글을 적었다. 그의 등단작부터 방금 언급한 소설까지 쭉 좋아해 온 한 명의 독자로서 그의 작품을 읽어보길 권한다.

# 5

## H는 힙스터의 H

2015년인가, 모두가 동시다발적으로 인스타그램을 하는 걸 알고 나서야 나도 뒤늦게 인스타그램을 시작했다. 유행에 민감한 사람들은 일찍부터 인스타그램에 안착했고, 그들을 따라 주변에서도 하나둘 페이스북에서 인스타그램으로 넘어간 지 오래였다. 미련이 많아 아직 싸이월드마저 버리지 못하던 나는 그런 측면에서 늘 한발 늦는 편이었다. 그리고 늦는 사람들이 으레 그렇듯 순식간에 나는 새로운 매체에 빠져들었다. 사람들의 일상과 취향이 빠르고 아낌없는 이미지로 공유되는 세계란 근사해 보였고, 어서 룰을 익혀 그렇게 보이고 싶은 마음이 나를 지배했다.

호시탐탐 스마트폰을 들여다보던 반도의 흔한 관종은 이 세계 역시도 숫자가 권력이라는 걸 금방 캐치했다. 싸이월드 접속자 수나 페이스북의 좋아요와 비슷하군그래. 다만 인스타그램에선 게시물의 좋아요와 더불어 팔로워라는 숫자가 한 겹 덧대져 있었다. 사람들은 팔로워와 팔로잉의 차이만큼 권력을 분배받는 걸 뻔히 알면서도 그걸 모르는 양 굴었다. 이거구나, 룰은. 그렇게 나도 사진이 찍히는 걸 인식한 피사체처럼 사람들을 의식하기 시작했다.

H가 내 인스타그램에 방문한 건 순전히 우연이거나 인스타그램 측의 농간이었던 거 같다. 몇 없는 좋아요 덕분에 나는 내 게시물에 좋아요를 누르는 유저가 누군지 빠르게 확인할 수 있었는데, VSCO캠으로 느낌 낭낭하게 보정해둔 내 셀카에 좋아요를 누르고 홀연히 사라진 H는 그중에서도 단연 튀었다. 사람은 어떤 개념이 생기기도 전에 그 개념이 무엇인지에 대해 알고 있는 모양인지, 힙스터나 인플루언서라는 단어도 모르던 그 시절에도 H는 딱 힙스터 같았고 인플루언서 같았다.

처음엔 H가 유명하지 않은 연예인이나 모델일 거라고 생각했다. 수려한 이목구비의 H는 보기 드문 신체 비율과 날렵한 몸선을 자랑했고, 패션 잡지에서나 볼 법한 차림으로 하루를 영위하는 듯했으며, 마찬가지로 그런 잡지에서의 구도를 차용해 어떤 보정도 없이 올려둔 사진은 그 하루의 자연스러운 파편들 같았기 때문이다. 이상한 말 같지만 '내가 아무리 그렇게 보여도 그쪽 종사자는 아니야'가 H의 무드였다.

그 무렵 나는 남성 패션 쪽에 관심이 많아 그 분야 취업을 고민하던 때였고 덕분에 H가 입은 옷들이 어떤 부류인지 한눈에 알아볼 수 있었다. 과하지 않으면서 소재가 좋고 재단이 잘되어 있는, 값비싼 브랜드의 옷들. 왜인지 영문은 모르겠지만 가장 기본에 충실한 그런 옷이야말로 누구나 살 수 있거나 누구나 소화할 수 있는 옷은 아니었는데 H는 그걸 잘 알고 있는 듯했다. 그가 올리는 이미지는 소소한 듯 치밀한 정보를 제공했는데, 잘 꾸며진 실내의 구겨진 이불 사진 따위로도 거기가 뉴욕이나 한남이라는 걸, 그 이불이 값비싼 구스다운이고 그는 그런 걸 덮고 그 장소에서 한낮을 보낼 수 있는 사람이라는 걸 보는 이가 알 수 있게 되는 식이었다.

그니까 H는 일상의 영역을 드러내길 주저하지 않으면서도 두려움이 없어 보였다. 언제나 사진 찍힐 준비가 되어 있는 사람 같았달까. 그런 태도는 어떤 자신만만함의 방증 같았다. 알아도 사기 힘든 것과 알아도 가기 힘든 곳이 일상인 삶, 알아도 살기 힘든 삶에서 나오는 자신만만함. 나는 H에게 친밀하게 댓글을 남기는 여자들을 주의 깊게 살폈다. 멋지고 아름다운 온갖 여자들, H와 비슷한 여자들이 그에게 댓글을 남겼다.

나는 H를 팔로우했고 팔로우는 되돌아오지 않았다. H와 내 팔로워의 차이만 보아도 그런 무응답은 어쩐지 당연하게 느껴지는 한편 그렇게 느껴지는 게 조금은 굴욕적이기도 했다. 사실 우리는 서로를 몰랐으니 맞팔을 굳이 해야 할 필요는 없었다. 그러나 이상하게도 꽤 오랜 기간 H는 팔로우는 하지 않은 상태로 내 계정을 찾아와 게시물에 좋아요를 찍거나 굳이 댓글을 달았다. 그건 어쩐지 시혜적인 태도 혹은 갈취로 느껴졌지만 그런 걸 따지고 들기에는 또 민망한 부분이 있었다. 그래도 나는 굳이 팔로우를 취소하지 않았는데, 그사세(aka. 그들이 사는 세상)를 공짜로 보고 싶었기 때문이다. 인정하기는 싫지만 그가 누리는 모든 게 너무 내 취향이기도 했다.

그즈음 나는 내 구질구질함에 질식할 거 같았다. 좋은 게 좋다는 걸 몰라서 문제가 아니라 좋은 걸 알아서 문제인 구질구질함이었다. 예를 들어 1.5배 좋은 걸 누리기 위해서는 15배의 금액을 지불해야 했는데, 나는 그 금액을 지불하기보다는 거기에 의문을 품으며 15배 비싸다고 15배만큼 좋지 않은 게 무언가 잘못되었다고 불만을 터뜨리거나, 그걸 굳이 살 필요 없다고 잘라 말하는 사람이었다. 그런 걸 짚는 일은 스스로를 소박하다 느끼거나 스마트한 소비자라 생각하게 만들어주기도 했지만, 한편으로는 그 금액을 지불할 수 없다는 데 대한 정신 승리에 불과하다는 기분이 들게 만들기도 했다. 나는 비싼 섀도를 눈독 들이다가도 올리브영 세일마다 저렴이 섀도 여러 개를 사들이고는, 써보지도 않은 브랜드 섀도가 별로라며 깎아내리곤 했다.

당시 하고 있던 연애도 그런 식이었다. 나는 상대의 학벌이나 집안이나 미래나 나눌 수 있는 대화의 결의 한계를 모르는 척했지만, 주변의 내 나이대 여성들은 더 좋은 남성을 만나기 위해 고심했고 그 고심에 아낌없이 투자한 결과 실제로도 성공하는 듯 보였다. 당시 만나던 남자친구는 나를 몹시 좋아해 주는 반면 그 외에 무엇도 하지 않는 사람이었다. 그는 걱정이라곤 없이 태평한 상태로 하루 중 나를 만나기만을 기다렸다. 나는 소박하고 진정한 종류의 연애를 하고 있다 생각했지만, 한편으로는 그런 내 마음이 다른 좋은 남자를 만나지 못하는 것에 대한 정신 승리 같이 느껴졌다. 한참 좋아야 할 연애 초반이었고, 그만큼은 아니더라도 나도 그를 좋아했다. 그렇다곤 해도 늘어난 티셔츠를 입고 저녁에 같이 포차에서 술 마시는 게 행복의 전부인 남자친구를 보다 보면, 어쩐지 그가 아닌 나의 구질구질함이 발가락부터 보글보글 끓어오르는 듯 느껴졌다.

그니까, H가 나에게 디엠을 보내왔을 때 나는 적잖은 충격을 받았다. 그날 나는 학교의 컴퓨터실에서 과잠을 입고 머리를 감지 않은 채 일러스트레이터 프로그램을 열어두고 열심히 누끼를 따던 중이었다. 디엠이 울리던 때 그 기능을 잘 모르던 나는 1차 충격을 받았으며, 그것이 H와 나 사이에서만 은밀하게 이루어지는 대화라는 생각에 2차 충격을 받았다. H는 오늘 뭐 하느냐고 물었다. 그냥 니가 궁금해서, 좀 있다 만날래? 그 말에 혼미해져 후다닥 화장실로 향했다. 거울 속 나는 감지 않은 머리를 높이 묶고 물감이 묻은 스키니진에 과잠을 입은, 정말 평범하기 그지없는 학생이었다.

갑자기 안심이 되었다. H가 쓰는 말투를 따라 해가면서, 그니까 아무렇지 않은 척하면서 나는 까짓것, 그러자고 했다. 이상한 말 같지만 애쓰는 것처럼 보이고 싶지 않았다. 그건 일종의 룰이었다. 애쓰지 않은 상태로 상대가 나에게 호감을 보이면 내게 그럴 법한 명백한 이유가 있는 거였고, 애쓰지 않은 상태로 상대가 나에게 시큰둥해도 내게 그럴 법한 명백한 이유가 있는 거였으니까. H는 경리단길 초입의 한 카페를 말했고, 그와 동시에 남자친구에게 문자가 왔다. 문득 나는 남자친구를 까맣게 잊고 있었음을 깨닫고 조금 놀랐지만, 커피 한잔 정도는 나쁠 게 없다고 스스로를 납득시켰다.

이런 사람이 나를 주목하다니…. 나는 들떠 있었다.

이전까지의 나는 도덕적으로 결벽이라도 있는 양 굴었고 이성을 만나면 주변의 이성을 알아서 정리하는 편이었다. 그러나 과거가 나를 구질구질함으로 데려온 듯 느껴지던 그 무렵, 나는 어떤 윤리 같은 것 앞에서 내가 가벼워지는 때를 혐오하면서도 꽤 좋아했고, 누군가를 그렇게 아무렇지도 배반하는 것에 죄책감보다 승리감이 들었다.

야, 너 정말 학생 같다, H가 그렇게 말했던가.

카페 2층에 올라가자 H는 자리에 앉아 만면에 득의양양한 미소로 나를 맞았다. 실제로 본 H는 사진 그대로 얼굴도 작고 다리도 길었고 뼈도 작았다. 중고등학교 때부터 우연히 연예인을 실물로 보곤 했던 나는 역시 체구가 작은 이런 사람들이 사진이 잘 나오는구나, 생각했다. 잘생겼지만 취향이 아닌 얼굴이 있는 법이었고 그가 그랬다. 더군다나 보통 첫 만남부터 그런 미소를 띠는 사람과의 대화는 자주 내 취향이 아니곤 했다. 그래도 H는 나쁜 사람 같지는 않아 보였고 나도 같이 웃었다. 실은 기분이 좋았다. 그의 차림은 역시 예뻤고 그가 고른 장소도 마찬가지였다. 그곳은 나름의 예술 정체성을 가진 카페였고, 거기 오는 손님들은 꽤나 멋진 사람들로 느껴졌으며, 거기다 옆자리의 예쁜 여성이 H를 자꾸 힐끔거렸기 때문이다. 그리고 앞에서는 H가 정말 학생 같은 나를 똑바로 바라보고 있었다.

하지만,

10분이 지나는 시점부터 나는 그 자리가 지루해졌다. 지금으로선 몇몇 장면만이 남아 있을 정도로 대화는 별 볼 일 없었다. H는 딱 이미지 그대로였고 그건 이미 인스타그램에서 익히 본 것이었다. 그는 이미지 이상으로 기능하지를 않았다. 추가 정보 값이라곤 H가 올린 사진 속 뉴욕의 방으로 한밤중에 찾아오던 금발 여성 얘기 따위였는데, 듣고 있노라면 하품이 났다. 그로선 벗겨보기 전엔 모른다 항변할 수 있겠으나 내 입장에선 H의 고추가 딱히 클 거 같지도 않았으며, H를 벗기거나 내가 벗겨질 일도 딱히 없어 보였기 때문이다. 한마디로 내가 딱히 그런 이야기를 들을 필요는 없었다.

H는 뜬금없이 동성애를 어떻게 생각하냐고 묻기도 했다. 나는 사람이 사람 좋아하는 걸 어떻게 생각하고 말고 할 게 있냐고 답했다. 그는 가족이 동성애라도 그런 소리를 할 수 있겠느냐며 한참 어린 나를 비웃었는데, 결과적으로 그런 기습적 질문이 자신이 동성에게도 고백을 받았다는 말을 늘어놓기 위한 밑거름이었다는 걸 알았을 땐 정말이지 대단하다는 생각이 들었다. 와, 진짜 개별로구나 너. 윤리적 결벽으로 사람을 따지는 데에 꽤나 심취해 있던 나는 웃으며 속으로 그를 거세했다.

그렇게 H의 고추를 볼 일은 원래도 앞으로도 영원히 없겠다는 생각이 또렷해지는 순간에, 문득 목이 타들어가는 거 같았다. 만약에 H는 나처럼 생각하지 않았다면? H는 자신의 고추를 보여주려던 거였다면? 그게 아닌 한 내가 딱히 여기 올 이유가 없는 거라면?

기억력의 한계인 건지 그가 떠들어댄 양이 압도적으로 많아선지, 그가 계속 자신에 대한 무언가를 늘어놓았음에도, 나는 그날 만남에서 창밖의 어둑어둑함에 던지던 나 자신의 물음표를 기억할 따름이다. 지금 몇 시일까. 얘는 이걸 이제까지 몇 번 반복했을까. 앞으로 몇 번 반복할까. 사람은 저렇게까지 자신을 좋아할 수 있는 걸까. 말에 꼭 의미가 있어야 하는 건 아니라지만 이렇게까지 없어도 될까. 나는, 뭘 확인하고 싶었던 걸까.

H의 음료가 텅 비었음을 지적하며 과제를 핑계로 일어섰을 땐 해가 완전히 진 이후였다. 그다지 갑작스럽게 꺼낸 말도 아닌데 집에 가겠다는 내 말에 H는 조금 당황한 듯 보였다. 이태원역 쪽으로 걸어가는 내 옆에서 H는 긴 다리를 휘적휘적 움직이며 빠르게 말을 늘어놓았다. 아, 되게 아쉽네. 너 지금 가는 거야? 나 오늘 같은 날 얼마 없는데…. 그는 더 얘기를 나누고 싶다고 떠들었고, 나는 이야기를 하는 건 그쪽이고 나는 아까부터 이 자리에 온 나를 혐오하게 되었다는 것을 알릴까 말까 고민했다. 사실 무턱대고 그런 말을 하기에 여전히 그의 팔로워 숫자는 어떤 권력인 것처럼 나를 어디선가 옭매고 있었다. 그래서 나는 나를 따라 걷는 H를 물끄러미 바라보다 불쑥 말했다.

오빠 진짜 인형 같네요.

그는 잠시 걸음을 멈췄다가 환하게 웃으며 그런 말 많이 듣는다고 했다. 그러더니 꽤 귀찮지만 선심을 쓴다는 듯 우리 다음에 또 보자, 라고 말하며 유유히 경리단길 쪽으로 사라졌다. 옆 가게에서는 철 지난 〈Empire state of mind〉가 흘러나왔고, 열어본 핸드폰에서 남자친구는 언제 동네에 오는지 물었다. 나는 나를 미워하지 않기 위해 노력하며 택시에 탔다.

H는 그 후로도 간간이 내 피드에 찾아와 댓글을 달거나 카톡을 보내곤 했다. **나 다른 여자 같았으면 연락 안 해. 알지?** 라는 말은 여전히 시혜적이거나 갈취의 태도로 보였다. 그는 자기 나름 잘해보고 싶었다며 나에게 보다 적극적인 연락을 요구하기도 했다. 거의 왜 넘어오지 않느냐는 오기 비슷한 반응이었다. 이런 식으로 얼마나 공짜로 자고 다녔는지 나는 알 수 없었다. 어딘가 짜게 식어 있던 나는 H의 연락에 답하기를 그만두었고 팔로우

를 취소했다. H 역시 내가 팔로우를 취소한 직후 칼같이 연락을 끊었다.

죄책감을 바탕으로 남자친구에게 몰입하고자 내 나름 노력하기도 했다. 그러나 남자친구는 내가 H와 만나고 온 것을 나중에 알고 큰 상처를 받았다. H와의 커피값은 비쌌고 그 후 몇 달간 나는 그를 달래기 위해 최선을 다했지만 결국엔 그 상처가 그와 헤어지는 큰 단초가 되었다. 많이 미안한 한편 올 게 왔다는 생각이 들었다. 우스운 건 H 역시 상처를 받은 듯했다는 것이다. 시간이 지나 내가 올린 남자친구 사진에 비아냥거리는 댓글을 달았다는 것만으로도 H의 자존심이 크게 다쳤다는 걸 짐작할 수 있었다. 역시 무슨 내용이었는지는 잘 기억이 나지 않는다. H가 그때도 팔로우를 하지는 않았다는 것만 기억날 뿐이다.

얼마 전 H의 사진이 피드에 떴다. 나는 저 일이 벌써 몇 년이나 지났다는 것에 놀라고, 인스타그램의 알고리즘에 놀라고, H가 그대로라는 사실에 놀랐다. 나는 H에게 끌렸던가. 딱히 고추가 궁금하지 않았던 것이나 딱히 만날 이유가 없었음에도 굳이 그 자리에 나갔던 것을 반추하며, 나는 H든 H에게 댓글을 달던 여성이든 뭐라도 되고 싶거나 가깝고 싶었던 내 마음을 돌아본다.

이를테면, 얼마든지 알아도 된다는 듯 투명한 일상. 지나치게 잡지 화보 같은, 언제나 구도대로 포착되는 삶, 제 욕구대로 사람을 불러내고 그런 무례함에도 타인을 들뜨게 만드는 삶, 알아도 살기 힘든 삶, 그래도 되는 삶. 내 피드와 그의 피드를 번갈아 확인해본다. 나는 이제 H같이 되고 싶어 하지도 않고 그런 디엠에 콧방귀도 뀌지 않지만, 누가 내 인스타그램을 보면 나 역시 H와 비슷해 보일지도 모르겠다는 생각이 든다.

# 6

## N번방을 대하는 당신의 정확한 언어

N번방 사건처럼 명백한 범죄와 관련해 달리는 댓망진창에 불쾌하긴 해도 화나지는 않는다. 그런 댓글은 작성자의 삶이 글러 먹었다는 근거 같아서, 나로선 안쓰러움을 동반한 경멸로 미간을 찌푸리고 만다. 내가 화나는 댓글은 따로 있다. '26만 명은 조회수 기반이니 괜한 사람들을 매도해선 안 되며, 나쁜 놈들은 엄중한 처벌을 받아야 하나 억울한 사람들을 위해 정확한 정보가 중요하다'라는 투의 댓글. '저들이 잘못했어도 남성 혐오는 나쁘다' 같은 유의 댓글. 흥분한 여성을 어르고 가르치려는 정중한 댓글 작성자 열에 아홉은 남성이다.

그렇다면 여성들은 그런 말을 들을 정도로 뭘 모르는 걸까. 많은 여성이 분통과 불통을 느끼는 지점은 비슷하다. 그녀들은 매체에서 다루는 정보의 중요성을 충분히 안다. 그녀들은 크게 말해야 하는 말을 웅얼거릴 때 그 말이 정확하게 전달될 수 없다는 걸 안다. 매체들이 초기에 어떻게 대처했는지, 작년부터 올라오던 N번방 사건이 얼마나 고요했는지 기억하는 건 그녀들이다.

N번방의 탄생 기반이자 오랫동안 이어진 여성 혐오를 기억하는 것 역시 그녀들이다. 몇 번이고 밀려나던 팩트와 평생 체감해온 정보의 위계를 말하는 그녀들이 '정확'과 '중요'의 함의를 모를 리 없다. 마찬가지로 여성 혐오와 남성 혐오의 결괏값은 동일하지 않다는 걸, 현실이라는 맥락을 버리고 따져 묻는 혐오의 의미란 근본적 문제를 흐려놓을 뿐이라는 걸 그녀들이 모를 리 없다.

뜬금없지만 남성들이 내게 보내는 디엠이나 대화 신청은 잦다. '이번 글 맞춤법이 좋으니 칭찬해요'라거나 '예쁘지만 이전 머리 스타일이 더 좋아요', '이 부분 전 공감 못 하지만 어쨌든 멋져요'라거나…. 참으로 객관적이고 정확한 칭찬에 나는 왜 화가 날까. '궁금해서 그런데 무슨 일을 하세요?' 다짜고짜 던지는 질문을 수도 없이 받는다. 여성에게서는 단 한 번도 받아본 적 없는 그런 질문은 나에 대한 관심일 텐데 나는 왜 화가 날까.

우습게도 이런 메시지와 앞의 댓글들에서 분노하는 이유는 같다. 거기엔 충분히 읽어낼 수 있었기에 읽었어야 마땅한 '맥락'이 없다. 탈맥락을 우연찮게도 모두 같은 성별에게서 겪은 나머지 나는 그 모두가 한 명으로 느껴진다. 이 느낌과 문장은 정중하게 객관적 증거를 찾거나 수치 따위를 따져 묻는 이에겐 부정확한 망상이자 비문에 불과할 뿐이다. 그리고 그 비문이야말로 내가 언제나 가깝게 감각하는 삶의 맥락이자 전달되지 않는 목소리이다.

자라며 모국어를 습득하고, 언어의 공유로 사람들은 문제

없이 소통이 이루어진다 여긴다. 하지만 발달된 과학으로도 사람 사이의 온전한 이해를 증명하지 못한다는 건 상식이다. 사회학자 김홍중은 소통에 참여하는 두 주체란 철저한 타자일 뿐이라며, "소통 속에서 발생하는 것은, 의미(진심)의 순조로운 전달이 아니다. 그것은 선택된 정보가 선택된 방식으로 통지되어 특정한 이해에 이르게 되는, 지난한 과정이다."•라고 말한 바 있다. 그에 따르면 우리는 선택된 필요하에 '소통의 양식'을 하나둘 구체화해왔고, 그 양식을 통해 부정확하게나마 소통을 가정해왔을 뿐이라고 말할 수 있을 것이다.

그는 우리가 그러한 사실을 무의식적으로 알고 있다며 그 예로 치과를 든다. 환자는 치과 의사에게 내면적 고뇌를 말하거나 취미를 묻지 않고 치과 의사도 묻지 않는다. 환자가 사랑니가 아프다 하면 치과 의사는 의학적 견해를 주는 식으로 소통은 이루어진다. 그 같은 사례를 통해 김홍중은 환자와 의사가 소통을 한다기보다, 치료라는 맥락을 고려하여 사회가 규정해준 특정 소통의 양식이 그들 사이에서 가동된다고 보는 게 더 정확하다고 지적한다.

그렇다면 우리가 정말로 '합리적'이기 위해선 물어야 하지 않을까. 여성을 대상으로 오랫동안 진행되어온 범죄들이 뒤늦게 문제가 되는 지금, 어쩌면 범죄를 용인하고 추동해온 기존 사회란 가해자 위주의 소통 양식을 선택하고 통지해온 게 아닐까? 그들이 말하는 '이성적이고 논리적이고 이해하기 쉬운' 소통의

---

• 김홍중, 『사회학적 파상력』(문학동네) 175p.

양식은 피해자를 대변할 수 있을까? 이 사회와 사회의 시민들은 이제라도 기존의 소통이 여성에게 일어나는 문제들을 누락시켜 왔다는 맥락에 주목하고, 그와 다른 소통 방식을 구체화해야 하는 게 아닐까?

여성의 언어가 예민하고 부정확하다는 비난 아래엔 지금의 소통 체계가 멀쩡하다는 순진한 믿음이 있다. 이해하기 쉽게 설명하라는 지적, 맥락을 고려하지 않은 정확한 언어 요청은 그들식으로 소통하기를 거부한 여성들에게 불통의 책임을 미룬다. 하지만 공유하는 언어는 소통의 기본 조건일 뿐 성립 조건은 아니다. 우리는 소통의 여부를 따지기 이전 가장 먼저 기존의 소통 체계 안에 여성을 위한 소통의 양식이 존재하기는 했는지 질문해봐야 한다.

기존의 소통 양식은 여성의 감각이나 삶을 정확하게 반영하지 못한다. 강남역 살인사건이나 미투, N번방같이 때마다 소환되는 '정확한 언어'—소위 두괄식 발화와 경제적이고 간결한 상황 설명, 피해를 수치화하거나 가시적으로 증명하려는 방식 따위—가 논지를 흐릴 뿐 근본적으로 상황을 바꾸지 못하는 건 이 때문이다.

타인의 좌절이나 분노 앞에 객관성 같은 언어의 의미를 운운하는 사람들을 본다. 언어에는 의미론뿐만 아니라 그 언어를 쓸 수 있는 환경이나 맥락을 말하는 화용론도 무척 중요하다는 걸 그들은 잊은 게 아닐까. 누군가의 현실 앞에서 매번 단일한 양식으로 언어의 효용이나 옳고 그름을 따지고 드는 사람들은 오히려 정확함과 가장 거리가 먼 방식으로 존재하고 있다. 그러한 방식은 무엇을 바꾸거나 생성해내기엔 너무나 게으르며 더 나아가 누군가를 지속적으로 해치기도 한다. 하나의 소통 양식이 지배적이던 이전의 환경은 N번방을 탄생시키는 데 지대한 공헌을 한 환경이라는 것을 그들은 정말 모르는 것일까.

이미 만들어진 언어에서 누구도 자유롭지 않다면, 우리는 어떤 언어를 만들어나가야 할까. 26만의 오차 범위가 어떻든 피해자는 숫자와 관계없이 단 한 명의 실루엣으로 하나의 성별을 체감할지 모른다. 모두 다르지만 같은 얼굴로 느껴지는 사람들, 명시적이지 않은 감정들. 피해자를 보며 함께 눈물 흘린 여성들은 그 모호함을 공유하고 있다. 그들은 이 모호함을 옮겨줄 더 정확한 언어를, 이를 설명할 소통의 양식을 바라며 분노한다. 그 맥락을 이해하는 데엔 분노와 슬픔과 애매하고 긴 호흡의 문장이 필요하고, 나는 여성들의 문장에 매일같이 귀를 기울이고 있다. 끊지 않고 들어야 알 수 있는 그들의 문장들이야말로 현 한국 사회에 가장 필요한 소통의 양식에 가까운 것 같기 때문이다.

# 7

## 거기 무해하려고 죽은 사람이 있었다

2020년 7월 15일의 기록

죽음은 많은 말을 불러 말문이 막히게 한다. 가슴이 파도치는 걸 참고 기다렸다. 사람들은 곧장 말해 버리는 데 익숙하니까, 무언가를 유예하는 법을 자꾸 까먹어 버리니까, 서둘러 결론을 내기보다는 잠시라도 혼란 속에 머무르고 싶었다. 그러니까, 박원순이 죽었다. 휘몰아치는 말들 중 어떤 건 가라앉고 어떤 건 떠오르길 반복했다.

이상하게도 박근혜 탄핵에 반응하던 엄마의 얼굴 같은 게 수차례 떠올랐다. 엄마는 박근혜 관련 이슈에 항상 공분했다. 그녀는 전라도 출신이라는 이유로 여러 폭력을 겪으며 살았고, 딸만큼은 다르게 살길 바라며 몸을 갈아 좋은 교육을 시켰다. 어찌 된 영문인지 엄마를 디디고 맞이한 더 좋은 세상에서 딸이 자주 마주치는 건 박근혜 지지자들이곤 했는데 그들은 으레 평범한 사람들이었다. 내 엄마의 지지분한 생 따위는 모를 그들은 선한 얼굴로 박근혜를 옹호했고 딸은 그 모순을 엄마에게 설명하지 못했다.

그러던 어느 날 박근혜는 탄핵되었다. 탄핵 선고에 펄 듯 기뻐하던 엄마는 박근혜가 교도소로 이송되는 모습을 보며 크게 슬퍼했다. 원하는 일이 일어났는데도 눈물을 흘렸고, 입 다문 박근혜 지지자보다 더 상실감을 드러냈다. 티브이 앞 하염없이 멍해지는 그녀가 나로선 의아했다. 엄마, 박근혜가 벌 받길 오래도 바랐잖아?

엄마는 자신이 분노했던 이유도, 박근혜가 벌 받길 바랐던 이유도, 벌 받는 박근혜를 보며 슬픔을 느끼는 이유도 같다고 했다. 사람은 다친 것을 볼 때 어쩔 수 없이 다친 얼굴이 된다고 했다. 승리한 사람이라기엔 자부심이 보이지 않는 엄마의 얼굴은 어딘가 훼손된 듯 보였다. 근래 겪는 일들을 상기하며 나는 어떤 문장보다도 그 얼굴을 곱씹었다. 설명하긴 어렵지만 내가 알고 싶고, 말하고 싶은 모든 게 거기 있는 거 같았다. 나는 배운 말을 아무리 뒤져보아도 엄마의 얼굴만 한 문장을 아직 찾아내지 못했다.

또 오래전 집주인 할아버지의 형상도 수 번 떠올랐다. 스물둘에 주먹보다 두꺼운 곰팡이와 썩은 물 누수가 심각했던 집에 살았다. 엉터리 리모델링으로 입주자 전체가 고통받았다. 집주인 할아버지는 잠적했고 능력 없는 시공자만 사태를 무마하고자 쩔쩔매며 빌라를 오갔다. 옆집 남자는 가만 안 둘 거라며 시공자를 윽박지르고 문을 걷어찼다. 굽신대던 시공자는 엄마나 내 앞에선 침을 뱉거나 반말을 일삼았다. 옆집 남자는 집주인과도 고함치며 통화했다.

여자만 사는 가구는 우리 집이 유일했고 집주인은 우리 집 전화만 유일하게 피했다. 집안에서 옆집 남자에 가장 가까웠던 건 나 하나뿐이어서, 마침내 몇 달 만에 집주인이 빌라에 나타난 날 나는 4층부터 1층까지 그를 따라가며 가만 안 둘 거야, 옆집 남자처럼 고함쳤다. 그는 계단을 굴러떨어지듯 황급히 도망쳐 내려갔다. 그의 흰 뒤통수에 대고 발악하는 나를 골목의 사람들이 힐끗거렸다. 세 모녀는 그 일이 있고서야 다른 집으로 거처를 옮길 수 있었다.

나는 그때 서늘하고 지저분한 빌라의 계단에 서서 축축한 난간을 붙잡고 헐떡였다. 이겼어, 해냈어. 눈물이 날 거 같았다. 이십 대 초반의 나는 승리가 그런 식으로 서럽거나 불쾌할 수 있을 거라고 한 번도 생각해보지 않아 어찌할 바를 몰랐다. 연민과 분노, 정당함과 초라함, 성취감과 수치심 따위가 섞였다. 내게서 도망치던 그는 돈이 많았고, 가부장적이었고, 문제를 회피하며 우리 집에 커다란 피해를 입혔는데도 불구하고 작고 보잘것없어 보였다. 그는 다리를 절면서 뛰었고, 머리가 하얗게 세었고, 주름지고 마른 입술로 가쁘게 숨을 쉬었다. 집주인 할아버지는 내 인생 최초로 나로 인해 겁먹은 남자였다. 마치 피해자는 내가 아니라 그 같았고 그 후 어찌 된 영문인지 나는 가해자를 해쳤다는 감각과 함께 살게 되었다.

소환되는 이런 장면들이란 묵직해 일상 내내 자국을 남겼다. 내 마음에 탄력이 없는 건지 무게가 많이 나가는 건지 분간되지 않았다. 가라앉지 않고 남아 있는 글자를 주워보지만 내가 무슨 말을 하고 싶은 건지 잘 모르겠다. 원하지 않는 부당한 일에 휘말리거나, 체념과 지속이 같은 말인 걸 깨닫거나, 죄책감이 태반인 승리를 힘없이 움켜쥐거나, 그도 아니라면 어떻게 살아야 할지 막막해지거나 하는 일이, 그러니까 내 의지와 무관하게 삶의 파편 혹은 파손된 삶이 주어지는 일이, 여성인 내가 한 명의 사람으로 존재하려 할 때마다 벌어진다는 것. 당장 명확하게 느껴지는 건 그런 것들이고, 나는 내가 무슨 얼굴을 가지고 있는지 궁금하다. 내 얼굴은 피해자의 얼굴 어느 한 귀퉁이와 닮아 있을까. 만일 그렇다면 나는 피해자를 조금 이해하고 있다며 그녀 가까이 있어 줄 수 있을까.

사람들은 피해자만큼이나 가해자가 되고 싶어 하지 않는다. 온전한 무해함을 믿고, 빠르게 선택하고 정리하고 생각을 도출해 유해함 바깥으로 간다. 그러나 이상한 말 같지만, 피해자조차 대상을 해치는 데서 자유롭지 않다. 누군가 나를 해할 때 나 역시 상대를 무슨 식으로든 다치게 해야만 이전 삶의 부분이라도 돌려받았으니까. 무해하고 싶어 하는 현대인 누구도 그런 감각을 피하라고 배운다. 그런 감각은 삶을 훼손하니까. 내게 미투 운동의 의미는 거기 있다. 때론 정당한 그 감각을 더는 피하지 않고 용감하게 맞서는 여성들에게서, 훼손된 얼굴과 유해한 존재로도 기어이 살아가기를 선택한 여성들에게서, 그것이 사람으로 존재하기 위한 측면임을 인정하는 여성들에게서 나는 자신을 지키는 방법을 배웠는데.

박원순은 죽었다. 무해하고 싶어서 죽었다. 살아 있는 누군가의 파손된 삶에 어떤 책임도 없이 죽었다. 죽음은 착잡하고 슬프지만 여기에 애도의 책임이 있을까. 다른 책임을 소거한 그가 그 책임만큼은 과연 남겨두었을까.

연인은 몹시 화가 나서는 박원순이 다 알고 그런 일을 해왔을 거라고 했다. 나는 그가 이 사안에 그렇게 화내는 사람임에 감사해하며 그 말에 반박했다. 아니야, 박원순은 정말로 몰랐을 거야. 나는 그 점이 며칠간 내가 느낀 가장 큰 절망이라고 말했다. 안희정이고 박원순이고 그들에게 화환을 보내는 이들이고 전부 제 행동이 여성에게 어떤 해를 끼치는지 사고해본 적조차 없었을 거라고도 했다. 그러니까 그들 모두는 자신과 자신이 속한 집단의 무해함을, 인간의 무해함을 믿었을 거라고 했다. 이건 뭔가 단단히 잘못되었어, 욕을 하는 내 앞에서 연인은 고개를 끄덕였다.

대답이나 결론보다 결국 물음이 남는 주말이었다. 이를테면, 이제 어떻게 해야 그녀에게 삶을 줄 수 있을까. 삶은 왜 그럴까. 왜 정당함조차 인간의 어딘가를 영구히 훼손시킬까. 사람은 왜 다친 걸 보기만 해도 저 자신이 다칠까. 제가 다치게 하면서도 다친 얼굴을 보고 왜 자기가 상처받을까. 제가 다쳤음에도 왜 자신을 다치게 한 상대가 다칠까봐 망설일까.

모두가 이토록 자신이 무해한 사람이길 바라는 걸 나는 도대체 어떻게 설명할 수 있을까. 어쩌면 개인의 기본값이란 타인을 상처 주는 데 있다고 가정해야 맞는 게 아닐까. 타인을 훼손하는 것이 그토록 두렵다면, 우리는 가장 먼저 다름 아닌 자신의 무해함부터 의심해야 하는 게 아닐까. 횡설수설해보지만 모르겠다. 나는 그저 피해자를 도울 일을 찾을 뿐이지만, 다시는 이런 일이 없을 수 있다면 나는 무엇이든 할 수 있을 거 같다.

# 4부

—

# 엉성한 사람

# 1

## 어느 날의 성형외과

살다 보면 뜻밖의 충동에 휩싸일 때가 있다. 내가 3년 전쯤 동네 성형클리닉에 불쑥 들어간 것도 그런 때였다. 그 무렵 취준생이던 나는 프랜차이즈 카페를 돌며 단어를 외우고 문제집을 푸는 하루하루를 거듭하던 중이었는데, 그날따라 옆자리에 앉은 남자가 거의 두 시간가량 쉬지 않고 허밍으로 정체불명의 노래를 불렀던 게 문제의 시작이었던 것도 같다. 나중엔 문제집이고 나발이고 신경이 쇠약해진 내가 그를 따라 허밍으로 닥쳐, 라고 말했으나 그는 아무래도 못 알아들은 거 같았다. 카페가 뭐 내 공간도 아니니 그에게 잘못을 물을 순 없었지만 그렇다 해도 두 시간씩이나 그러는 건 정말이지 좀 흉악하다는 생각이 들었으므로, 나는 그에게 허밍으로 쌍욕을 하며 짐을 싸 카페를 박차고 나왔다.

막상 나오고 보니 갈 곳이 없어 발 닿는 대로 걸었다. 해야 할 일이나 탈락한 면접이나 나를 도와주지도 알아주지도 않는 세상 같은 걸 생각하며 계속 걸었다. 그리고 사거리 횡단보도에

서서 긴 신호를 지루해하며 두리번거리다가 등 뒤의 성형클리닉 간판을 보았고 고작 간판이 내 눈에 보였단 이유만으로 무작정 그 건물로 들어갔던 것이다.

처음엔 순전한 호기심이었는데, 고백하자면 바깥 전단에 큼지막하게 적혀 있던 가격이 예상보다 쌌기에 나는 이런 생각을 하기도 했다. 노화가 구겨 놓은 미간을 보톡스로 다려 놓으면 좀 더 무해해 보이지 않을까, 그럼 취업이든 연애든 뭐라도 잘되지 않을까…. 엘리베이터 거울 속 패인 미간이나 각진 얼굴이 보기 싫게 도드라져 보였다. 나는 내가 스트레스를 핑계로 색색 곰돌이 젤리를 먹어치워 왔다는 걸 떠올렸다. 이봐, 넌 젤리 도살을 일삼는 성깔 있고 식탐 많은 사각턱이라고! 구겨진 미간이고 하리보로 생성된 저작근이고 조져야 마땅해 보였다. 징허게 안 풀리던 시기의 현대인은 바뀌지 않는 빨간불 앞에서 뭐라도 해야 했고 마침 눈앞에 그럴 구실이 나타난 셈이었다.

시간대도 어중간한 데다 서울 외곽의 동네여서 그런지 대기실은 한산했다. 짐짓 담대한 척 접수하던 중 나는 뒤늦게 두려워졌다. 사실 나는 귀를 27년 만에야 겨우 뚫은 쫄보이기도 했다. 내가 왜 여길 들어왔지, 좀 더 유명한 곳에 가볼 걸 그랬나, 검색이라도 더 해볼걸, 아니야 시술은 티도 잘 안 난다잖아, 의사랑 상담만이라도 해보지 뭐….

그렇게 후회와 충동을 오가며 기다리는데 정장 차림의 화사한 여성이 자신을 실장이라 소개하며 유리 벽 안에서 나를 불렀다. 바로 의사를 만나는 줄 알았던 순진한 나는 왜? 라는 의문을 품고 그녀 앞에 앉았다. 그리고는 곧바로 아차 싶어졌다. 이런,

공격수다…. 상담실장의 이마는 정교한 화장을 뚫고 신기할 정도로 번쩍거렸고, 나는 말발로 이 여자를 절대 이길 수 없을 거라는 걸 단번에 눈치챘다. 오늘 상담'만' 하는 건 불가능할 터였다.

전단 속 보톡스의 6배쯤 되는 가격의 보톡스를 권하는 그의 미소는 내가 발버둥 쳐봤자 흠집도 나지 않을 정도로 단단했다. 인강도 등록 못 했던 가여운 내 통장이 나를 저주하는 소리가 들렸다. 이 여자는 쪼렙인 니 카드를 긁게 하려고 태초부터 기다려왔어, 저 이마는 니가 하는 모든 말을 반사시킬 거야, 너는 카운터를 당해 빚더미에 앉겠지…. 밀려드는 예감에 나는 뭘 어디서부터 뱉어야 할지 어버버거렸다. 보톡스를 맞고 싶은데, 그게, 아직 못 정해서여…. 호구 찐따를 본 실장의 얼굴엔 벌써 승리의 빛이 완연했다. 그는 나에게 국산과 독일산 보톡스의 차이를, 정확하게는 독일산 보톡스를 맞아야만 하는 이유를 부담스러울 만큼 자세히 설명했고 나는 삼십 분 전 나의 충동을 몹시 후회하기 시작했다.

바로 그때 대기실에 앉아 있던 마스크 쓴 이의 언성이 약간 높아졌다. 대기실 내 맞은편 초조하게 앉아 있던, 살짝 드러난 피부가 눈에 띄게 울긋불긋한 중년 여성이었다. 유리 벽 너머로 이게 왜 내 탓인데? 같은 소리가 들려왔다. 상담실장은 마치 우리에겐 그 소리가 안 들리는 듯 활짝 웃더니 갑자기 내 등을 떠밀며 그럼 오늘 보톡스 맞으시는 걸로 알게요, 나머지는 선생님과 정해보시면 될 거 같아요~ 하고는 어쩐지 다급하게 나갔다.

그의 나긋나긋한 목소리가 사라지고서야 나는 짙은 안도감을 느꼈다. 사실은 그때 조용히 밖으로 나가 다음에 오겠노라 말하고 영영 사라지면 그만이었다. 하지만 나는 망설이다 굳이 복도 끝 진료실로 향했다. 어처구니없지만, 그 모든 상황에 주눅 들었으면서도 기왕 온 김에 의사의 소견을 듣고 가야겠다는 생각이 들었던 것이다. 나는 그때까지 내가 뭘 원하는지 그 충동의 근원을 전혀 알지 못했다.

앉아보세요.

쭈뼛쭈뼛 들어서자 생각보다 젊고 무표정한 의사는 대뜸 내 얼굴을 아이패드로 찍었다. 뭐야 이 사람, 했는데 남이 찍은 사진이 흔히 그렇듯 엉망진창 비대칭인 얼굴이 떡하니 큰 화면에 나타나 내 입도 떡 벌어졌다. 나쁘지 않은 줄 알았던 내 얼굴은 면밀한 단점들이 모인 낯선 풍경이었다. 같잖은 추억들이 스쳐 갔다. 와. 나 이 얼굴을 하고 남자도 꼬시고 예쁜 척도 하고…. 그랬구나, 면접은 이래서 안 된 거구나…. 아찔한 현실 앞에서 입 벌린 유인원에게 의사는 덤덤하게 말했다. 사람 눈은 초점 때문에 한 번에 하나밖에 못 봐요. 거울로도 자기 얼굴 전체를 절대 제대로 못 봅니다. 그래서 큰 그림을 보시라고 찍어서 보여드리는 겁니다. 여기가 어쩌고 저기가 저쩌고….

고등학교 때 즐겨 보던 온스타일이라는 케이블 채널에선 미국 드라마 〈섹스 앤 더 시티〉가 매일같이 방영되었다. 주인공 중 한 명이자 가장 거침없는 캐릭터인 사만다는 어느 날 자신의 가슴이 조금 작은 건 아닌가 싶어져 가슴 수술을 상담하러 간다. 성형외과 의사는 매직을 들고 그녀의 몸 여기저기를 표시하며 수술 계획을 세우고, 달라진 미래를 상상하며 흡족하게 서 있던 사만다는 거울을 보며 꽥 비명을 지른다. 뉴욕을 지배할 정도로 섹시하고 자신감이 충만하던 자신이 거울 속에서 시대의 낙서장

꼴로 서 있음을 발견한 것이다. 그러니 서울을 지배하긴커녕 상담실장에게 없는 돈까지 발릴 뻔한 쪼렙 유인원 입장은 또 어떻겠는가. 나는 의사의 말을 들으며 드라마에서처럼 그가 내 얼굴 구석구석에 하나하나 엑스자로 크게 낙서해두는 기분이 들었다. 뭐 나쁘진 않은데 미리 방지해야죠, 저작근도 발달되셨고, 미간도 패였고, 전체적 비대칭이네요, 꺼진 이마에는 필러를 맞으면 좋고…. 코에 모공 흉터는….

그리고 치솟는 답답함으로 말미암아 나는 내가 왜 거기에 있는지를 깨달았다. 아하! 사만다가 성형외과를 찾아간 건 자기 가슴에 만족을 못 해서가 아니라, 그 가슴으로도 훌륭하다는 소리를 듣지 못해서였구나! 바깥의 얼굴이 울긋불긋한 중년 여성 역시 마찬가지일 것이었다. 그러니까, **나는 그 무엇도 네겐 필요하지 않다는 말을 듣고 싶어 충동적으로 클리닉을 찾아간 거였다. 아무것도 필요하지 않은데? 이대로도 충분해, 당신 같은 사람을 몰라보는 사람들이 바보야 바보!** 막막했던 나는 어떤 권위자가 나의 충분함을 진단해줄 거라 믿었고 그런 싸구려 대사라도 리버브되어 들릴 거라 믿었다. 나는 선량한 의사와 선량한 자본주의에 감사하며 나에 대한 믿음을 다잡는 아주 멍청한 시나리오의 주인공이었던 것이다.

거기까지 생각이 미친 유인원이 습관대로 눈을 홉뜨자 의사가 미간을 손가락질했다. 또 이마로 눈을 뜨시네, 그렇게 미간 주름이 생기는 거예요. 그런 말을 하기엔 지도 뭐 썩 잘생기진 않아서 나는 갑자기 억울함이 부글부글 끓었다. 저기여, 그게 뭐 어때서여, 조디 포스터의 미간 주름이나 키이라 나이틀리의 엉덩이 턱은 개짱이라구여!

하지만 나는 내 발로 거기 간 거였다. 나는 조디 포스터도 키이라 나이틀리도 아닌 임지은이었고 임지은에겐 움푹 꺼진 미간이나 각진 턱이 문제가 되었다. 사진 속 고정된 얼굴이나 그 사진을 찍어준 의사는 이렇게 물어오는 듯했다. 너는 타인에게 조디 포스터나 키이라 나이틀리 급으로 진단받고 싶던 거잖아? 너도 그런 급이야말로 괜찮은 삶이라 믿은 거잖아? 그러니까 그건 맞는데, 또 아니기도 하다고. 나는 어쩐지 울고 싶어졌다.

나는…. 뭐라도 증명해보려고 했었을 뿌네여….

후에, 누군가는 이 얘기를 듣고 네가 너무 자존감이 낮은 게 아니냐고 물었다. 나는 그렇게 자존감같이 개인의 문제로 모든 걸 퉁치는 말이 퍽 억울했다. 그날 성형클리닉으로 나를 이끈 충동은 단순히 내 자존감이 낮아서 일어난 게 아닌 거 같았기 때문이다. 도리어 내 안엔 '내가 멀쩡하고 쓸 만한 사람이라는 걸 드디어 보여줄 수 있을 거야!' 유의 희망과 믿음이 존재했다. 단지 제아무리 스스로를 믿어봤자 누구도 알아주지 않는다면 소용없는 법이었다. 그걸 아는 사회는 늘 나 자신을 증명해내라는 듯 진단을 부추기곤 했다. 돌이켜보면 취업 준비란 내가 쓸 만한 사람인지 끊임없이 진단받는 과정이었다. 그게 잘 풀리지 않던 시기 나는 다른 어디에서건 진단받기를, 어떻게든 나를 인정받기를 간절히 원했던 것도 같다.

그리고 화면 속 커다란 내 얼굴처럼 심도와 초점이 없는 평평한 큰 그림 위주의 진단을 보면서, 나를 깊고 유심히 보지 않을 때만 드러날 엉망진창인 풍경이 나를 대변하는 일 앞에서 나는 결국 울적해져 버렸던 것이다. 그러거나 말거나 의사는 지뢰찾기를 하듯 고정된 화면 속 단점들을 덤덤하게 읊어갔다. 정말이지 그런 식으로는 누구도 하자에서 자유로울 수 없었다.

이보시오 의사 양반, 사람은 한 번에 하나만 제대로 볼 수 있다면서여….

아무튼 나는 소심해져서 생각했다. 진단 속 사진은 나였지만 누군가의 눈에서 나는 저렇게 생기지 않았을걸! 좋아하는 이와 대화할 때면 어디로 향할지 몰라서 내 눈은 흔들렸다. 가까워질수록 전체는 멀어져갔다. 왼쪽 오른쪽 눈을 번갈아 바라보다, 코로 미끄러지다, 귀, 눈썹, 입, 말투…. 하나하나 새기고 감각한 부분들의 조합이 남을 때에야 나는 누군가를 조금은 알게 된다고 믿었다. 사진 속 얼굴은 어떻게 찍어도 그 조합에 비해 낯설기 마련이었다. 다 보았다고, 다 안다고 생각했던 이들은 초점에 따라 때때로 전혀 모르는 누군가가 되었으며, 여러 관계의 시작과 결별은 내게 절대 상대의 전체를 알 수 없다는 걸 가르쳐주었다. 생각해보면 예쁜 척 치명적인 척은 분명 먹혔었고, 가까워질수록 상대는 결코 내 얼굴 전체를 볼 수 없었다.

전체를 보려는 사람은 나와 아주 먼 거리에 있을 뿐이라고. 초점 없이 누군가를 안다고 말할 수는 없다고.

결과적으로 나는 카톡을 보는 척하곤 급한 일이 생겼다고 말하며 자리를 떴다. 의사는 대수롭지 않게 내가 나가든 말든 차트를 보았다. 상담실장은 중년 여성과 함께 어디론가 사라져 있었으며, 대기실엔 여전히 클래식 음악이 흘렀다.

# 2

---

# 사랑에 무능했던 20대 후반의 초상

그해 여름엔 치가 떨릴 정도로 아팠다. 이마가 펄펄 끓거나 미열이 지속되는 가운데 제멋대로 잠을 잤다. 아침에 저녁을 먹고 저녁에 아침을 먹었는데, 이렇게 밤낮을 멋대로 바꾸어가며 사는 삶이 축복인지 지옥인지 도무지 알 수 없었다. 나는 아침과 저녁을 남들처럼 맞이하고 싶었을 뿐이었는데! 출퇴근이 그렇게 갖기 어려운 것일 줄이야…. 내 몸은 나를 원하는 어딘가가 있을까 앓는 듯했고, 의사의 진단은 그걸 꿰뚫은 듯 쉽고 명쾌했다.

산책하며 별도 쬐세요. 집에서 잘 드시고 잘 주무시고요. 다 스트레스야, 스트레스.

현대인 주제에 이 정도 가지고 병원에 온 게 죄라도 된다는 말투였다. 나는 의사에게 눈을 흘기고 싶었지만 그럴 힘조차 없었다. 아저씨, 너는 잘 지원받고 잘 배웠고 거절 따위 당해본 적 없지? 속으로 그를 씹었다. 열폭을 하면서도 의사가 처방해준 약은 열심히 먹었다. 마음이 아플 때 진통제가 실제로 도움이 된다더니, 정말 그랬다. 나는 내심 의사가 돌팔이고 나에게 잘못된 약을 처방해줘서 내가 더 아프길, 의사가 내게 미안하다고 석고대죄를 할 일이 생기길 바랐다. 타의에 의해 멈춰 있어야 하는 상황이, 사과와 위로를 듣는 상황이 오길 바랐다. 그러긴커녕 나는 멀쩡해졌다. 약발 한번 더럽게 잘 받는 몸이었다. 그렇게 다시 일상을 견뎌야 하는 시기가 왔다. 아프다고 미뤄둔 만큼 더 무거워진 일상이.

그래서 열심히 사는 척 몇 명의 남자를 아무렇게나 만났다. 무거운 일상을 견디는 데 사랑을 답처럼 여겼지만, 사실은 그냥 나를 원하는 '어딘가'가 필요했음을 그렇게 포장했던 거 같기도 하다. 내가 만난 남자들은 이미 번듯한 직장 같은 걸 갖고 있으면서도 나같이 그랬던 거 같다. 몇 해 지나지도 않은 지금 그들의 이름마저 잘 떠오르지 않는다. 누군가 나 몰래 머릿속 그들을 치대다 한 덩어리로 대충 뭉개 놓기라도 한 듯 기억 대부분은 곤죽이 되어 있고, 딱히 멀쩡한 놈을 바란 건 아니지만 정말 없구나, 했던 진심 어린 감탄만이 또렷한 것이다. 다만 몇몇은 특징으로나마 뇌리에 남아 있는데, 버리고 싶은 그 기억은 20대 후반 내가 사랑에서 먼 곳으로 흘러가고 있었음을 말해준다.

**스쿼트**는 당시에 잘나가는 콘텐츠 회사에 다녔다. 그가 내 엉덩이가 예쁘다고 놀라워하던 날 나는 조금 우쭐해져 자기 전 스쿼트를 20회 정도 하고 잤고, 그게 둘 사이 존재했던 가장 큰 노력이었다. 취향이 딱히 믿을 만한 보험이 아니라는 걸 몰랐던 시기, 스쿼트의 문화 취향은 그럴 듯했고, 나는 영화나 책을 좋아하는 남자를 만날 때마다 그가 괜찮은 남자일 수도 있다는 막연한 착각으로 곁을 내주는 관용을 부리곤 했다. 스쿼트는 취향을 과시하다 못해 내가 떠오른다며 불란서 물을 잔뜩 먹은 한 진보 여성 논객의 책을 권유하거나 홍상수 영화를 추천했는데, 그 모든 걸 봐버린 나는 곧 그가 나를 무엇으로 착각하고 있는지, 그러니까 나를 만남으로써 그 자신이 어떤 존재가 되고 싶었던 건지 알 수밖에 없었고 그런 게 좀 뻔뻔스럽게 느껴졌다.

아무튼 그가 내게 준 영향이라곤 내가 누군가를 그렇게 막 만날 만큼 무기력했으며 제대로 된 남자를 만나는 건 취향보다는 확률 싸움이라는 걸 다시 인지하게 만들었다는 것이었는데, 한마디로 내게 있어 스쿼트는 까먹어 버리기 충분한 사람이었다. 다만 스쿼트 입장에서는 내 엉덩이가 잊히질 않는지 쌩뚱맞은 타이밍에 자꾸 연락을 해서 자신을 내 기억에 억지로 남겼다. 그게 썩 유쾌하진 않아서, 나는 스쿼트가 문자라도 보낼 때면 그가 항문 소양증이라도 걸려 엉덩이를 긁다가 나를 완전히 잊어버리길 기도하곤 했다.

**예비신랑**은 경상도 특유의 무뚝뚝함과 우직함이 돋보이는 남자였다. 유럽 여행 민박집에서 내게 반했다던 그는 몇 달 텀을 지키며 몇 년 동안 꾸준하게 연락해왔다. 그러다 우리가 한국에서 처음 만난 날, 그는 모를 테지만 나는 어쩌다 한 번씩 찾아오는 급똥으로 창백해진 채 핑계를 대고 황급히 집에 돌아갔던 기억이 난다. 어쨌든 꽤 오랜 시간이 지나 두 번째로 만난 날 다음부터 예비신랑은 나와 곧장 결혼을 생각한 거 같았다. 그는 목디스크 증상으로 빌빌거리는 나를 보고 눈물을 글썽이며 값비싼 마사지 샵으로 데려가거나, 양은 찔끔 주고 돈은 많이 받는 곳에 앉혀 놓고 밥을 먹이며 가족 이야기를 하고 결혼과 우리의 미래 같은 걸 말했다.

참 다정했고 돈도 많고 듬직한 남자였는데, 글쎄 단 한 번도 내 글을 읽지 않았다. 거짓말을 조금 보태서 나는 상대방이 내 글을 읽었는지 안 읽었는지 알 수 있는 초능력이 있었고, 내 초능력에 따르면 그는 내가 어떤 부인이나 엄마가 될지는 관심이 있었지만 내가 뭘 하고 싶어 하는지는 관심이 없었다. 내가 연락을 줄이자 예비신랑은 몇 달 안 지나 다른 여성을 만났고 그녀와 결혼했다. 이런 말은 뭐하지만 신부는 묘하게 나와 닮아 있었는데 예비신랑이 나를 잊지 못해서 그런 건 결코 아니었다. 그는 머리가 치렁치렁하고 여리여리한 이미지를 선호했고 당시 그녀도 나도 그런 이미지였다는 말이다. 예비신랑은 내가 아닌 그런 누구와도 결혼할 사람이었다.

오빠는 이 근처 살아.

단연코 **오빠이즈**의 기억은 독보적이다. 오빠이즈는 정말 '오빠는'거리는 걸 좋아하는 사람이었다. 그가 저렇게 내 서식지 근처에 산다고 뻥을 쳤던 게, 훨씬 멀리 잘사는 동네에 사는 주제에 그런 척까지 해가며 나를 만나려던 게 기특해 시작된 만남이었다. 나는 그때까지만 해도 오빠이즈같이 좋은 교육을 받고 좋은 회사를 다니는 사람에게 거는 기대가 남아 있었는데, 왜냐면 내가 그런 회사와 그런 사회에 대한 미련이 있었기 때문이다. 과연 오빠이즈는 매너 있었고 선도 넘지 않았으며 나름 괜찮은 감각의 소지자였다. 더해 그는 결혼하기 괜찮은 남자로 보였고 그런 걸 은연중 그놈의 오빠는, 하며 어필하곤 했다. 마침 나는 결혼을 하고 싶고 말고를 떠나 결혼하기 좋은 사람을 만나는 것과 그렇지 않은 사람을 만나는 건 완전히 다른 문제라고 생각하던 참이었다. '결혼하기 좋은 남자'는 적어도 똥을 피할 수 있는 최소한의 필터 같았기 때문이다.

그리해 나는 그와 우아하게 커피를 마시며 미래에 대한 그의 시각을 조심스레 떠보곤 했고 반포의 한 카페에 앉아 떠들던 날도 그랬다. 오빠이즈는 미래에 두 명 정도의 아이를 갖고 싶다고 했다. 신기한 게 그의 아이는 어떤 모습일지 상상이 가는데 그 곁에 내가 있을 거란 상상은 영 쉽지 않았다. 상상력이 후달리는군, 이라고 생각하며 나는 의학이 더 발달할 미래에도 아래를 찢는 건 무섭다고 말했다. 오빠이즈는 자기 누나도 애 둘 낳고 멀쩡하다고, 요즘은 의학이 발달해 애 낳다 죽지는 않는다고 젠틀하게 답했다. 그 말을 하는 낯이 해사했다.

오, 네놈 고추도 한번 찢어보고 그런 소릴 해보시지. 의학이 발달해 죽지는 않을 텐데!

지금 생각해보면 딱 이렇게 말하고 그때 끝냈어야 했는데, 나는 그러지 못했다. 우선 오빠이즈는 치밀할 정도로 선을 넘지 않았는데 한마디로 나에게 내 애 둘을 낳아줘, 라고 말하거나 암시하는 법이 없었다. 그런 암시나 강요도 불쾌했겠지만 그런 암시가 아예 없는 것 또한 설명하기 어렵게 불쾌했다. 그와 나는 미래를 이야기할 때마다 서로가 그 미래에서 삭제된 그림을 묘사하는 것처럼 말하곤 했는데, 내가 저렇게 말하는 건 나 혼자 선을 넘어 버리는 일이자 묘하게 자존심이 상하는 일이었다. 그럴 정도로 그를 좋아하진 않았다. 그럼에도 나는 여전히 연애 비슷한 감각이 필요할 만큼은 공허해서, 그렇게 그어둔 선을 결코 벗어나지 않는 만남이 지속되었다. 나로선 살면서 처음 겪는 방식의 만남이었다.

흔한 말다툼 한번 없이 한 8주가량 만났나, 데이트는 기이하고 꾸준하고 평화롭게 이어졌다. 맛있는 걸 먹고 유명한 곳을 구경했다. 그러던 어느 날 오빠이즈와 들렀던 모텔 엘리베이터에서 나는 함께 탄 중년 커플을 빤히 바라보았다. 나에게 사람을 꼼짝 못 하게 만드는 힘이 있다고 믿고 싶었기 때문이었다. 그때 나는 뭐라도 내 맘대로 하고 싶었지만 뭘 하고 싶은지는 모르는 불만 상태에 줄곧 머물렀던 거 같다. 중년의 남녀는 나와 눈이 마주치지 않기 위해 애썼고 나는 좀 온순해져 그들의 신발로 눈길을 돌렸다. 투박한 갈색 등산화와 생채기 난 검정 에나멜 구두가 거의 틈 없이 붙어 있었다. 전혀 다른 재질의 두 신발은 잘 어울렸다. 오빠이즈의 신발이 무엇이었는지는 기억나지 않지만, 내 신발과의 거리는 기억이 난다. 두 신발은 일정 거리를 준수하는 법이라도 있다는 듯 항상 예의 바르게 떨어져 있었고 모텔에서조차 그랬다.

엘리베이터 문이 열리자마자 중년 커플은 후다닥 밖으로 나갔다. 남자 곁에 꼭 붙은 여자가 민망했다고 호들갑을 떠는 소리가 멀리서 들려왔다. 그에 반해 나오던 모텔에서 나는 아무 부끄러움도 느끼지 못했다. 어색함도 두려움도 없던 상태는 용기나 뻔뻔함이 아닌 무의미에 가까웠는데 스스로 너무 아무렇지도 않던 나머지 나는 어쩐지 내가 망가졌다고 느꼈다. 오빠이즈도 타인을 크게 개의치 않는 듯 보였는데 그 타인엔 나도 포함된다는 걸 알 수 있었다. 그는 차 문을 열어주었고 나는 그의 차에 들어앉았다. 운전하는 오빠이즈의 좋은 시계가 선득하게 빛이 났다. 승차감 참 좋았다. 길가에 울퉁불퉁함 같은 건 없다는 듯 매끄러이 흘러가는 값비싼 차 속에서, 나는 더는 이런 식으로는 안 되겠다고, 이렇게 다 좋은 식으로 어디론가 흘러가게 둔다면 흘려버린 나를 영영 되찾지 못할 거 같은 기분이 들었다.

오빠 나 사랑해요? 난 아닌데 우리 왜 만나지?

그 주말 나는 처음이자 충동적으로 제동을 걸었고 저런 낯간지러운 질문으로도 관계는 끝났다. 제대로 된 질문은 상황을 바꾸기에 충분한 법이었다. 아는 척을 좋아하고 주절주절 말 많던 오빠이즈는 처음으로 입을 다물었고, 나는 자존심이 와장창 상했지만 한편으로는 그런 질문을 하고 관계를 짓밟은 나 자신의 용기에 어쩐지 뿌듯해져 집으로 걸어 들어왔다. 저녁에 전화를 건 오빠이즈는 특유의 매너를 발휘해 말했다. 오빠는 그렇게 생각하지 않지만 지은이가 원한다면 그렇게 해야 하는 거겠지. 그는 끝까지 오빠는, 을 고수했고 나는 별 대답 없이 전화를 끊었다.

오빠이즈와 만나던 시기 모든 건 정말로 매너 그 자체였다. 그리고 그를 만나며 나는 비로소 누군가를 애정하던 내 마음이란 단 한 번도 추잡하지 않았던 적이 없었다는 걸 알았다. 선을 넘는 건 선을 넘지 않는 것만큼 중요했다. 젠틀한 오빠이즈는 나를 비둘기 똥만큼도 사랑하지 않았다. 나도 그랬다. 스쿼트는 질척거렸고 예비신랑은 적극적으로 구애했지만, 오빠이즈는 질척거리지도 구애하지도 않았다. 나도 그랬다. 그렇지만 쌤쌤은 중요한 문제가 아니었다. 중요한 건 그 8주가 사랑을 하지도 받지도 못한 내 인생 최초의 만남이라는 사실이었다.

함량 미달의 끌림이나 제 감정에 취한 꼴사나운 초상처럼, 그전까지의 만남은 엉망이었던 반면 어느 한쪽에서건 사랑이 있었다. 그러나 그런 것에 어느덧 익숙해진 이십 대 후반, 나와 한 남자는 사랑 없이도 매너 있게 8주나 만난 것이었다. 매끄러운 나머지 그보다 더 길게 이어질 수도 있는 만남이었고, 아무것도 없는데도 지속된 만남이었으며, 각자의 빈 공간을 정해진 선만큼만 메우면 그만인 만남이었다. 새롭고 공허한 방식의 만남이 내 세상으로 들어오려 하고 있었다. 그걸 깨닫자, 어떤 이들이 위협을 섞어 예언하듯, 이십 대가 끝나가며 내가 가진 정말로 중요한 무엇이 끝나 버렸거나 스러져가는 거 같았다.

그래서 한번 또 아팠다. 뭐라도 무너뜨리고 싶었는지 어딘가 자꾸 무너졌다. 손톱이 부러지고 잇몸이 줄곧 부었다. 이를 닦고는 피를 뱉었다. 혓바늘이 잔뜩 돋은 혀로 입 안을 훑으면 아무도 오지 않는 미끄럼틀에서나 날 법한 맛이 났다. 그 위로 말도 식욕도 미끄러져서, 나는 놀이터의 죽은 모래처럼 가지런하게 누워 무엇에라도 짓밟히길 기다렸다. 어떤 결벽증 환자가 내 안을 남김없이 청소하고 사라진 것 같았다.

나는 더 이상 사랑이 불가능한 무능 속으로 발을 디뎠을까 두려웠다. 다시는 추잡하게 굴 일도, 추잡함을 볼 일도 없을까 겁이 났다. 작은 일에도 세상이 무너지는 일은 더 이상 없을 거라는 듯, 위험도 모험도 없을 거라는 듯, 내가 그어 놓은 견고한 선이 영원히 나를 보호할 것만 같았다. 이름도 기억나지 않는 오빠이즈는 그 가능성을 최초로 명확하게 보여주었다. 그거야말로 그가 곤죽 속에서 기어이 살아남은 이유일 것이다.

나는 그 정도로 사랑과 멀리 떨어져 보고서야 정돈된 나의 무능보다 무능한 사랑이 훨씬 낫다고 생각하게 되었다. 질척거리고 추잡하고 손쓸 도리가 없이 꼴사나워도 그 편이 나은 것이었다. 찾아간 병원에서 의사는 그 전과 비슷한 약을 주었지만 낫는 데는 전보다 더 오래 걸렸다. 내 몸은 자의로 무언가를 부수고 있었다. 그해 가을, 나는 무능해지지 않기 위해 온몸으로 분투했다.

# 3

—

# 전 연인의 결혼 소식

중고등학교 땐 툭하면 떡볶이를 먹었다. 나는 ㅇ여고 앞 지저분한 지하 분식집의 즉석 떡볶이와 딸기 빙수를 좋아했는데, 어두컴컴한 분식집에서 입가와 교복에 떡볶이를 묻혀가며 쉼 없이 떠들곤 했다. 한창나이라 먹기도 아는 척하기도 바빴다. ㅇ여고는 학생들이 헤프다는 소문이 있었다. 저기는 둘이 들어가서 셋이 나온대. 어릴 적 친구는 뜻도 모르면서 속삭였고 나도 뜻도 모르면서 웃었다. 나중에 너는 내가 그런 식으로 떠들거나 떡볶이를 퍼먹던 그때부터도, 그리고 그 전부터도 나를 알고 있었다고 했다. 가끔 너와 나는 함께 아는 동네 여자애들에 대해 떠들었다. ㅇ여고 여고생들을 보면서 거기 출신 친구에 대해 말하기도 했다. 그때마다 너는 꼭 힘주어 말했다.

너는 옛날부터 남달랐어, 걔네랑은 완전히.

나는 네 말에 뛸 듯이 기쁘고 가슴이 벅차올랐던 걸 기억한다. 잠을 자려다가도 설레서 이불이 부풀어 오르곤 했다. 네 말은 내가 특별하다는 증거같이 느껴졌고 나는 그토록 찾아 헤맸던 그 증거들을 수집하며 견뎠다. 너와 나는 들뜬 마음으로 서로가 남다르다 해주었다. 그러나 지금 와서 생각해보면, 그런 구분을 하지 않았다면 너와 나는 좀 더 오래 행복했을 거라는 생각이 든다. 타인을 평평하게 묶어 버리고 나를 혼자 남겨두는 식의 남다름이 별다른 무엇도 주지 못한다는 걸 그때의 우리는 몰랐으니까. 우리가 남다를 어떤 증거나 근거도 되지 않는 그런 말들은 결국 생각만큼 특별하지 못했던 그때의 우리를 궁지에 몰아넣었지만. 그래도 그렇게 말해가면서까지 나를 응원하려던 마음 역시도 기억하고 있다. 그때는 너도 나도 그 마음을 먹고 자랐다.

학생 때보다 성인이 되어 ㅇ여고 앞을 자주 갔다. 네가 그 주변에 살았고 우리는 곧잘 네 집 근처에서 만났으니까. ㅇ여고까지 버스를 타기엔 애매해 걸었지만, 빠른 내 걸음으로도 삼사십 분이 걸렸다. 가는 길엔 학교가 많았다. 학교 주변 풍경은 어느 시기에서 멈춘 듯해서, 낡은 훌라후프가 마구 걸려 있는 문방구나 텁텁한 간판의 학원 혹은 얼굴만 바뀐 벤치의 노인을 지나치는 동안만큼은 시간이 지나고 있다는 느낌이 들지 않았다. 늘 네게 말했던 것처럼 네게 가는 거리가 문제 되지 않을 만큼 나는 그 길을 아주 좋아했고, 네 제대를 기다렸던 내게 그 정도 거리쯤이야 코앞으로 느껴질 만큼 짧았기도 했다.

내가 걷고 걸어 도착해도 먼 대학을 다니는 네 하교는 항상 늦어서, 나는 너를 기다릴 양으로 ㅇ여고 앞에 오래 서서 아이들의 하굣길을 구경했다. 치마가 깡총한 학생들이 쏟아져 나왔고 여고생들은 나풀나풀 가볍고 무해해 보였다. 치마는 무서운 소문 값을 못 했고 그 애들은 앞으로 뭐라도 바꿀 수 있을 것처럼 웃었다. 그 웃음은 미래를 상상하게 만드는 웃음이었는데 어째 나는 거기 보답하지 못하는 미래의 당사자가 된 기분이 들었다. 괜히 그들 가까이 걷다 멀어지는 뒷모습을 물끄러미 보다 보면 명치가 저렸다. 그들을 나와 분리해내던 것도 잊은 채 나는 그들 중 하나가 되기를 바랐는데, 무엇이든 좋으니 가능성이 되고 싶었던 거 같다.

그렇게 빠르게 늙어 버렸거나 틀려 버린 기분이 절정에 달할 때쯤 너는 버스에서 내려 나를 보고 곧잘 뛰어왔다. 짧은 거리인데도 굳이 뛰면서 팔을 흔들고 바보처럼 구는 네게 나는 최고로 환하게 웃어 보이며 오래 기다리지 않았다고 했다. 나는 잘 걷고 잘 서 있는 사람이라고, 다리 아프지 않다고, 괜찮다고. 그건 사실이지만 거짓말이기도 했다. 그러면서 나는 스스로를 좋은 사람으로 여겼다.

헤어지고 어쩐지 너보다는 다른 걸 많이 떠올렸다. 이를테면 네 강아지. 털의 고슬고슬한 촉감이나 체온, 달고 비린 숨, 하도 흔들어대는 통에 작은 몸에 어울리지 않게 단단하던 꼬리 같은 거. 싸우고 한참 지나 너와 내가 화해하던 날에, 오랜만에 산책을 시켜주자 뭘 안다는 듯이 내 품에 파고들어 눈물을 흘리던 작은 얼굴 같은 거.

야, 얘 울어. 너랑 나는 강아지의 눈물에 마구 웃었는데 안 그러면 우리가 같이 울까 봐 그랬다. 산책하다가 강아지와 함께 우는 일이란 너무 우습고 슬프니까. 지금도 사랑의 역할이나 효용 같은 걸 생각하면 목적 없이 오래 걸어도 덜 비참하게 해주었던 네 강아지를 생각한다. 멍청하고 꼬리가 단단하고 산책을 좋아하는 강아지가 있어 다행이었다. 네 가족은 몇 달 간격으로 점점 더 작은 집으로 이사했고, 나는 미리부터 작은 반지하에 살았다. 같이 공부를 하고 각자의 집으로 돌아가는 날이면, 우리의 연애란 꼭 서로 잘 아는 세계로의 귀환 같아서 발버둥을 쳐도 벗어날 수 없을 거란 예감이 들었다. 특별하긴커녕 평균조차 쉽지 않아서 가까운 서로에게 생채기를 내며 버텼다. 너와 나는 자주 미안한 것과 무안한 것을 혼동해서 싸웠고, 남들처럼 데이트하지 못해서 싸웠고, 서로에게 무엇도 해주지 못해 싸웠고, 도무지 앞이라곤 보이지 않아서 싸웠다.

뭐라도 탓할 걸 찾아야 했던 날들이었고, 남다른 서로를 사랑했고 남다르지 못한 서로를 미워했다. 좋은 사람 같은 기분을 주거나 다리가 튼튼해질 뿐인 만남에도, 산책에 질리지 않아 하던 강아지는 그런 너와 나를 사랑했다. 우리라는 묶음을 가장 사랑한 건 네 강아지였는지도 모른다.

또 뭐더라, 한번은 홍대를 지나다가 네 상병 포상 휴가 때 갔던 고깃집을 지나가면서 울어버린 적도 있었다. 헤어진 지 한참 지나 네가 그립지도 않았고 너를 잊고 살던 때여서 나는 당황했다. 그 고깃집은 지나고 보니 그저 그런 평범한 음식점에 불과했다. 별거가 별거 아니게 되는 일들은 시간이 흐를수록 점점 흔하고 빈번해 울 만한 일도 아니었는데도 나는 어떤 고등학생들이 모여들어 담배를 태우는 골목으로 다급하게 들어가 엉엉 울어야 했다.

그때 너는 그 고깃집에서 가장 비싼 메뉴였던 항정살을 시키고는 어딘지 안절부절못한 채 고기를 구웠다. 짧은 머리를 감추기 위해 모자를 쓰고 그럼에도 벗지 못한 군인 태를 물씬 풍기며, 나랑 좋은 밥을 먹고 싶어 오랫동안 장소를 뒤졌다고 고백했다. 겨울인데도 땀을 흘리는 너에게 용기를 주고 싶은 마음으로 나는 된장찌개를 크게 한 입 떠먹고 쌈도 잔뜩 싸 먹었다. 맛있었다. 그때도 나는 스스로를 좋은 사람으로 생각했다.

그 기억에 급습당하자 문득 누군가 나를 위해 알아본 고깃집에 가서 맛있다고 호들갑을 떨며 밥을 먹던 게 까마득하게 오래전 일이라는 생각이 들었고, 오래전 일이기 때문에 너와 내가 그저 어렸을 뿐이었다고 느꼈다. 이미 다 늦어 버리고 늙어 버렸다고 여기던 너의 어림과 나의 어림이 너무 안쓰러워졌고, 그 시절로 돌아가고 싶진 않지만 그럼에도 그 시절은 잊거나 잃어버리고 싶지 않은 무엇이어서, 어떻게 기억에 붙잡아두어야 할지 몰라 그저 정말 어렸구나, 하고 몇 번이고 되뇌며 나는 한참 운 후에 화장을 고치고 골목을 나섰다. 흡연하던 학생들은 사라진 후였다. 그들도 나만큼 당황스러웠을 것이다.

네가 나를 떠났을 때 나는 네가 나를 버렸다고 생각했다. 사람이 사람을 버릴 수 있나 잘 모르겠지만 그럼에도 유기된 감각은 오래 남아서, 네 강아지처럼 울면서 되돌아온 너에게 상처 주기 위해 나는 최선을 다했다. 너는 괜찮은 척했지만 아니었을 것이다. 괜찮은 척하던 나 역시도 하나도 괜찮지 않았으니까. 너에게 큰 상처를 주고 헤어지고서야 나는 너를 상처 주기 위해 최선을 다한 게 실은 나를 망가뜨리기 위해 최선을 다하던 것과 같다는 걸, 괜찮은 척하거나 괜찮다고 말한다고 결코 괜찮아지지 않는다는 걸 알았다.

서로랑 결혼은 못 하겠구나, 우리가 서로를 구해줄 수는 없겠구나. 그 이유로 불행했던 어린 너와 나를 추억하다 보면 네가 나를 데려다주겠다 우기던 날이 떠오른다. 너와 나는 내가 걸어온 길을 함께 되돌아갔고, 손잡고 걷던 인적 드문 골목엔 학교만큼이나 돌담도 많았다. 축축하고 정겨운 돌담은 꼭 거듭된 엑스 표시처럼 보여서 틀려도 괜찮다고 허락받는 기분이 들었다.

나는 항상 집에 혼자 갈 수 있다고 했지만 실은 네가 나를 집까지 데려다주는 게 무척 좋았다. 그처럼 연인이란 집에 데려다주고 손잡을 수 있을 뿐이라는 걸 알았다면, 누구도 서로의 구원이 될 수 없다는 사실을 미리 알았다면, 실은 우린 남다르지 않고 그런 게 하나도 괜찮지 않다고 말했다면, 오히려 너도 나도 조금은 더 견디고 덜 다치지 않았을까. 혼자 뭐라도 해내려던 우리가 실은 여리고 어렸을 뿐이었음을, 홀로서기보다 돌봄을 바랐음을 외면하지 않았다면 설령 미래가 틀려먹은 관계라도 더 따뜻하지 않았을까.

그런 생각을 하며 가끔 그 동네를 가게 될 때마다 ㅇ여고로 향하는 길을 다시 걸었다. 너를 추억하려고 그랬다기보다는 그 길이 너와 만나던 시기에 좋아져 버렸기 때문에 그랬다. 걷다가 운이 좋으면 돌담 너머 울려 퍼지는 종소리를 들을 수 있었다. 성인이 되고 들은 종소리는 그립기보다 의아했다. 나는 어느덧 공부를 하거나 집에 가라고, 밥을 먹거나 쉬라고 나를 위해 종을 쳐주지 않는 나이를 살게 되었으니까. 너도 나도 그렇게만 하면 다 괜찮을 것처럼 말해주고 돌봐주던 세상을 떠나 버렸으니까.

그 근처 집값이 비싸다면 틀림없이 이 종소리 때문일 거라고 확신하면서 나는 종소리를 끈질기게 훔쳐 들었다. 혼자 버티는 삶에는 훔쳐 듣는 종소리가 필요하기도 했다. 너는 모르겠지만, 너와의 만남이 끝난 이래 그렇게 나는 어디서든 격려를 찾아내는 솜씨가 늘었다.

네 결혼 소식을 전해 들은 날, 오래전 서로 없인 못 살 거라던 착각과 생채기가 정말로 지나갔음을, 한 시절이 더 이상 존재하지 않음을 새삼스럽게 떠올렸다. 그 시절 그토록 바라던 미래에 도달하게 된 너를 생각하면 미지근하면서도 아득해졌는데, 나는 그 감정이 지금껏 겪어본 적 없던 기쁨이라는 걸 알았다. 사람은 구원이 될 수는 없지만 서로를 극복할 수는 있다는 듯이, 우리는 서로를 소멸시키며 과거의 상상력을 넘어선 게 아닐까.

이제는 나를 살갑게 맞이하던 네 어머니나 너희 집 특유의 김밥, 너를 기다리며 서 있던 오래된 빌라 초입의 젖은 냄새, 너의 강아지, 네가 내 어깨에 두르던 팔의 무게, 좋은 사람이 된 듯한 기분 같은 게 사라진 시절에 대한 느슨한 기억으로 남았고, 그 자산으로 나는 괜찮지 않음을 인정하는 사람이 되어 내 연인을 돌보고 연인 역시 그가 가진 자산으로 나를 돌본다. 평범한 만남이자 순환되는 돌봄 속에서, 어쩌면 나는 이제 삶에서 분리나 구분 없이도 사람을 사랑하는 방법을 조금 알게 된 것도 같고, 점차 더 묽어질 네가 점차 흐려질 나를 어떻게 기억해도 괜찮다는 생각이 든다.

# 4

—

# 내 친구 김진희

중학교 때 나랑 김진희는 같은 화실에 다녔는데, 수업이 끝날 무렵 김진희를 데리러 온 진희네 아줌마는 예쁜 다리가 드러나는 바지를 입고 꽃이 장식된 검정색 키튼힐 쪼리를 근사하게 소화한 모습이곤 했다. 나중에 김진희는 그 쪼리를 맨날 훔쳐 신고 학원에 왔다. 우리 집을 아무리 뒤져도 그런 물건은 없었다. 김진희가 입고 오는 티셔츠도 제법 근사했는데 주로 압구정 멋쟁이인 제 오빠의 티셔츠였다. 역시, 우리 집엔 그런 물건은 없었다.

그러니까 김진희는 쪼리를 훔쳐 신고 오빠 티셔츠를 훔쳐 입고 멋지게 나타나서는, 나로 하여금 제가 훔쳐온 걸 흠모하게 만드는 그런 애였다. 심지어 김진희는 짜증 나게 공부도 잘했고 그림도 잘 그렸고 의리도 좋았으며 친구들에게 인기도 많았다. 그런 김진희를 볼 때마다 나는 늘 내가 김진희의 단 하나의 친구가 아니라는 것에 스트레스를 받았다. 내가 김진희를 소중하게 여기는 만큼 김진희에게도 내가 소중하기를 바라며 김진희를 힐끗거리곤 했다.

한번은 고3 입시 시기 점심시간에, 급식실에 내려가지 않고 교실에서 김진희 핸드폰으로 사진을 구경하고 있었다. 훔쳐보려던 건 아니었는데 마침 문자가 왔다.

나는 임지은 싫어. 불편해.

김진희가 임지랑 같이 밥 먹으면 어떻겠느냐고 여기저기 보낸 문자에 답장이 온 거였다. 그 시기에 나는 따돌림을 당하고 있었다. 그런 따돌림은 싸우고 물리칠 수 있는 명확한 대상이 아닌, 저항할 수 없게 내려앉은 분위기 같은 거였다. 밤마다 아이팟에 하루치의 음악을 잔뜩 업로드해 놓아야 다음 날 모르는 척 간신히 버틸 수 있는 그런 거. 나는 매일 귀에 이어폰을 꽂았고, 급식 대신 싸 온 도시락을 먹거나 밥을 굶곤 했다. 그날 텅 빈 교실에서 나는 김진희의 핸드폰을 함부로 계속 여닫으며 문자를 보고 또 봤다. 임지은이 싫고 불편하다는 문자를 한 번 읽고, 임지랑 같이 밥 먹자, 그 문자를 두 번 읽고, 그렇게. 그 문자를 훔쳐보고 지옥 같았던 고3 시절을 견뎌냈다. 나중에 이 얘기를 해줬더니 김진희는 가슴을 쓸어내렸다. 야, 니 뒷담화도 많이 했는데 네가 본 문자가 하필 그 문자라 다행임, 하고 제 발 저려 했다.

김진희가 대학을 졸업하고 베를린으로 가던 날, 나는 배웅하고 돌아오는 공항버스에서 꺽꺽 숨차게 울었다. 버스가 둔촌동과 올림픽공원을 지날 땐 그 길을 지나며 내가 김진희에게 짜증냈던 걸 생각하며 울었다. 모두가 갔던 중국 수학여행에 저 혼자 가지 않았던 김진희를 생각하며 울었고, 교무실에서 우리 둘의 이름이 불렸던 날, 김진희에 따르면 불쌍한 애들만 주는 장학금을 전교에서 딱 우리 둘만 받았다는 걸 알아버린 그날에 서로 눈을 피하며 어색하게 웃었던 걸 생각하며 울었다. 졸업식 날 이혼한 부모 사이에서 어떻게 해야 할지 저 혼자 고민했을 김진희를 생각하며 울었고, 임지랑 밥 먹자, 나한테 한 것도 아닌 그 말을 떠올리며 울었다.

말하지 않아도 알 수 있을 것만 같은 말들이 김진희와 내 사이에 있었다. 버스 기사는 눈이 부어 터덜터덜 내리는 나를 볼썽사납다는 듯이 쳐다보았다. 그날 밤 잠자리에 들면서 그 말들이 김진희와 나 사이를 이전처럼 지켜주길, 떠나지 않고 우리 사이에 있어 주길 기도했다.

몇 해가 지난 지금은 좀 다르다. 나는 김진희가 서울시 베를린동에 있다고 생각하고 김진희가 한국에 올 때마다 동네 사는 친구를 오랜만에 본다는 느낌으로 집을 나선다. 걔가 왔거나 간다고 난리법석 떨지도 않고, 단톡방은 가끔 무척 시끄럽다가도 대부분 조용한 상태로 지속된다. 뭐 대단한 이별이라고 그만큼씩이나 울었던 걸 생각하면 정말이지 너무나 귀엽고 하찮다. 여전히 우리에겐 말하지 않아도 알 수 있을 것 같은 말들이 있고, 사람은 간사하다 보니 김진희에게도 내가 소중하다는 걸 알게 된 이제는 김진희가 좀 귀찮기도 하다.

얼마 전 김진희는 심상찮은 카톡을 보냈다.

**나 헤어졌어, 당분간 나 좀 신경 써 줘. 아침에 잘 일어났는지, 밥은 잘 먹었는지 물어봐 줘.**

명령조인 걸 보니 상황이 심각했다. 이런 명령에는 바로 응해야 했고, 이런 걸 돌봄이라 할 수 있는지는 모르겠지만 나와 오자현은 단톡방에서 돌아가며 김진희를 돌보았다. 뭐 해, 밥 먹었어, 똥은 잘 쌌어. 그런 걸 물으며 들어보니 오랜 시간 사귀던 남자친구가 헤어지자고 한 모양이었다. 그간 위태위태했다는 건 알고 있었지만 하필 지금? 김진희의 엑스는 좋은 사람이었지만 그 애에 대해 내가 아는 좋은 점을 모조리 취소하고 싶을 정도로 비겁한 행동에 나는 짜증이 났다. 코로나 사태 중에, 그것도 독일에서 지랑 같이 산 추억이 그대로 묻어 있는 집에 갇혀 있는 김진희를 혼자 두고 한국에 들어와 헤어지자고 하다니. 시부럴 놈. 망할 놈. 토사물 같은 놈.

사람들이 다 연락하지 말라면서 지들은 한 번 이상씩 연락해봤더라?

ㅋㅋㅋㅋㅋㅋㅋ뭐랠ㅋㅋㅋ 그래도 하지마 절대. 나중에 이불 차.

ㅋㅋ 다 짜증 나. 지들도 못 하면서 나보고 왜 하지 말래.

가끔은 한글에 ㅋ이 있어서 다행이라는 생각이 든다. 내 한 몸 건사도 바쁜 삶 속에서 먼 타지의 친구에 대한 염려는 온종일 붙어 있지 못하니까 내 염려란 불쑥불쑥, 정도였고 그래서 미안했지만 어쩔 수 없이 나는 대화에 ㅋ을 최대한 적절하게 붙이려 노력했다. 갈고리같이 생긴 ㅋ이 김진희의 뭐라도 붙잡게 해주길 바라며 생각했다. 김진희. 혼자서 자취를 하고 혼자 독일에 가서 혼자서 살아남고 있는, 내가 아는 인간 중 가장 옴팡진 여자 사람. 걱정하지 말자. 그렇지만 그런 옴팡진 인간일수록 무너지기 쉽다는 걸 나는 아는데…. 어쩌지….

그러자 생뚱맞게도 몇 해 전 추석에 김진희가 우리 다 결혼하지 말고 셋이 살자고 하던 게 떠올랐다. 꼭 그러자는 식의 선

전포고였는데 늘 그런 식으로 귀엽고 귀찮은 게 김진희의 흠이자 매력이다. 다만 김진희 매력은 면 요리에도 있어서, 그 말을 꺼낼 때 오자현과 김진희와 나는 김진희의 진두지휘하에 라면을 후룩후룩 다섯 개도 넘게 끓여 먹고, 졸여 먹고, 비벼 먹는 중이었고, 같이 살면 한 달에 5킬로그램 정도씩 불리는 건 일도 아닐 터인지라 나는 점잖게 거절했다.

그때 우리는 술안주로 미혼 여성이자 진상인 한 교수의 행패를 결혼과 결부 지어 말하다가 반성하기를 반복하고 있었다. 오자현도 김진희도 결혼하기 싫다고 했는데, 그들에 따르면 이 사회가 여성의 모든 흉을 결혼과 연관시키기 때문이었다. 거기다 셋 중 둘이나 이혼 가정의 자녀였으므로 우리는 결혼에 실패한 이들에게 사람들이 어떻게 구는지 또한 나름 잘 알았다. 온갖 똥 같은 사례를 언급하며 우리는 남자와 함께 사는 일이 얼마나 타당하지 않은지에 대해 떠들어댔다. 그럼에도 나는 셋이 살자는 말에 농담을 더할 뿐 끄덕이진 않았다. 나는 나에게 좀 놀라서 속으로 생각했다. 나, 그래도 결혼은 하고 싶은 건가? 그게 뭔지 그렇게 보고 알고도? 그 사이 술에 취한 오자현은 김진희에게 핀잔을 주었다.

찐, 근데 너는 전 세계서 가장 힙한 벌린에 살면서 왜 한국의 우리를 찾아?

오자현이 타박할 만큼 김진희는 베를린에 산 다음부터 부쩍 우리와의 삶을 갈망하는 것처럼 굴었다. 그리고 오늘 아침에도 김진희는 이별의 상처로 힘들어하는 카톡을 남겼다. 횡설수설하는 카톡창을 보면서 왜 그런 생각이 들었는지는 모르겠지만, 나는 어쩐지 김진희가 우리와의 삶만 갈망한 건 아니었을지도 모른다고 생각하게 되었다. 가장 같이 살고 싶던 건 남자친구였을지도 모른다고. 소중한 누군가가 저렇듯 무책임하게 사라져 버릴까 쭉 두려웠을지도 모른다고. 그리고 어쩌면, 김진희도 꼭 나처럼, 그래도 결혼은 하고 싶은 건가 스스로에게 물었을지 모른다고도 생각했다. 우리가 아는 모든 것에도 불구하고 혼자란 너무 외로우니까.

하지만 며칠 뒤 김진희는 생각 못 했던 또 다른 카톡을 시전했다.

애두라. 나ㅠㅠ 부탁이 하나 있음. 돈 부탁인데;;; 내가 담 주 중에 바로 줄 수 있는데 당장 필요한데 11만 원 보내줄 수 있니.

옹, 찐 계좌 보내줘.

알바 중이던 나보다 발 빠른 오자현은 김진희에게 이유를 듣지도 않은 채 돈부터 보냈다. 셋은 그런 사이다. 다만 김진희가 돈을 빌려달라 하는 일은 거의 없다 보니 뭔지 궁금해 오자현은 비자 때문이냐고 물었고 김진희는 상담 때문이라고 했다.

갑자기 상담?

스카이프로 받을 거임. 여기서 받음. 독어나 영어로 해야 하는데 더 스트레스일 거 가터.

ㅋㅋㅋㅋㅋㅋ김진희답다ㅋㅋㅋㅋㅋㅋ

화상 스카이프 상담ㅋㅋㅋㅋ대미친ㅋㅋㅋㅋㅋ후기 들려줘ㅋㅋㅋ

역시 가만히 침잠해 있을 김진희가 아니었고 얼마 지나지 않아 김진희는 진짜로 상담을 받은 후기를 들려줬다. 살면서 그런 게 있는지도 몰랐던지라 김진희표 흥미진진한 '내돈내산' 스카이프 상담 후기를 기대했는데 별건 없었다. 얘기를 시작하자마자 울어서 기억이 안 난다나.

5분 만에 울기 시작해서 끝날 때까지 울었다고 말하는 김진희에게 나와 오자현은 상담사란 정말 극한 직업이라며 ㅋ을 남발했다. 김진희도 ㅋ을 남발하며 그 와중에도 가난한 자아를 뽐내느라 11만 원이 아까워 꾸역꾸역 뭐라도 다 뱉었다고 했다. 주변에서도 상담사도 김진희에게 자꾸 상담이 필요 없다고 해서 아니라고 했다고 했다. 왜 그렇게 생각하느냐고 묻자 그건 모르겠다고 엉엉 울었다고 했다. 나는 좀 미안해졌다. 그렇게 꾸역꾸역 뱉으면서 울 수 있는 애를 두고 내가 ㅋ의 효용이나 찾아 헤맸던 것에 대해서. 어쨌거나 쓸모나 필요가 없는 짓을 하는 건 어느 긴급 상황에서나 꽤 효용이 있어서, 김진희는 한결 나아졌다고 했다. 그러더니 우리에게 위풍당당한 명언을 남겼다.

**원래 인생엔 행복이 디폴트가 아님.**

과연 베를린 거주자는 철학적이었던 것이다.

김진희는 요즘 통 카톡이 없다. 제 성격상 이제 징징거리기 민망하기도 하겠거니와, 좀 더 쿨하고 튼튼하고 괜찮은 척하고 싶어서일 수도 있겠다. 척하다 보면 이따금 진짜로 그렇게 되기도 한다는 걸 김진희는 잘 알고 있다. 어차피 뭘 해도 괜찮은 동시에 안 괜찮을 것이다. 이별한 사람들이 늘 그렇듯 별수 없이 어느 날이면 딱 죽고 싶겠지만, 울다가도 배는 고프고 밥은 차려 먹어야 하며 그렇게 밥을 차리다 보면 죽고 싶었던 이유를 잊어버리니까. 그런 스스로를 혐오해가면서, 세상은 존나 치사하고 행복은 디폴트가 아니라고 받아들이면서.

바쁘게 지내는 거 같은 김진희를 생각하면 나는 다시 여기 저기 상처받은 여성의 회복력이나 재생력에 감탄한다. 한때 흠모했던 게 부끄럽지 않을 정도로 대단한 김진희. 가끔은 하찮은 김진희. 그래서 내가 더 사랑하는 김진희. 저기 먼 베를린에서도 김진희 같은 여자애는 씩씩하게 살아가고, 그런 여자애에 대해 길게 쓰는 일이란 이 시국의 나에게 너무 큰 위로가 된다.

# 5

## 나의 게이 친구 슈에무라

얼마 전 싸이월드가 소리 소문 없이 폐업했고, 그제야 나는 그 애, 슈에무라를 떠올리며 그 애를 잊고 살았다니! 하고 놀랐다. 더 이상 싸이월드도 슈에무라도 없다는 게, 그 두 묶음처럼 어떤 시기를 차지했던 기억들이 내 현재에 실존하지 않는다는 게 진짜 이상하다. 지금도 슈에무라를 떠올리면 그 애가 싸이월드 BGM으로 설정해둔 일본 노래—정확하게는 모르지만 아무튼 일본 애니메이션 노래—같은 게 생생하게 기억나는데 말이다. 그 애가 필터를 이빠이 올려 찍었던 셀카도, 미니홈피 메인에 늘 그런 셀카를 걸어놓던 것도 기억난다. 아, 슈에무라는 꼭 턱을 치켜들고 셀카를 찍었지. 아무튼 유행했던 그 필터로 사진을 수정하면 디테일이라곤 다 날아가 버려서, 내 얼굴의 디테일을 날려 버리고 싶었던 시기에 나도 그 필터를 애용하곤 했다.

이런 말은 좀 이상하지만 슈에무라와 나는 A의 미니홈피에서 처음 만났다.

A와 나는 고등학교 친구로 한때 가까웠던 사이었다. 나중엔 쌩을 깠는데 왜 쌩깐 건지 십 년도 넘은 지금 정확한 이유를 콕 집기는 어렵다. 나는 매번 누군가와 가까워진 이유보다는 멀어진 이유를 잊어버린다. 다만 A가 슈에무라에 대해 어마어마하게 떠들었던 건 잊을 수가 없는데, 고등학교 시절 어디서도 들을 수 없던 이야기에 나 포함 A 주변의 모두가 숨죽인 채 귀를 기울였었기 때문이다. 게이 친구가 있다, 내 싸이에 있는 누구다, 남고에서 아웃팅을 당했다더라, 게이끼리 섹스는 이렇게 한다더라…. A가 슈에무라와 친구라는 사실은 A를 남달라 보이게 했고, 나는 그 이후 A의 미니홈피를 타고 종종 슈에무라의 미니홈피를 구경했다.

어쩌다 A가 슈에무라와 과시하듯(그니까, 그런 게 과시가 되었다!) 전화 통화를 할 때면 나도 옆에서 안녕? 말을 걸었고 슈에무라도 나에게 안녕? 해주었다. 그게 뭐 웃기다고 A와 나와 수화기 너머 그 애는 자지러졌다. 내가 슈에무라를 알고 있듯 그 애도 이미 나를 알고 있었다. 서로 싸이 일촌까지는 아니었지만 슈에무라와 나는 마치 우리가 오랜 친구인 양 A의 미니홈피에 나란히 댓글을 달기도 했다. 나중에야 문득, 내가 슈에무라를 미리 알았던 식으로 슈에무도 미리 나를 알았던 걸 수도 있겠다는 생각이 들었다. 그 시절 섹스를 해본 여자애는 많지 않았고 특히나 내가 다니던 학교처럼 경직된 학교에서는 더 드물어서, A와 가깝던 때 나는 누구에게도 말 못 할 내 고민을 털어놓곤 했다.

거기까지 생각이 미치자, 나는 다 지난 일임에도 A에게 원치 않는 섹스나 산부인과를 가는 두려움 따위를 최대한 명랑하게 털어놓았던 걸 뉘우쳤다. 어쨌거나 슈에무라 같은 애도 나 같은 여자애도, 관계가 시작되기 전부터 상대가 미리 알고 있을 법한 부류에 속했다. 들어본 바 그런 경험은 나보다 슈에무라가 훨씬, 훨씬 더 많았지만, 그래도 우리에겐 아주 조금은 비슷한 구석이 있었다는 소리다.

역시 이런 말은 좀 이상하지만, 슈에무라와 '실제로' 처음 만난 곳은 건대의 룸카페다.

기억은 흐리지만 아마 우리는 역 앞에서 만나 다소 어색해하며 조금 떨어져 걸었을 거고, 나는 그 애의 살짝 둥글둥글한 등을 바라보며(실제로 본 그 애는 사진보다 살집이 좀 더 있었고, 덕분에 나는 왜 그 애가 매번 턱을 들고 사진을 찍었는지 깨달았다) 억지웃음을 띤 채 건대 앞 정신 사나운 거리를 지났을 거고, 마침내 쩐내가 풍기는 계단을 올라가 그 애가 검색해 찾아냈다는 그 룸카페에 도착했을 것이다.

거기서부터는 좀 더 또렷하다. 민트색 페인트가 군데군데 벗겨진 룸카페 초입엔 당시 유행하던 체리 향 양키캔들이 무려 세 개나 타들어가고 있었다. 심각하게 달달한 냄새에 나는 숨이 막힐 거 같았는데 슈에무라는 닥터페퍼 향이 난다고 좋아했다. 벽면엔 젠가나 할리갈리, 다빈치 코드 같은 보드게임이 거의 해진 상태로 놓여 있었다. 어색한 나머지 그 애는 괜히 그런 걸 헤집으며 우와, 를 남발했다. 나는 뭘 해야 할지 모르겠어서 눅은 시리얼과 고깃집에서 후식으로 먹을 법한 삼색 아이스크림을 그릇 수북하게 담는 데 집중했다.

허접한 보드게임과 간식을 한 아름 안고 들어선 방은 천장이 전부 트여 있었는데 방이라기보다는 마치 미로처럼 벽으로만 구분된 네모난 공간에 가까웠다. 슈에무라도 나도 남의 혐오를 의식하는 사람들이었고, 굳이 룸카페에 간 이유가 무색하게 하는 말이 천장으로 모조리 새어 나갈 거 같았다. 내가 무심코 천장을 다 까놓고 무슨 룸카페야, 하고 투덜거리자, 슈에무라는 한 술 더 떠 커플만 오는 룸카페에 어쩌자고 천장을 뚫어놨는지 궁금하다고 했다.

누가 룸카페서 보드게임을 해, 차라리 콘돔을 놔두지.

으악! 나는 껄껄 웃다가 용기 내어 살짝 슈에무라의 둥근 등을 터치했다. 슈에무라는 기꺼이 등을 내주었다. 우리는 안 친한 사람들이 어색함을 지우려고 과하게 노력할 때나 나오는 행동을 거듭했다. 그러나 어색함도 잠시 나는 금방 슈에무라에게 친밀함을 느끼게 되었는데 슈에무라의 피부가 내 기가 죽을 정도로 희고 예뻤기 때문이다.

나도 어디 가서 한 피부 하는데 너한테는 명함도 못 내밀겠다.

내가 피부를 칭찬하자 슈에무라는 기쁘다는 듯이 대꾸했다.

장난 아니지?

그러고는 기다렸다는 듯이 가방에서 메이크업 베이스를 꺼냈고, 거리낌 하나 없이 메이크업 베이스를 쭉 짜 내 손등에 발라주었다. 슈에무라의 손길은 놀랄 만큼 부드러웠다. 이 베이스는 튜브형이라 위생적이야, 너는 피부가 살짝 노랗네, 나도 그런데. 너는 건성이네, 나도 그런데. 기지배, 피부 결이 좋네, 나도 그런데….

급기야 슈에무라는 내 얼굴에 베이스를 콕콕 찍어 발라주기까지 했다.

언니, 남자를 꼬시려면 화장품은 좋은 거 써야지?

으악! 나는 또 껄껄 웃었다. 분명히 아까보다 농도 짙은 웃음이었다. 야, 너 방판이지? 하는 내 말에 그 애도 껄껄 웃었다. 언니, 이거 백화점 1층 화장품이잖아, 누가 슈에무라를 방판해? 이쯤 되면 눈치챘겠지만, 그 메이크업 베이스는 슈에무라—내 게이 친구가 아닌 일본 화장품 브랜드—거였다. 우리는 간식을 집어 먹으며 본격적으로 떠들기 시작했다. 다행히 손님은 우리뿐인 것 같았다. 너무 허접한 룸카페라 사람들이 없어서 다행이라고, 실은 그걸 노리고 여기로 온 거라고 슈에무라는 능청을 떨었다.

어쨌거나 화장품 같은 걸로도 긴장은 무너질 수 있었다. 거울 속 내 피부는 정말로 남자를 꼬셔도 괜찮을 것처럼 환해 보여서, 그날 나는 그 애를 따라 건대 앞 백화점 슈에무라 매장에 들러 똑같은 걸 샀다. 슈에무라는 내 인생 처음으로 백화점 화장품을 추천해준 친구였던 셈이다.

그 무렵 나는 학교로 막 복학한 참이었다. 학과제 이전 마지막 학부제 학생이던 나는 반수를 하겠답시고 휴학을 한 탓에 2학년임에도 전공이 없었다. 전공 특성상 나같이 다시 학교로 돌아온 반수 실패생이 많았다. 그들 대부분이 내가 들어가려는 과를 희망했고, 학교에서는 그해 끝자락 학점 평균에 따라 과에서 남은 자리를 배분하겠다고 했다. 반수 실패도 모자라 전공 선점까지 실패하는 건 생각만으로도 끔찍해 나는 학점을 잘 받으려고 안간힘을 쓰고 있었다.

수강한 수업 중 하나는 심리학 대형 강의로 새내기들이 많이 듣는 수업이었는데, 기말고사 대신 팀플 발표로 성적을 매겼다. 정신을 차려보니 조원 중 가장 나이가 많았던 내가 4조 조장이 되어 있었고, 학기가 늘 그렇듯 시간은 물 흐르듯 흘러 어느덧 우리 조가 발표할 시기가 다가왔다.

4조에게 주어진 주제는 동성애였다.

팀플을 준비하면서 나는 새내기나 인터넷 검색이 내게 어떤 가능성도 주지 않으리란 걸 깨달았다. 성인이 된 즐거움을 만끽하느라 바빴던 새내기 몇몇은 조 모임 때마다 별의별 핑계를 대고 빠졌다. 회의랍시고 모인 자리에서 아무렇게나 긁어 온 자료를 내밀고는 동성애는 당사자가 아니라 잘 모르겠어요, 하고 하품하기도 했다. 인터넷 검색도 별 효용이 없었다. 2010년에(지금도 크게 달라진 바는 없는 거 같지만) 매체에서 동성애를 다루는 방식은 당사자들을 이해하는 데 전혀 도움이 되지 않았다. 그래서 뭐 어쩌라고, 없어지라고? 숨으라고? 싶은 기사가 대부분이어서 여러모로 똥줄이 탔다.

음지의 게이 커뮤니티는 들어가기조차 어려웠고, 혹시 들어가게 되더라도 이성애자인 내가 무언가를 물어볼 자격이 있는 건 아닐 거라서, 나는 하릴없이 도서관만 오갔다. 동성애 관련 서적은 주로 여성학 섹션에 놓여 있었는데 디자인이 후진 낡은 책이나 딱딱한 논문이 대부분이었다. 물론 성과는 있었다. 나는 책 먼지를 맡으며 몰랐다곤 할 수 없지만 몰랐던 것들을 새삼 알게 되었으니까. 동성애…. 자기 의지와 무관하게 한 개인에게 주어진 정체성…. 페미니즘과 같은 맥…. 인정되지 않는 동등함…. 치유하거나 교정하려던 폭력…. 폭력…. 예시…. 또 예시…. 하지만 그뿐이었다. 당연하고 올바른 그 말들은 너무 딱딱해서 설득력이 느껴지지 않았다.

그러자 생뚱맞게도 슈에무라가 생각이 났다. 내가 아는 게

이, 그니까 내게 성 정체성을 밝힌 게이는 그가 유일했고, 오래전 A는 슈에무라가 자신이 게이라는 사실에 전혀 움츠리지 않는다고 했던 게 기억났기 때문이었다. 종일 고민하던 나는 싸이월드 로그인을 했다. 쌩까서 일촌도 끊은 A의 미니홈피를 타고 슈에무라의 미니홈피로 들어갔다. 네가 나를 기억할지 모르겠어, 나는 너를 기억해, 내게 이러이러한 일이 있는데 혹시 실례가 아니라면 네게 궁금한 걸 물어보아도 괜찮을까…. 주절주절 그런 말들을 몇 번이고 지웠다가 다시 쓰길 반복하며 그 애만 볼 수 있는 비밀 방명록을 남겼다. 초조하게 그 애의 셀카를 보거나 애니메이션 BGM을 들으며 삼십 분인가 기다렸나, 슈에무라는 흔쾌히 답글을 남겼다. 그래 좋아, 아예 만날까?

그렇게 우리는 오프라인에서 만나 룸카페를 갔고, 졸지에 같은 브랜드의 메이크업 베이스를 쓰게 되었고, 이따금 만나서 떠드는 사이로 지내게 된 것이다. 그땐 그런 우리의 관계가 설명하기 어렵고 황당하고 비현실적으로 느껴졌는데 써놓고 나니 꼭 그렇지만은 않은 거 같다. 그렇다곤 해도 슈에무라와의 만남은 내 인생의 커다란 사건 중 하나였는데 나는 이전까지 슈에무라만큼 자기 자신을 잘 아는 사람을 만나보지 못했기 때문이다. 그랬던 우리가 왜 멀어졌는지 그 이유는 기억나지 않는다. 당시의 비공개 일기나 방명록에 그 증거가 남아 있을 수도 있겠지만, 이제 싸이월드는 영원히 사라졌다. 기억을 SNS에다 맡긴다는 건 그토록 무섭다. 어떨 때는 슈에무라를 만났던 게 실재했던 일인지 헷갈리기도 한다.

그러나 상상이라기엔 슈에무라와 떠들었던 내용이 아직도

귓가에 맴도는 것 같다. 그 애가 알려주는 게이의 삶이란 도서관 책에 비하면 너무 생생한 나머지 나는 발표 준비 같은 걸 까맣게 잊은 채로 집중해 듣곤 했다. 그때는 관종이라는 말 대신 나댄다, 는 말을 썼는데, 슈에무라는 한참 떠들다가도 너무 많이 말한 사람 특유의 겸연쩍은 표정으로 자기가 너무 나댔느냐며 잠깐 멈추기도 했다. 나대는 걸 좋아하는데 그간 말할 곳이 없었다는 그 애 표정이 좀 서글퍼 보였다.

남고를 다녔던 슈에무라는 학교에서 아웃팅을 당해 여러 명에게 맞았고 그 후로 또래 친구를 많이 잃었다고 했다. 여기에 디테일하게 쓰진 못하지만 슈에무라가 당한 일들은 A에게 들었던 것보다 훨씬 끔찍했는데, 그런 걸 전하는 그 애의 말투가 명랑해서 더 그렇게 느껴졌다. 내가 복잡미묘한 심정으로 표정을 구기면 슈에무라는 게이 세계에서 자기 포지션으로는 미모가 받쳐주어야 하는데 살이 쪄버린 바람에 스트레스를 받는다거나, 그럼에도 꼬시는 데 성공한 애인과의 연애사 같은 이야기로 황급히 화제를 돌렸다. 바텀은 안 좋아하지만 그걸 감내하며 만날 만큼 자기 애인이 몹시 섹시하다고 자랑하면서 애인과의 스티커 사진을 보여주기도 했다.

나는 남자와 남자가 그렇게까지 가까이서 서로를 맞대고 있는 사진을 이전까지 본 적이 없었다. 낯설었던 만큼 보기 좋았다. 남자에 대한 관심, 애인에 대한 사랑, 외모에 대한 고민…. 그 애와의 대화는 또래 친구와 떠드는 것과 거의 비슷했고 실제로도 그랬다. 돌이켜보면 나는 그가 게이라서 겪는 이야기보다 게이인 그가 나와 비슷한 감성선을 가지고 있다는 사실을 가장 생생하게 느꼈던 것도 같다. 그런 건 책에 나오지 않았다.

무엇보다 그가 상상이 아닌 이유는 그가 실제로 내게 학점을 선물했기 때문이다. 내 조 발표 준비를 빙자해 나와 떠들던 슈에무라는 급기야 내 팀플 발표에 게스트로 나와주겠다고 선언했고 나는 입을 쩍 벌렸다. 동성애가 주제인 발표에 실제 게이가 등장하는 시나리오는 상상도 못 했던 일이었고, 내 가슴은 학점에 대한 기대로 부풀어 올랐다. 그래도 괜찮겠느냐는 들뜬 내 말에 그 애는 여대니까 안전하지 않겠느냐고 괜찮다고 했다. 나는 나대는 걸 좋아하니까 뭐 야한 얘기도 실컷 해줄 수 있고, 하며 슈에무라는 아주 우쭐한 표정을 지었다.

우리는 신이 나서 무대 동선이나 대본을 잔뜩 준비했다. 슈에무라는 내 발표가 끝난 뒤 QnA 시간에 등장하기로 했다. 나도 그 애도 다들 궁금함이 넘치는 나머지 열띤 질문을 쏟아낼 거라 완전히 믿어 의심치 않았다. 우리 또래는 혈기가 끓어넘치는 시기를 보내고 있다고, 다들 속으론 음탕해서 야한 얘기를 좋아해 이것저것 물어올 거라고, 여자애들과 자기는 그런 식으로 잘 통한다며 슈에무라는 킬킬거렸고 나는 맞장구를 쳤다.

그러니 그 애가 위아래 흰색으로 빼입고 머리에도 배에도 잔뜩 힘을 준 채 소극장 같은 커다란 강의실로 걸어 들어왔을 때 흘러들었던 정적이나, 어쩐지 그 정적이 주욱 이어지던 것. 거의 둘 셋 정도만 질문을, 그것도 안 해도 좋을 법한 구린 질문을 했다는 거나, 길게 배정했던 QnA 시간이 남는 탓에 우리는 마이크를 들고 아무도 웃지 않는 농담을 주고받으며 마무리를 했다는 것. 일이 있어 먼저 가겠다며 혼자 어두운 교정을 걸어가던 그 애의 둥근 등 같은 것이나, 거기 묻어 있는, 누구도 자신에 대해 제대로 궁금해하지 않는다는 것에 받았을 상처 같은 것, 그애도 나도 상상하지 못한….

그런 건 도무지 잊을 수가 없다. 성적은 A+를 받았다.

나는 매번 누군가와 가까워진 이유보다는 멀어진 이유를 잊어버린다. 슈에무라와도 왜 멀어졌는지 정확하게는 기억나지 않는다. 그 시기 내가 마음의 여유라곤 없었던 것과 누가 먼저랄 것도 없이 차츰 연락이 뜸해졌다는 정도만 기억이 난다. 나는 아르바이트를 세 개로 늘리며 바빴다. 사귀던 사람에게 사기를 당하는 토 나오는 연애를 했으며, 꽤 높았던 성적에도 결국 원하지 않는 전공으로 배정받아 큰 충격을 받았다. 학교에서는 단 두 명을 제외하고 스무 명에 가까운 이들을 인원이 모자란 전공에 몰아넣었는데, 그때의 열패감이 묵직했던 나머지 상처 입었을 그 애를 챙기지 못했을 수도 있고. 아니면 관계란 가끔 이유 없이도 떠내려가기도 하니까 이유 같은 건 없었을 수도 있다. 아, 싸이월드에서도 사람들은 떠나갔다.

하지만 얼마 전 나는 동생에게 이렇게 말했다. 이상하지 않다고 증명해야 하거나 반대로 이상함을 증명해야 하는 관계에서는 멀리 도망가라고. 나에 대한 증거는 나뿐이니까 증명할 필요는 없다고. 어쩌면 그래서 슈에무라도 멀리 도망간 거 아닐까. 증명하지 않으려고. 그 애는 그 애 자신이 나와 같다고 증명하거나 나와 다르게 특별하다고 증명하려고 애쓰던 과정 중에 날 만난 건 아닌지. 나는 그 애의 남다름 혹은 나와 같음을 그 스스로 증명해보라며 부추기고 이용해버린 건 아닌지. 만일 그렇다면 나는 그 애에게 용서받을 수 있는지….

그런 걸 궁금해하면서, 내가 아는 첫 게이가 자신이라는 것에 감사하라던 슈에무라에게 나는 무한히 감사하고 있을 뿐이다.

# 6

## 승객과 택시

정자동으로 가는 택시 안이었다. 끙끙대며 짐을 옮기느라 느릿느릿 탄 스스로가 민망해 기사님께 괜히 말을 걸었다. 서울에서 경기로 가는 거라 좀 죄송하네요. 마침 카카오 본사 앞에 가야 한다며 괜찮다 하신다. 모인 동료 만나러 가죠, 뭐. 기사님이 참 깍듯하셨다. 우리는 한 시간 동안 드문드문 이야기를 나눴다.

대중교통보다 택시가 절대적으로 빠르다 보기는 사실 어렵다. 주말 오후 집에서 정자동까진 지하철이나 택시나 50분에서 1시간 정도로 비슷한 시간이 걸리는데, 굳이 택시를 이용한 건 이동하는 동안 내 영역을 쾌적하게 지키고 싶었기 때문이다. 무거운 짐과 더불어 주중의 여러 일로 내 몸은 한없이 처져 주말의 지하철을 감당할 자신이 없었으니까. 그런 사용자의 마음을 헤아리지 못하는 기사들은 많았다. 개시를 여자가 했다고, 카드를 낸다고, 가까운 거리를 간다고 기사가 대놓고 기분 나빠하는 일은 꽤 흔했다. 반말이나 승차 거부야 수두룩했고, 정치 얘기를 꺼내며 대화를 강요하는 분들도 있었지.

솔직히 다 굶어 죽어봐야 해, 배들이 불러서 말이야, 택시가 없으니까 얼마나 도로가 편해? 회사원 친구의 말에 끄덕인 날도 그런 택시를 만난 날이었다.

불쾌했던 기억을 조심스레 꺼내는 내게, 기사님은 조용히 고개를 떨궜다.

예전 택시는 전문직과도 같았어요. 그때 잘 벌던 분들은 아직도 못된 버릇이 남아 있는 경우가 많아요. 참, 죄송하네요….

기사님은 말끝을 흐렸다. 제가 슬픈 건 아무리 노력해도 한번 나빠진 택시 이미지는 안 돌아온다는 거예요. 지금도 이미 막 대하시는데, 더 그러실까 겁이 납니다. 기사님의 한숨에 나는 괜한 죄책감으로 황급히 덧붙였다. 에이, 어느 집단이나 당연히 이상한 사람은 꼭 있어요, 택시라고 없겠어요? 그게 전체는 아니죠!

그렇죠, 그렇죠. 희끗희끗한 뒤통수가 고개를 끄덕였다. 기사님의 뒷머리는 하얗게 세어 있었다.

욱할 땐 저도 욕해놓고, 택시에 관한 사람들의 반응에 나는 많이 당황했다. 나쁜 기억이 더 강하게 남았을 뿐 택시는 급할 때마다 나에게 자주 발이 되어주었으니까.

좋았던 기억도 세어보면 꽤 많았다. 한번은 시험 기간에 엄마의 가게가 너무 바빴다. 도와주고 나니 새벽 네 시 반이었고, 학교 중앙도서관은 다섯 시면 문을 열었다. 아침의 시험을 위해 택시를 탔다. 모두가 잠든 새벽을 달리며 반은 깨어 있고 반은 자는 내게, 기사님은 드문드문 멈춘 신호에서 귤을 까 주셨다. 자기 딸도 내 또래라며, 그 딸이 시집갈 때까지만 새벽을 달릴 거라며, 새벽은 원래 자신 같은 이나 싸우는 거라며, 그 시간에 눈을 헤집는 젊은 나의 어느 날을 안타까워했다.

한번은 옛 연인과 싸우고 울면서 택시를 타고 집에 갔다. 계산을 하려는데, 아가씨 울지 말라며 무조건 그 친구가 잘못했다고 조용히 편들어주는 기사님도 계셨다. 그러고 보면 대부분의 기사님은 내가 늦을까 발을 동동 구르면 한마음으로 함께 발을 동동 굴렀다. 혹시 늦을까 집중하는 옆모습의 코, 마음껏 물을 마시지 못해 메마른 입술, 나와 함께 초조해하던 눈동자, 어둠을 달릴 때면 핸들을 그러쥐던 손 모양, 더운 나와는 다르게 꽁꽁 싸맨 여름날의 팔, 토시 바깥의 그을린 피부…. 그런 걸 떠올리면 귤을 먹었던 날처럼 마음이 시다. 그들은 모두 희끗희끗한 머리를 하고 있었다.

사람들이 서비스를 말할 때마다 나는 엄마를 생각했다. 장사하는 사람 속은 개도 안 먹어. 다 문드러졌거든. 끊임없이 요구하는 이들에게 엄마는 지쳐 있었다. 한 손님이 12,000원어치 음식을 먹고 주정을 부리다 사라진 날이었다. 그 돈이라도 벌겠다고 나와 있지만, 그 돈 주고서 왜 이렇게 나를 힘들게 하는 줄 모르겠다고 엄마는 한숨을 쉬었다. 엄마와 막 토를 치운 참이었다.

설거지나 음식을 하는 일은 특별하지 않다. 나는 그 이유로 무시당하는 음식점 이모들이 떠올랐다. 우리는 손이 필요할 때 그들을 사용한다. 운전하는 일은 특별하지 않다. 우리는 발이 필요할 때 그들을 사용한다. 손발은 내게도 달려 있어 익숙하다. 그렇게 내게 대수롭지 않은 일이 타인의 직업이 될 때, 나도 모르게 타인의 직업을 대수롭지 않게 대하는 나를 보게 된다. 손발은 아래에 있다는 이유로 내려 보는 것이다. 알다시피 신체에서는 어디 하나 중요하지 않은 부분이 없다.

다른 나라에서 택시를 이용하고 비싼 금액에 놀랐던 기억을 떠올린다. 나는 택시를 이용할 때 드는 만큼의 돈을 대수롭지 않게 다른 곳에 쓴다. 회사원 친구와 만난 날도 나는 비싼 카페에서 떠들고 있었다. 문득 그런 생각이 든다. 감정노동의 값어치는 얼마일까. 내가 마신 커피 한 잔만큼은 되는 걸까. 그 금액으로 나는 자리에 앉아 왕이 될 수 있는 걸까. 우리는 서로 무엇이 그렇게 당연한 걸까. 얼마 전, 만취한 이가 거리에 마구잡이로 뛰어드는 걸 보았다. 가까이 다가오던 택시는 화들짝 도망갔다. 명백한 승차 거부였다. 나는 그 택시의 줄행랑을 너무나 이해할 수 있었다.

어쩌다 성남의 택시 조합과 인터뷰를 했던 날, 나는 인터뷰 동안 더 갈 곳 없는 이들이 어디라도 가기 위해 타인의 발을 자처한다는 걸 알았다. 기사님들은 택시를 늘렸던 정치인들이 이제 와 그들을 과잉이라는 말로 대안 하나 없이 외면한다고 했다. 자신들은 요구할 수 있는 게 없는 반면 요구당하는 건 많다고도 했다. 사람들이 택시 기사를 그냥 택시라고 생각한다고, 택시 앞좌석엔 사람이 앉아 있다고 누군가 씁쓸하게 말했다. 대화는 이어졌다. 나는 많은 택시 기사가 부업을 병행하면서도 열 시간 이하로 근무해본 적이 없다는 걸, 근무 시간 내내 욕설과 폭력과 싸늘한 시선에 노출된다는 걸 알게 되었다. 그들이 당연함에 저항할 수 있는 방법은 많지 않았다.

정자동으로 가는 택시 안에서 기사님과 사뭇 진지하게 대안을 논했다. 기사님은 기사 자격부터 시작해 택시 조합 내부의 자체 검열과 인식 개선이 필요하다 했고, 나는 지금의 요금에 서비스 질을 이야기하려면 금액이 합당한지에 대한 논의도 필요하다 말했다. 서로 뭐라도 고치고자 하는 이들의 대화는 금세 활기를 띠었다. 마치 우리가 말하는 게 실제로 이루어질 수 있을 거 같았고 곧 모든 문제가 해결될 것처럼 느껴졌다. 그러나 분명히 현실에 기반한 우리의 대안이 누군가에겐 현실적으로 들리지 않는다는 걸 기사님도 나도 알고 있어서, 결국은 둘 다 목소리가 가라앉는 것이었다. 쉽지가 않네요, 하는 내 말에 기사님은 서로 조금씩 생각해주는 게 이토록 어렵네요, 하셨다.

그렇죠, 그렇죠. 나는 말을 이었다. 큰삼촌도 택시 기사를 하셨는데, 얼마 전에 돌아가셨어요. 과로사로 돌연 회사 앞에서 쓰러지신 삼촌은 그대로 영영 의식을 잃었다. 가까이 살면서도 워낙 과묵하신 터라 크게 연이 없던 큰삼촌이었다. 그는 엄마의 고충을 이해한다는 듯, 가끔 엄마의 가게에 와서 맥주 한 병과 오징어 정도를 드시고 오만 원을 두고 홀연히 사라지곤 했고, 엄마는 덩그러니 놓인 오만 원을 보며 삼촌이 택시 안에 있었을 시간을 헤아리곤 아파했다. 은퇴 후 택시 일을 하며 하루도 12시간 이하로 일해보신 적이 없다던 큰삼촌은 평소처럼 말없이 가셨다. 기사님의 동료도 그러셨다고 한다. 빨강 신호등에서 그만 생을 멈추어 버렸다고. 초록 불만 기다리다가, 그렇게 갔다고. 우리는 그대로 무거워졌다. 도로에 영원히 갇혀버릴 것만 같은 침묵이 이어졌다. 그런 주말이었다.

방금은 밀린 원고를 처리하려고 카페에 앉아 있다가 택시

노조원 중 한 분이 기어이 분신자살을 하셨다는 소식을 보았다. 눈이 뜨거워서 화끈거린다. 누군가의 생은 어째서 그렇게 붉어야만 하는지 나는 도무지 알 수가 없다.

7

—

# 도전, 비건!

아침에 나가서 과일 가게에 들러 사과를 사 온 뒤 영훈과 법석을 떨며 밥을 차려 먹고 설거지를 했을 뿐인데 정오가 지났다. 주말이란 뭉그적거리다 눈 깜짝할 새 사라져 버리는 법이라 다시 밖으로 나가기로 했다. 기분도 낼 겸 차를 타고 멀리 떨어진 조용한 카페로 갈까 했는데, 짐을 챙기던 와중에 그 카페로 가면 도착하자마자 얼마 있지도 못하고 집에 와야 한다는 걸 깨달았다. 밥을 먹으러 갈 수 있는 비건 식당 혹은 비건 옵션이 있는 식당이 그 카페 주변에 없을 확률이 높았기 때문이다.

집으로 돌아와 저녁을 먹는다 해도 이동 시간을 고려할 때 조금이라도 더 작업에 집중하려면 먼 곳의 카페는 좋은 선택지가 아니었다. 도시락을 쌀 시간도 부족했지만 싸 간대도 도시락을 먹을 곳이 마땅치 않았다. 그냥 일반식을 먹거나 주린 배를 참아낼 생각이 아니고서야 멀리 차를 끌고 나가기는 어려울 거 같았다.

졸지에 환경보호 해야지 뭐, 라고 영훈이 말해서 나도 답했다.

정말 엄청 불편하고 무해하다.

둘 다 고개를 끄덕였다.

우리는 화석연료를 쓰는 걸 빠르게 포기하고 가방을 짊어진 채 뚜벅뚜벅 집 주변으로 내려갔다. 여기저기서 올해는 가장 무더운 여름이 될 거라 했는데, 사람이 적은 스타벅스를 찾아 헤매는 동안 아침의 샤워가 무색할 만큼 땀이 났다. 5월부터 30도 가까이 올랐던 터여서 이제 몇 월인지와 상관없이 여름이 되어 버렸구나 했다.

평소 같으면 그냥 아무 카페나 가서 아메리카노를 마셨겠지만 오늘은 둘 다 꼭 라떼를 먹고 싶었다. 두유 옵션은 스타벅스 같은 글로벌 기업에나 있었다. 세 곳의 스타벅스를 뒤진 후 마침내 자리가 남아 있는 스타벅스를 발견했을 땐 영훈도 나도 등이 찰싹 젖어 버렸다. 음료를 시키곤 손부채질을 하는 영훈에게, 나는 아이스 카페라떼가 너무 먹고 싶던 저번 날 동네 카페에서 라떼를 시키고 얼음이랑 샷만 달라고 했던 일화를 말해주었다.

내가 잘못한 것도 없는데 비건이랬더니 직원 표정이 이상한 거야. 텀블러에다 두유만 따로 부어서 갔고 쓰레기도 내가 챙겼는데, 먹는 내내 어쩐지 좀 민폐인 거 같더라….

그랬겠네, 없는 메뉴니까 괜히 좀.

나는 혹시 두유 있느냐고 물을 때마다 주문을 받는 이의 표정이 이상해져서 최대한 상냥하게 묻고 최대한 덜 민망해하려고 노력한다고 덧붙였다. 유당불내증이라고 괜한 설명을 하기도 해, 라거나, 스벅은 더 비싸도 내 주문이 당연할 수 있어서 좋아! 라고도. 그사이 직원은 뚝딱뚝딱 음료를 만들어주었다. 영훈과 나는 구석에 나란히 앉아 고소 달달한 아이스 두유라떼를 쪽쪽 마셨다. 옆자리에서 그의 땀이 식는 게 느껴졌다. 더운 계절의 행복은 흘린 땀을 식히는 데 있다. 기후위기로 온도는 자꾸 오르고, 시원한 바람과 음료로 땀을 식히는 행복이 모두에게 주어지진 않겠지만….

카페 입구에는 서머레디 백이 품절되었다는 안내문이 붙어 있었다. 서머레디 백은 이번 시즌 스타벅스 사은품으로 음료를 많이 마시고 도장을 모으면 주는 작은 캐리어 가방이고, 이왕 마시는 음료를 스타벅스에서 마시면 실용적이고 예쁜 전리품을 갖게 된다는 것에 사람들은 열광했다. 그런 게 마치 내 삶을 좀 더 입체적으로 만들어줄 것처럼 말하는 대기업의 설득력이란 수상할 만큼 합리적이고 경이로웠다.

나는 영훈에게 나도 잠깐 서머레디 백을 탐냈지만 열기가 너무 뜨거워지자 어쩐지 맥이 빠져 그만두었다고 말했다. 가방은 예쁘고 튼튼해 보였지만 그걸 갖자고 남들만큼 치열해질 자신이 없었다. 마시는 잔 수를 계산해보니 이 유행에 참여하기 위해선 생각보다 더 비싼 금액이 들기도 했다. 영훈은 동의하는 듯 고개를 까닥거리더니 우리가 그러든 말든 음료를 마시면서 도장은 느리게 쌓여간다고 자신의 앱을 보여주었다.

유행을 따르는 건 쉽지 않은데 안 따르는 것도 참 쉽지 않다. 이렇게 유행 빠른 한국에서 비건이 왜 유행하지 않는지 신기하다고, 아마도 김한민 작가가 책에서 말했던 거 같다. 나는 그런 걸 떠올리며 음료를 마저 마셨다. 그러게. 서머레디 백처럼 비건도 유행하면 좋겠다. 남들만큼 할 자신도 없고 생각보다 더 비싼 금액이 들어서 포기했어도, 내 의지와 상관없이 조금씩 참여하게 되는, 그런 유행.

재작년인가에 나는 노키즈존을 찬성하던 사람임을 대놓고 밝히는 글을 썼었다. 그러고 좀 지나서, 내가 아이를 혐오하나 싶었는데 세상에 그게 정말로 혐오였구나, 하고 머리를 탁 쳤던 모멘트가 있었다. 노키즈존이 얼마나 부끄러운 말인지 깨닫고 그때 썼던 글을 혼자 자주 읽어본다. 구구절절 논리적인 내 혐오가 창피해서. 이상하리만치 내 주변에서는 그 글에 대해 일언반구 안 했는데, 아마 그들이 나에게 가졌던 신뢰 때문에 말을 안 했을 거라는 생각이 들었다. 내게 신뢰를 가진 온오프의 사람들이 내 의견을 보고 역시 노키즈존은 다 이유가 있지, 라고 자신을 합리화했을까 봐 얼굴이 하얗게 질려오기도 했다.

여전히 카페 같은 곳에서 뛰거나 소리 지르는 아이들을 보며 나도 모르게 미간을 구긴다. 열심히 책을 읽고 반성했지만 '여전히' 내 안에는 아이에 대한 혐오가 남아 있다. 그런 걸 인지하면 많이 부끄럽고 노력하는 수밖에 없다는 생각이 든다. 아이들은 두성을 써가며 자리가 멀든 말든 제 비명을 내 귀에 꽂아박는다. 그것이야말로 자라나는 아이의 본질이다.

설명하긴 어렵지만, 채식도 비슷한 거 같다. 주변 사람들은 내가 얼마나 고기와 회와 유제품을 좋아하는지 안다. 나는 하루에 한 잔씩 꼭 카페라떼를 필요로 했으며, 간편하다는 이유로 수많은 계란과 닭가슴살을 소비하던 사람이었다. 비싼 소고기나 양고기를 구워 먹을 때마다 자랑스럽게 사진도 올렸다. 나는 사람들이 어떤 마음으로 그런 사진을 올리고 그런 걸 왜 힐링으로 여기는지 너무나 잘 안다. 오래전에는 아는 비건 동생에게 비건을 응원하지만 나는 고기를 무척 좋아해 영 못 하겠노라고, 식습관이란 개인의 선택을 존중해주는 것에 불과한 문제라고 내 나름의 논리를 들어가며 스스럼없이 말하기도 했다.

그 말은 노키즈존을 옹호하던 내 논리랑 비슷해서 비건을 지향하게 된 이후 나는 그때 나의 말을 한참 생각했다. 나의 선택이 의식과 감정을 갖고 있지만 자기표현이 어려운 다른 존재를 해치는 식으로 작동할 때, 그런 게 어떤 대상을 대하는 사회의 방식에 기여할 때, 그로 인해 또 다른 개인을 배제하게 될 때…. 나는 당당하게 존중을 요구할 수 있을까. 노키즈존에 대한 글을 썼던 것처럼, 10년 후쯤 나의 힐링이 굉장히 야만적인 일이 될 수도 있겠구나, 라고 생각하니 머리가 쭈뼛해졌다. 비건이 아닌 이를 비난하려는 게 아니라, 그와 별개로 무언가를 더 이상 모르는 척하기 어려워져버린 내 기분이 그러하다는 소리다.

그제는 팟캐스트 듣똑라를 들으며 공복 산책을 가볍게 하고 들어왔다. 그 후 쭉 마감할 원고를 붙잡고 있다가 딴짓을 하며 기사도 보고 책도 봤다. 커뮤니티 모임 준비를 하느라 코로나 관련 세계 석학들의 의견을 훑어볼 때도, 팟캐스트를 들을 때도, 평론 혹은 소설을 읽을 때도…. 의도한 것도 아닌데 듣고 읽는 족족 세상의 지속 가능성에 관해 이야기하고 있고 그런 걸 깨달을 때마다 아무것도 몰랐던 이전의 내가 그저 게을렀던 것처럼 느껴진다. 슈퍼에서 무심코 과자를 집어 들어도 고기가 안 들어간 과자를 찾기 쉽지 않다는 걸 알게 된 건 얼마 되지 않았다.

고기를 내가 아는 고기의 형태로만 소비하지 않았듯, 나는 지금껏 모르는 형태의 폭력을 자연스럽게 소비해왔다. 오랫동안 삼시 세끼 고기가 들어간 식단을 먹었다는 게, 그게 사람과 환경과 코로나라는 재난과 무엇보다 우리의 미래와 무관하지 않다는 게 당황스럽다. 페미니즘을 말하고 다니면서 내가 행한 어떤 습관이 사고가 가능한 다른 존재의 미래를 지우는 방식이었다는 것도. 그래서 그런 걸 읽을 때마다 비건을 지향하는 나 자신이 조금 윤리적으로 대단해진 거 같아 으쓱하다가도, 동시에 이걸 인제 와서 한다는 것이나 그마저도 불완전하다는 사실에 어쩐지 쪼그라든다. 채식은 죄책감으로만 하는 행동은 아니나 확실히 어떤 식으로든 죄책감이 들어가는 메커니즘이어서, 지구에 꼭 필요하다 생각이 들지언정 타인에게 마구잡이로 강권할 수는 없겠다는 생각도 든다.

다만 나는 좋아하는 내 지인 대부분에게 자신의 삶을 조금씩 변화시킬 수 있는 능력이 있다고 믿어서, 그들에게 자꾸 기대를 걸어본다. 이를테면, 니가 그런다고 안 변해, 라고는 말하지 않으리라는 기대, 한 번쯤은 나를 생각하면서 고기 아닌 다른 것을 먹으리라는 기대…. 그들 중 누군가는 종종 비건 음식점을 이용하게 되었고, 누군가는 자신의 카페에다가 두유를 두었으며, 함께 사는 영훈은 이따금 비건 요리로 나를 배려해주거나 독려해준다. 채식은 어떤 식으로든 죄책감이 깃든 메커니즘이지만 그러한 연대에서 연대로 이어지는 행동이기도 해서, 타인에게 마구잡이로 강권할 수는 없겠다는 생각이 들지언정 의미 있는 무언가를 기대하는 일을 포기할 수는 없겠다는 생각도 든다.

몸이 가벼워졌다. 머리가 맑아질 만큼 약간의 허기가 기분 좋게 지속된다. 성인이 된 이후 페미니즘을 맞이한 것 외에 이렇게까지 큰 변화는 처음이다. "나는 어느 날 무언가를 보았고, 알게 되었고, 이래서는 안 되겠다 싶어서 변화를 시도했다. 시도의 결과는 좋았고, 시간이 갈수록 더 좋았고, 그러다 보니 이제 다른 사람들과 나누고 싶어졌다. 이게 다다."• 하루에 한 끼라도, 일주일에 하루라도 좋으니 누구라도 고기를 줄여주었으면 좋겠다고 생각한다. 생태위기와 기후위기, 그 위로 놓일 아이들의 미래를 생각하고, 자기 몸을 돌보고 누군가를 덜 해치는 일에 동참시키기 위해 나는 무얼 해야 할까. 쉽지 않지만 그럴 만한 가치가 있음을 어떻게 납득시켜야 할까.

아무도 나에게 윤리적으로 지적하지 않아도 나는 어떤 강박처럼 고고해지고 싶어 해왔다. 그런 식으로 쌓아왔다고 착각하는 신뢰가 과연 누군가를 움직일 수 있을까. 불완전해도 괜찮다고 다독이며 함께하는 실천들을 늘리는 데 나는 어떤 영향을 줄 수 있을까. 정확한 답은 모르겠지만 우선은 나의 실천부터 지속해보고 있다. 젓갈이 들어간 엄마의 김치를 포기하지 못하는 불완전한 나를 다그치다가도, 할 수 있는 채식 요리를 조금씩 늘려가는 스스로를 칭찬해주면서. 폭력을 최소화한 음식에 배도 마음도 맛있게 부를 수 있다는 걸 깨달으면서. 최고의 만족도는 아니지만 썩 괜찮은 대안들을 발견해나가면서. 나는 그렇게 무언가를 지키기 위한 포기를 배우는 중이다. 부디 나부터 이것을 오래 유지해가길 바라본다.

---

• 김현민, 『아무튼, 비건』(위고) 25p. 비건에 관심이 있다면 가장 먼저 추천하고 싶은 좋은 책이다.

## 8

## 윗집 아저씨께

새벽 세 시와 다섯 시 사이, 윗집의 청결은 제 잠이 얕은 곳에서 깊은 곳으로 이동할 즈음 시작됩니다. 타인의 내밀한 사생활을 알게 된 건 그 시간마다 욕조를 채우는 것으로 추정되는 배관 소음과 더불어 어떤 소리가 간헐적으로 들려왔기 때문이에요. 사람의 소리지만 신음도 말소리도 아닌 생경한 소리. 그런 건 한밤중의 소음이 으레 그렇듯 오싹해서, 처음엔 눈을 질끈 감고 모르는 척 잠이 오길 기다렸습니다. 그러다 하루는, 오랫동안 들려오는 소리에 이전과 다른 종류의 오싹한 생각이 들었어요. 혹시 누가 밤마다 맞고 있는 건 아닐까. 컴컴한 방 안에 누워 가정폭력을 검색하면서 초조하게 귀를 곤두세우는데, 가만 들어보니 높낮이가 다양하던 그 소리엔 흥이나 리듬 비슷한 게 있어서, 저는 그 소리가 노래라는 걸 확신하고는 안도하는 동시에 짜증을 냈습니다. 그러니까 윗집의 누군가는 새벽마다 욕조에 물을 받아 목욕을 즐기며 노래를 부르고 있었던 거예요. 맞아요, 아저씨 얘기입니다.

그 노랫소리와 물소리가 뒤섞여 한 시간도 넘게 지속되던 날. 잠을 깬 영훈과 저는 동시에 이불을 박차고 일어났습니다. 어둠이 푸르게 희석되는 자그마치 새벽 6시가 다 되어가는 시간이었어요. 소음에 좀 더 예민한 영훈이 씩씩거리면서 회색 후드를 아무렇게나 주워 입는 동안, 그가 경비실에 가보든 윗집에 올라가 보든 결판을 내겠다고 현관을 나서는 동안 저는 분노의 구글 서치를 했습니다. 아까부터 눈치채셨겠지만, 말하자면, 저는 그런 사람입니다. 행동하기보다는 어정쩡하게 검색이나 먼저 하는…. 그런 사람이요.

아무튼 층간 소음과 관련해 법적으로 어떤 조치를 취할 수 있는지, 어떻게 대처해야 하는지, 평온한 수면을 방해하는 사람들을, 그 소음을 어떻게 처단할 수 있는지… 그런 걸 검색하다 보니 층간 소음으로 고통받는 사람들이 꽤 많다는 걸 알게 되었습니다. 한 블로그 주인은 배관 소음이나 쿵쿵거리는 소리로 정신과 치료를 받고 있다고 하더군요. 처음엔 그렇게 거슬리지 않았는데, 반복되다 보니 도무지 무시하려고 해도 무시할 수 없을 만큼 잘 들린다고요. 그런 현상을, 점점 소음이 잘 들리는 현상을 '귀트임'이라고 부르는 줄 처음 알게 되기도 했습니다. 계속 듣다 보면 예민해진 귀가 특정 소음에 한해 트여버린다나요.

그러고 보면 아저씨가 내는 소리도 처음부터 잘 들리진 않았는데…. 몸의 기능이 높아지는 게 사람을 괴롭게도 만든다니…. 결국 민감한 사람들이란 어떤 기능이 뛰어난 사람들이라는 뜻인 걸까요. 어쨌거나 우퍼를 설치한다거나 윗집의 윗집으로 이사를 간다거나 하는 온갖 대처법을 읽으며 조금 착잡해졌습니다. 타인이고 터전이고 내 몸이고 내 뜻대로 할 수 없어 다들 괴로운 삶을 살고 있는 듯해서요. 저는 어느덧 분노도 잠도 잊고는, 그런 것들을 읽고 있었습니다.

그 와중에 영훈이 삑삑삑삑 현관문을 열고 들어와 어딘지 망연자실한 표정을 지었습니다.

윗집 아저씨, 청각 장애와 지체 장애가 있다네.

자기가 그걸 어떻게 알아?

그분 동생이 자기한테 전화하라고 현관에 번호를 붙여놨어.

영훈이 찍어온 사진 속, 아저씨네 현관문 한복판에 붙은 A4 용지엔 커다란 글씨로 전화번호와 간략한 사연이 적혀 있었습니다. 청각 장애와 지체 장애를 가진 형이 혼자 살고 있으니 이 번호로 연락해달라는, 마치 이런 일을 예상이라도 한 어투로요. 동생분의 글씨는 획이 바르고 명료한 데 비해, 영훈과 저는 어딘지 흐물흐물해져서 조용히 침대에 누웠습니다. 둘 다 무슨 말을 할지 몰라 별 대화는 하지 않았습니다. 동생분이 소음을 어떻게 설명하려나. 그런 말을 중얼거리는 영훈의 목소리 정도만 방을 울렸고 그마저도 조금씩 잦아들더니 얼마 지나지 않아 색색거리는 숨소리가 들렸습니다. 며칠째 잠을 설쳐 고단함이 묻어나는 숨소리였어요.

반대로 잠을 못 자고도 제 정신은 이상하게 또렷했습니다. 뜻밖의 상황이라 생각하다가도 그 단어에 집중하게 되는 식이었달까요. 뜻밖이라니, 뜻의 안과 밖은 또 뭔데, 그런 걸 곱씹으며 저는 천장을 쳐다보았습니다. 그런다고 아저씨가 명료하게 보이지는 않았지만, 마치 제가 아저씰 볼 수 있다는 듯이 그랬습니다. 그리고 문득 이렇게 당황한 이유는 우리가 더불어 살지 않았기 때문이라는 생각이 스쳤습니다. 제 생활권 내에서는 장애와 마주치는 일 자체가 드물었으니까요. 지저귀는 새의 소리가 들려왔고, 저는 같이 산다고 착각하는 일과 같이 사는 일의 차이, 음정과 가사가 부재했음에도 노래인 걸 알 수 있었던 이유를 한참 생각하다가 해가 중천에 뜨고서야 잠이 들었습니다.

아저씨,

사실 저는 아저씨가 아니더라도 잠을 설치곤 했습니다. 영훈의 집이 아닌 제가 살았던 집은 늘 소음으로 시끄러웠으니까요. 얼마 전부터 옆집 사람들이 하나둘 집을 비우는 걸 보며 불길했는데, 아니나 다를까, 건물을 새로 짓는다고 했습니다. 제가 사는 작은 골목은 몇 년째 오래된 주택들을 허물고 하나둘 깨끗한 빌라를 세우는 중입니다. 그 말인즉슨 골목 끝자락의 지하에 있는 우리 집이 몇 년 내내 공사 소음에 시달렸다는 소리이기도 하지요.

좀 살 만해지는가 싶었더니 이젠 옆집을 부수네, 하고 부스스 까치머리로 일어난 미경은 한숨을 쉬었습니다. 가족 중 누구도 9 to 6로 살지 않지만 그래도 저나 동생은 사정이 낫습니다. 장사를 하는 미경은 10년 넘게 늦은 오후부터 새벽까지 일하고 낮에 자는 삶을 사는걸요. 사람들은 고된 일을 마친 미경이 깊은 잠에 빠져들 꼭 그 시간에 집을 부수거나 짓고, 하수도 공사니 뭐니 하며 도로를 엎거나 덮습니다. 단수 시간은 항상 우리 가족이 씻고 나가는 때라서, 제가 몇 번씩 머리를 안 감고 나가기도 했던 건 아저씨만 아는 비밀입니다.

남들처럼 살지 못하는 대신, 제 가족은 불만을 말하기보다는 수긍하는 식으로 살아왔습니다. 해야 할 공사는 해야지, 다수의 편의를 고려해야지, 하면서요. 그러니까 우리 가족 중 누구도 출근 시간대 단수로 타인의 출근이 찝찝해지길 바라지도, 밤늦은 시간 공사로 모두 잠을 못 이루기를 바라지도 않습니다. 당연히 일하는 시간을 피해야 한다, 는 남들처럼요.

하지만, 이따금, 그래도 어떻게 한 번을 배려해주지 않지, 뭐가 그렇게 당연한 거지, 라는 생각이 듭니다. 잠을 설쳐 눈이 벌겋게 무르거나 축 늘어진 미경의 몸을 볼 때면 누구라도 그렇게 생각하게 되진 않을지 묻게 됩니다. 그 물음은 항의라기보다…. 아니, 항의가 맞습니다. 왜 어떤 사람들은 불편을 당연하게 수긍하는 한편, 왜 대다수는 그런 소수의 수긍이 당연하다고만 여기는지에 대한 항의 말입니다. 미경도 열심히 일하는데요. 한 달에 딱 두 번만 쉬면서, 매일 음식을 만들고 술을 가져다주고 설거지를 하고 가게 앞 버려진 담배꽁초를 쓸면서, 일로 고단한 손님들이 술 한잔으로 위로받길 바라면서 새벽까지 가게 문을 열어두는데요. 누군가에게 힐링일 하루는 미경 같은 사람의 매일이 있어 가능한데요. 그게 왜 그렇게까지 당연한 걸까, 저는 가끔 슬퍼집니다. 한 번의 미안함이나 고마움 없이 말이에요.

Y와 짧게 만나는 동안도 잠을 설치긴 마찬가지였습니다. 동갑인 Y는 커다란 글로벌 회사의 인턴이었고, 저는 그 무렵 새벽까지 가게에서 미경을 도와주곤 했어요. Y는 자기가 출근하는 시간에 제가 자고 있다는 이유로 저를 게으르게 보면서 그걸 숨기지 않는, 처음엔 대단하고 안타깝다는 식으로 흥미진진하게 관전하다 지겨워하는, 그런 사람이었습니다. 제가 생활비나 학

원비를 마련해야 한다는 건 그런 걸 걱정해본 적 없는 Y에게 중요한 일이 아니어서, 저는 새벽 5시에 자고 아침 7시에 일어나 Y의 카톡에 답했습니다. 진즉 일어나 생산적인 삶을 준비하고 있었다는 듯, 남들처럼 9 to 6로 살고 있다는 듯 그랬지요. Y가 썩 좋아서 그런 건 아니었습니다. 그 애는 잘생긴 얼굴이나 좋은 학벌 따위가 무색할 만큼 말할 때마다 깼고, 이른 나이에 발기부전을 겪고 있었거든요. 그런데도 자기 고추를 세워보라며 제 탓을 하거나, 자기가 아는 운동하는 여자들의 끈기를 운운하며 제게 부지런하기를 강권하던 애였습니다.

이걸 읽을 아저씨처럼, 제 친구들도 그냥 헤어지지 뭘 그렇게까지 하느냐고 이상하게 여겼습니다. 저는 심드렁하게, 걔 고추가 안 선다고 내 체면까지 안 설 필요는 없잖아, 라며 동갑에게 지고 싶지 않다고 대답했어요. 두어 시간 자고 일어났다가 다시 잠들기를 반복하는 제게 친구들은 너도 참 너다, 라고 말했습니다. 나는 나, 저는 저, 말하자면, 저는 그런 사람입니다. 똥 같은 소리를 하지 말라고 하기보다 그 말이 가진 가치 체계에 수긍하며 똥 같은 소리를 피하는 식으로 살아왔던 사람이요. 그렇게 세운 체면이 억지로 걔 고추를 세우는 일과 다를 바 없음에도, Y가 사는 세상의 질서에 복무하고 싶었던 사람이요.

Y와 이별은 제가 해본 이별 중 제일 구린 이별이었습니다. 어느 새벽 Y는 텅 빈 거리에 저를 두고 홀로 택시를 타고 사라졌거든요. 조금 비참했지만 제가 잘못한 건 없어 울지는 않았습니다. 제가 Y에게 잘못을 한 건 아니냐구요? 아무리 생각해도 저는 열심이었는데요. 열심히 해봤자 Y의 그것과는 거리가 먼 삶이어서, Y라도 가까이 두려고 더 열심이었을 뿐이었는데요. 늘 그 애

에게 맞춰주다, Y에게 그날 하루 고분고분하지 않았을 뿐이었는데요. 너는 뭐가 그렇게 잘나서 기준을 다 너에게 맞추어야 한다고 생각하느냐고, 딱 한 마디 했을 뿐이었는데요.

왜 아저씨께 이런 말을 하는지 저도 잘 모르겠습니다. 그냥, 세상에 받아들여지는 감각은 정말 중요한 거 같다고 말하면, 혹시 고개를 끄덕여주실까 기대한 걸까요. 배제의 감각이 얼마나 지겨운지 아주 조금은 비슷하게 느껴본 것도 같다고, 아는 척이라도 하고 싶었던 걸까요. 인정하고 싶지 않지만, 저는 맞장구를 정말 좋아하는 거 같다는 생각이 듭니다. 말하자면, 저는 그런 사람입니다. 전혀 모르는 타인의 삶에 기웃거리고 싶어 하는, 그런 사람이요.

저번에 야식을 소화시키자며 영훈과 저는 새벽이 깊어진 시간에 산책을 나갔습니다. 낄낄거리며 적막한 거리를 걷는데 몇 발치 떨어진 곳에서 누군가가 플래시를 여기저기 비추며 혼잣말을 하고 있었습니다. 거긴 낮이고 밤이고 사람이 없는 큰 도로 부근이었어서, 저는 저도 모르게 영훈의 팔을 세게 붙잡았습니다. 영훈은 눈을 가늘게 뜨더니 윗집 아저씨라며 저를 안심시켰지요. 아저씨는 잠깐 플래시로 저를 비추기도 했습니다. 그러니까, 적막했던 그 새벽에 저와 아저씨는 서로를 처음으로 본 셈입니다.

저희는 산책을 재개했습니다. 동네를 스쳐 돌고 마지막 코스로 아파트 뒤 공터의 무성한 잡초를 밟으며 빙글빙글 걷고 있던 찰나 아저씨와 다시 마주쳤죠. 하릴없이 공터를 맴도는 우리를 무심히 지나쳐 아저씨가 먼저 댁으로 들어가셨을 때, 영훈과 저는 공터에 나란히 서서 저희가 사는 집 바로 위층에 불이 켜지는 걸 가만히 지켜보았습니다. 저는 지금껏 새벽마다 들려왔던 소리가 늦은 산책을 끝마친 아저씨가 목욕을 하는 소리였던 거 같다고 영훈에게 나지막하게 속삭였고, 영훈은 자기가 요전 날 남겨둔 메시지에 아저씨의 동생이 바로 전화를 해왔다고, 죄송하다, 형이 좀 모자라다, 자기가 단단히 겁주긴 했지만 형은 이해를 못 하는 거 같다…. 같은 말을 동생분이 익숙하게 늘어놓았다고 답했죠.

그 말을 듣는데 묘하게 욱신거렸습니다. 동생이 그런 식으로 사과하게 만든 건 무엇일까, 아저씨는 겁을 먹었을까, 장애가 있는 이를 가족으로 두는 삶과, 장애를 가지고 사는 삶은 무엇일까…. 질문은 자꾸자꾸 늘어났는데 저는 대답할 수 있는 게 없었습니다. 저는 당사자가 아니니까요. 하지만 아무리 그래도 그런 삶과 이웃한 삶이 어떤지조차 대답을 못 하다니요. 그래도 서른 살을 넘게 살았는데, 이렇게 아무것도 모른다는 건 많이 창피해야 하는 게 아닌가, 생각을 하면서.

영훈과 저는 아저씨가 목욕을 마치셨겠다 싶어질 때까지 좀 더 걷다가 들어갔습니다. 들어가는 길 아파트 입구 게시판엔 아무도 보지 않는 공동생활 지침 같은 게 붙어 있어서, 엘리베이터를 기다리며 노랗게 바래진 종이를 여러 번 훑었습니다. 지침에는 '몇 시 이후 무엇을 하지 말아야 한다'는 있었지만 태어난 이후 무언가를 당연하게 여기지 말아야 한다, 같은 말은 없었습니다. 모두가 할 수 있는 것들에 대한 말은 있었지만, 누군가 할 수 없는 것들에 대한 말은 없었습니다. 함께 사는 일을 표방하면서 우리가 무엇을 디폴트로 설정하는지에 대해선, 정말이지 한 마디도 없었습니다. 살아가는 데 필요한 건 그런 식이면 끝나는 걸까, 저는 어지러워졌습니다. 하나의 기준만으로도 충분하다는 듯 말해와서, 저는 아무것도 모르는 건 아니었을까요. 실은 세상이 그래왔다고 제가 떳떳해지는 건 아니겠죠. 저는 그냥 창피한 나머지 누구라도 탓하고 항의하고 싶어졌을 뿐인지도 모릅니다.

이제 저는 아파트 방송이 들리면 아저씨를 생각합니다. 아저씨는 어떻게 방송을 듣고 계시나요. 저는 아저씨의 층간 소음으로 인해 뜻하지 않게 민감해진 거 같기도 합니다. 이것이 어떤 종류의 트임인지는 잘 모르겠지만,

그러니 다시 층간 소음 얘기를 해야겠습니다.

층간 소음으로 인한 건축법 같은 걸 뒤져보다가도 전문가도 아닌 주제에 나대는 건 아닐까. 타인의 삶을 살아본 적도 없는 주제에 혼자 펼치는 아저씨에 대한 상상이 혹시 시혜적인 태도에 그치는 건 아닐까. 저는 늘 확신하지 못합니다. 말하자면, 저는 그런 사람입니다. 의심하고 화를 내면서도 확신은 하지 못하는, 매번 실수를 저지르곤 하는, 그런 사람이요.

다만 제가 조금 알 수 있는 건 이런 것입니다. 우리가 함께 사는 일에 대해 충분히 얘기하지 않아 왔다는 거나, 비슷한 구조의 집에 사는 사람들조차 각기 다른 삶을 살아가고 있다는 것, 그런 걸 아예 말하지 않는 공동생활의 편의란 어딘가 잘못되었다는 것 말입니다. 어떤 기준을 당연히 여기는 게 저는 그만 싫어져 버렸지 뭐에요. 그렇다고 층간 소음이 괜찮지는 건 아니라서, 솔직히, 잠은 그만 설치고 싶습니다. 잠을 설치는 건 적응되지 않는 괴로운 일이고, 아저씨의 청결이나 즐거움만큼이나 타인의 잠은 중요하니까요. 그래도 새벽의 물소리나 노랫소리는 확연히 줄었습니다. 어쩐지 쓰다 보니 자꾸 옆으로 새 버리고 말

았지만, 제가 얼토당토않은 긴 편지를 쓴 이유는, 아저씨의 배려를 당연히 여기지 않고 감사드리기 위해서였습니다.

아저씨, 덕분에 영훈도 저도 이제는 잘 잡니다.

–아저씨의 아래 이웃

# 연중무휴의 사랑

나와 당신을 감싼 여러 겹의 흔적들

발행일 2021년 2월 26일 초판 1쇄
2021년 7월 12일 초판 3쇄

지은이 임지은
편집 박성열, 정혜인
디자인 김진성
인쇄 민언프린텍
제본 정문바인텍

발행인 박성열
발행처 도서출판 사이드웨이
출판등록 2017년 4월 4일 제406-2017-000041호
주소 서울시 영등포구 당산로42길 16, 506동 901호
전화 031)935-4027 팩스 031)935-4028
이메일 sideway.books@gmail.com

ISBN 979-11-973204-3-9 03810